DER KOMMISSAR IN WANDERSCHUHEN

AF202771

Nach seiner Ausbildung bei einem schwäbischen Lokalradio arbeitet Tim Frühling jetzt seit über fünfundzwanzig Jahren beim Hessischen Rundfunk. Seit 2017 ist er bei der Radiowelle hr1 zu hören und präsentiert die Wettervorhersage im hr-Fernsehen und in der ARD. Geboren in Niedersachsen, aufgewachsen in Stuttgart, lebt er seit 1997 in Frankfurt und ist mittlerweile im Herzen Hesse.
www.tim-fruehling.de

TIM FRÜHLING

DER KOMMISSAR IN WANDERSCHUHEN

KRIMINALROMAN

emons:

Bibliografische Information der Deutschen Nationalbibliothek
Die Deutsche Nationalbibliothek verzeichnet diese Publikation
in der Deutschen Nationalbibliografie; detaillierte bibliografische
Daten sind im Internet über http://dnb.d-nb.de abrufbar.

© Emons Verlag GmbH
Alle Rechte vorbehalten
Umschlaggestaltung: Nina Schäfer, unter Verwendung der
Bildmotive shutterstock.com/whanlamoon, shutterstock.com/
Daria Doroshchuk, shutterstock.com/cooperr,
shutterstock.com/Tartila
Gestaltung Innenteil: DÜDE Satz und Grafik, Odenthal
Lektorat: Susann Säuberlich, Neubiberg
Druck und Bindung: CPI – Clausen & Bosse, Leck
Printed in Germany 2023
ISBN 978-3-7408-1672-8
Originalausgabe

Unser Newsletter informiert Sie
regelmäßig über Neues von emons:
Kostenlos bestellen unter
www.emons-verlag.de

Dieser Roman wurde vermittelt durch
die Agentur Brauer, München.

Mein Dank geht an den geduldigen Sebastian,
den kreativen Jonas, die sachverständige Iris
und meine motivierende Mutter Christine.

Sehr geehrte/r Mieter/in,

hiermit möchten wir uns als neuer Eigentümer der Liegenschaft Comeniusstraße 23 bei Ihnen vorstellen. Die Konfidenz Immo-Invest ist Ihr bundesweiter Partner für die Vermittlung, Finanzierung und Instandhaltung attraktiver Wohnflächen.

Mehr als fünftausend Vertragspartner profitieren von unserem jahrelangen Know-how auf dem Wohnungsmarkt und können sich auf unser Engagement in jeder einzelnen Liegenschaft verlassen.

Die von Ihnen bewohnte Immobilie befindet sich in gefragter Lage, genügt durch einen gewissen Renovierungsstau in den vergangenen Jahren aber nicht unseren selbst gesetzten anspruchsvollen Standards. Allein aus Klimaschutzgründen ist eine energetische Sanierung unumgehbar, auch die Brandschutzmaßnahmen entsprechen nicht mehr dem aktuellen Stand. Zu Ihrem Komfort planen wir den Einbau eines Aufzugs und bodentiefer Fenster, dazu kommt eine Umgestaltung der Außenanlage mit viel Grün, Fahrradabstellplätzen und einem Wipptier für den Nachwuchs.

Sie sehen: Die Konfidenz Immo-Invest setzt die Versprechen für eine hohe Wohnqualität ihrer Mieter konsequent um!

Natürlich zieht der Umbau einer großstädtischen Wohnanlage immense Investitionen nach sich. Sie werden von daher sicherlich Verständnis haben, dass wir die Mieten auf ein marktübliches Niveau angleichen müssen. Selbstverständlich halten wir uns dabei an die gesetzlichen Vorgaben, die Ihnen als Mieter/in einen

weitreichenden Schutz bieten. Über die modifizierten Mietbedingungen werden wir Sie in einem gesonderten Schreiben persönlich informieren. Dieses erhalten Sie in den nächsten Tagen per Einschreiben.
Seien Sie versichert, dass uns an einem vertrauensvollen Verhältnis mit Ihnen als unserem neuen Kunden gelegen ist. Wir stehen partnerschaftlich an Ihrer Seite und sind Ihnen auch gern behilflich, wenn Sie sich durch die neuen Bedingungen räumlich verändern möchten.

Mit den besten Grüßen aus der Zentrale der Konfidenz Immo-Invest
Adrian Czech
Property Corporate Real Estate Manager

PROLOG

Brigitte drapierte grinsend eine Teewurst auf der Holzplatte mit den Frühstückszutaten. Schräg angeschnitten, leichte Wacholdernote und von Daniels Lieblingsmetzgerei in Breitenbach – wenn der Tag mit einem so dezenten kulinarischen Gefügigmacher begann, konnte eigentlich nichts mehr schiefgehen. Das war zumindest Brigittes Kalkül, denn sie hatte sich vorgenommen, im Rahmen dieses fürstlichen Morgenmahls ein heikles Thema anzusprechen: den ersten gemeinsamen Urlaub.

Der Trick mit dem Frühstück hatte vor ein paar Monaten schon einmal geklappt, nachdem Daniel im Anschluss an einen rotweinseligen Tapas-Abend bei Brigitte übernachtet und damit den Grundstein für ihre Partnerschaft gelegt hatte. Sie hatte schon davor ein bisschen für ihren unnahbaren Kollegen geschwärmt, sogar ein bisschen mehr, um ehrlich zu sein, war aber nach vier Jahren des kameradschaftlichen Zusammenarbeitens nicht mehr davon ausgegangen, dass Daniel noch mal zutraulich werden sollte. Nun waren die Kommissare Schilling und Rohde seit einigen Monaten ein Paar, hatten sich vor einem gefühlsduseligen Sonnenuntergang auf dem Eisenberg auch offiziell auf diesen Status verständigt – und mussten sich nicht mal mehr vor den Kollegen verstecken. Denn die hatten nach der letzten erfolgreichen Mordermittlung diskret durchscheinen lassen, dass sie eh begriffen hatten, was angesagt war.

Nun hatten die beiden ihre Urlaubspläne synchronisiert und standen vor ihrer ersten gemeinsamen Reise. So was war ja ein Prüfstein in jeder jungen Beziehung. Gab es genügend Gesprächsstoff für das traute Rund-um-die-Uhr-Beisammensein? Würde man an denselben Stellen lachen, sich freuen, sich auf die gemeinsame Tagesgestaltung einigen können? Über dieselben Leute lästern? Und ganz grundsätzlich: War so viel Nähe für Daniel überhaupt das Richtige? Nicht dass er direkt ein Einzelgänger war, aber er brauchte schon seine Freiräume, so schätzte Brigitte das ein.

Sie hatte vor ein paar Tagen einen Flyer entdeckt und mitgenommen, den sie nun unauffällig zwischen die anderen Werbebeilagen der »Osthessischen Landeszeitung« schob. Mit dem gleichen Grinsen wie beim Drapieren der Teewurst. Tagesgestaltung und Gesprächsstoff würden bei Brigittes angedachter Art der Feriengestaltung nun garantiert nicht das Problem sein.

Ein paar Minuten später betrat Daniel mit duschfeuchten Haaren Brigittes kombiniertes Wohn- und Esszimmer und entdeckte sofort die fleischliche Frühstücksüberraschung.

»Teewurst? Ist ja der Hammer! Etwa von Zischke?«

Brigitte machte ein selbstverständliches Wenn-Teewurst-dann-ja-wohl-nur-von-Fleischerei-Zischke-Nicken und schob als Erklärung nach: »Ich hatte doch gestern die Zeugenbefragung in Grebenau. Und da dachte ich, wenn ich schon so nah an deiner Lieblingswurst bin ...«

»Klasse. Der kriegt die so sämig hin wie sonst keiner. Und danke fürs Vorbereiten.«

Brigitte ging in die Küche, um Daniel einen frischen Kaffee aus ihrem Vollautomaten zu ziehen. Am Esstisch raschelte die Zeitung.

Gut!

Brigitte kam ins Zimmer zurück, Daniel steckte sich ein Sesambrötchen mit fingerdick Streichwurst in den Mund und tippte auf einen Artikel im Lokalteil. »Hier, das mit diesen Geldautomatensprengungen wird auch immer verrückter. Das liest man jetzt fast jeden Tag.«

Blätter weiter!

»Heieiei, null zu sechs hat die SG Wildeck gegen Weiterode verloren. Kreisoberliga Fulda-Nord, gucke ich immer nach, da spielt Vincent als Stürmer, weißt schon, der Sohn von Paschkes.«

Langweilig!

Mittlerweile war Daniel bei den Todesanzeigen gelandet, die er kauend studierte. Die Werbebeilagen hatte er aus der Blattmitte herausgenommen und beiseitegelegt. So war das eigentlich nicht gedacht gewesen. Also Plan B.

In maximaler Beiläufigkeit sagte Brigitte:»Gib mir doch mal die Prospekte da.«

»Die liest du doch sonst nicht.«

»Ja, sonst nicht, aber ich wollte nächste Woche zu meinem Geburtstag ein paar Flaschen Sekt ausgeben, vielleicht ist ja irgendwo ein guter im Angebot.«

Daniel schob Brigitte eine Möbelhaus- und zwei Supermarktbeilagen herüber, die sie mit gespieltem Interesse aufschlug.»Ha, Edeka hat den Spanischen für drei Euro achtundachtzig. Hat sich doch schon gelohnt.«

»*Con temperamento, Cava pura raza*, in Flassengärung«, rezitierte Daniel mit spanischem Akzent einen uralten Werbeslogan.

Brigitte lachte und nutzte den Moment, um endlich den hellgrünen Flyer aus dem Papierberg herauszufischen, um den es ihr seit Beginn des Frühstücks eigentlich ging. Sie blätterte ein bisschen darin herum und machte zwei kleine Geräusche, die Daniels Aufmerksamkeit wecken sollten. Es funktionierte.

»Was hast du da noch?«

Sie legte das Leporello ausgefaltet auf den Tisch und schob es Daniel zu.»Guck mal, die bieten eine geführte Wandertour auf dem Hochrhöner an. In einer knappen Woche von Bad Salzungen nach Bad Kissingen auf Deutschlands schönstem Wanderweg, 2010 offiziell so ausgezeichnet. Mit Gepäcktransport von Hotel zu Hotel und sogar einer Übernachtung im Zelt.« An dieser Stelle bremste Brigitte sich, sonst würde ihr Reiseplan nicht mehr wie eine zufällige Entdeckung wirken.

Daniel schaute sich kurz die Vorder- und Rückseite des kleinen Prospekts an, schüttelte den Kopf und deutete auf ein Foto. »Nee, danke, schau dir allein mal diesen Wanderführer da an. Das ist bestimmt so ein ganz lustiger Vogel mit viel zu guter Laune und so. Wenn der Veranstalter schon ›Happytrekking‹ heißt. Und dann hat einer Blasen, einer lahmt, und einem kann's nicht schnell genug gehen. Also, wir können gern mal langsam über unseren Urlaub nachdenken, aber das bestimmt nicht.«

»Ach, und wer von uns beiden hat vor ein paar Jahren Urlaub in so einem Spaß-Club auf Fuerteventura gemacht und als Schlange an der Gästeshow teilgenommen?«

»Das war eine Jugendsünde.«

»Da warst du sechsunddreißig!«

Daniel legte einen finsteren Blick auf, formte aus dem Inneren seiner Brötchenoberhälfte eine kleine Kugel und schnippte Brigitte die Teigmunition mit Daumen und Zeigefinger an die Stirn.

»Ey, wer mit Essen spielt, kriegt die Teewurst konfisziert!«

Okay, das war jetzt auf den ersten Blick nicht ganz so gut gelaufen. Aber Brigitte tröstete sich: Immerhin hatte Daniel von sich aus den Urlaub erwähnt.

Sie schnappte sich die Zeitung, legte den Flyer von »Happytrekking« auf die Kommode und beschloss, dass da das letzte Wort noch nicht gesprochen war.

∗∗∗

»Ich sage es ungern in dieser Deutlichkeit, Herr Stumpf, aber Sie müssen Ihr Leben komplett umstellen.« Der Mann im weißen Kittel betrachtete unzufrieden die Laborwerte seines Patienten. »Blutdruck zu hoch, Cholesterin zu hoch, Leberwerte miserabel. Wir kennen uns ja schon eine Weile, und da will ich ganz offen sein: Sie sitzen zu viel, trinken zu viel und bewegen sich zu wenig. Und Sie sollten dringend aufhören zu rauchen.«

Frank Stumpf zog sein Businesshemd glatt und deutete rechtfertigend auf seinen Bauch. »Aber ich bin gertenschlank, schauen Sie mal, kein Gramm Fett.«

»Das ist aber auch der einzige Pluspunkt. Trotzdem sind viele Parameter alarmierend. Aber es gibt auch eine gute Nachricht: Es ist nämlich noch nicht zu spät zum Umsteuern. Sie sind Mitte fünfzig. Wenn Sie heute noch anfangen, auf Ihre Ernährung zu achten, und ein bisschen Sport treiben, kriegen wir das in den Griff. Das muss gar kein Marathonlauf sein, einfach locker joggen drei bis vier Mal die Woche, wandern, mehr Gemüse, weniger Fleisch.«

Stumpf stöhnte.

»Bitte, Sie müssen das ernst nehmen.« Der Arzt legte die Unterarme auf den Schreibtisch und beugte sich zu seinem Patienten vor. Seine Stimme wurde leiser, eindringlicher. »Schauen Sie, Herr Stumpf, Sie haben sich in Ihrem Leben so viel aufgebaut. Davon wollen Sie doch noch etwas haben. Schaffen Sie sich Freiräume, Selbstfürsorge ist hier das Stichwort. Wäre es denkbar, dass Sie in Ihrer Firma etwas kürzertreten?«

Stumpf winkte ab. »Auf keinen Fall. Ich habe die Zügel da allein in der Hand. Niemand hat meine Expertise. Und wenn ich arbeite, geht es mir auch am besten, wirklich. Ich brauche den Laden – und der Laden braucht mich.« Er machte eine kleine Pause und beugte sich ebenfalls nach vorn. »Ich weiß, was Sie gleich sagen werden. Niemand sei unersetzlich. Das stimmt ja auch in vielen Fällen, am Fließband, in der Werkstatt oder im Krankenhaus. Aber in meinem eben nicht. Es geht nicht.«

Der Arzt ließ sich in die hohe Rückenlehne seines Lederstuhls fallen und schüttelte resigniert den Kopf. »Gut, Herr Stumpf, Sie sind ein erwachsener Mann, ich kann Ihnen nichts vorschreiben. Aber machen Sie mir keine Vorwürfe, wenn Sie irgendwann mit einem Herzinfarkt oder Schlaganfall auf der Intensivstation liegen. Ich sage das an dieser Stelle mal so drastisch. Und vielleicht denken Sie doch noch mal darüber nach.« Er erhob sich, ging zu einem Schrank und zog die oberste Schublade auf. Er wühlte kurz und zupfte dann einen hellgrünen Flyer heraus, drückte seinem Patienten den Prospekt in die Hand und sagte zum Abschied: »Das ist ein toller Anbieter von geführten Wanderreisen. Bewegung, frische Luft, Ablenkung, das wäre genau das Richtige für Sie.«

Frank Stumpf warf einen flüchtigen Blick auf den Wisch. »Happytrekking«. Klang albern.

∗∗∗

Der Abend der Urlaubsplanung wurde bei den Eheleuten Leupold traditionell groß zelebriert. Da blieb der Fernseher aus, keine »Aktuelle Stunde«, keine »Lokalzeit Ruhr«, stattdessen eine dampfende Auflaufform auf der gekachelten Kombination aus Couch- und Esstisch. Marlies hatte Lasagne gemacht, im Rahmen ihres sonstigen Portfolios ein sehr exotisches Gericht, aber für die Ausarbeitung der schönsten Tage im Jahr absolut passend. Wobei Italien nicht zur Debatte stand, weil Walter weder flog noch länger Zug, Bus oder Auto fahren wollte.

Deswegen hatten die Leupolds ihre letzten Urlaube in Zandvoort, auf Borkum, an der Mecklenburgischen Seenplatte und zuletzt im tschechischen Franzensbad verbracht. Dort hatte es ihnen aber nicht gefallen, das Essen war zu fettig gewesen, und viele sprachen kein gutes Deutsch. Also waren sich Marlies und Walter schon mal grundsätzlich einig, dass die nächsten Ferien im Inland stattfinden sollten.

Rund um die Teller und die Schale mit dem dampfenden Schichtnudelgericht hatte der Herr des Hauses jede Menge Prospekte und Broschüren verteilt, die er an verschiedenen Ständen einer Reisemesse eingesammelt hatte. Weil ihm das

Essen noch zu heiß erschien, preschte Walter mit einem Vorschlag vor.

»Ich fände Harz gut.«

»Du, nee, dat muss da ganz schlimm aussehen, hab ich gehört, die Gerlinde erzählte das, der ihr Sohn war da wohl gewesen mit seiner Familie, die jetzt in Langendreer wohnen, weißte? Und zwar soll da fast kein Baum mehr stehen, weil dat die letzten Sommer so trocken war. Ganz kahl, hatten die gesacht. Also, Harz würde ich sein lassen, aber was wäre denn mit Schwarzwald, da hattest du doch was mitgebracht, wo war dat denn noch? Ah, hier, Markgräflerland, Hotel Ritter, guck mal, Walter, dat sieht doch gut aus.«

»Da isses immer schwül.«

»Dafür warste dat letzte Mal an der holländischen Küste nur am Meckern, dat dir dat zu kalt war. Iss ma die Lasagne, bevor die auch zu kalt wird. Aber hör mal, wir hatten doch neulich diese ›Wunderschön!‹-Sendung gesehen, wo die an der Altmühl waren. Mit diesen Felsen sah das doch toll aus. Die hatten sogar auch ein paar Ferienwohnungen gezeigt, in so 'nem alten Schloss, aber gar nicht teuer. Ferienwohnung kann ich mir grundsätzlich auch vorstellen. Muss ja nicht immer Hotel sein.«

»Das ist in Bayern.«

»Ja, nu, da isses aber nun mal schön. Oder Pfälzer Wald. Davon hat Frau Fricke erzählt, die Arzthelferin bei Dr. Pollmann, weißte? Die muss da in einem ganz edlen Wellnesshotel gewesen sein. Ich sach ma, wenn wir nur fünf Tage fahren statt sieben, könnte die Übernachtung ruhig auch was teurer sein, und dann buchen wir dat ohne Abendessen, da mache ich uns ein paar Stullen, oder wir nehmen was vom Frühstück mit.«

»Da sprechen sie alle wie Helmut Kohl.«

Marlies atmete laut aus. »Ja, gut, dann bleibt aber nicht mehr viel über. Thüringer Wald vielleicht? Da war doch diese eine Broschüre mit Seniorenwandern auffem Rennsteig. Das ist bestimmt auch preiswerter da …«

»Im Osten hat es mir nicht geschmeckt, erinner dich mal an dieses sehnige Schnitzel an der Müritz.«

»Och ker, wat bisse denn heute so auf Kontra? Ich freu mich hier und koch uns dat schöne Essen, und du machst jeden Vorschlag innen Eimer. Hasse keine Lust auf Urlaub dieses Jahr, oder was? Dann bin ich jetzt mal still, und du sachst mal, wat dir gefallen würde, so rum vielleicht? Wo es dir nicht zu heiß ist oder komisch geredet wird, dafür lecker.«

Walter kramte kurz durch die Broschüren und zog schließlich einen hellgrünen Flyer hervor. Er legte ihn vor Marlies hin und sagte: »Ich glaube, das könnte was für uns sein.«

✳✳✳

Sven war wirklich aufgeregt. Er hatte sich für den Geburtstag von Tordis so viele tolle Sachen ausgedacht, dass ihm vor der großen Geschenkeübergabe richtig kribbelig zumute war. Die meiste Arbeit hatte er zweifelsohne in den Quinoa-Avocado-Kuchen gesteckt, gesüßt mit Agavendicksaft und nach dem Backen mit dreißig paraffinfreien Kerzen bestückt. Daneben lagen drei in Zeitungspapier eingepackte Geschenke und ein Kuvert mit einem Gutschein. Sven zündete die Kerzen an, betrachtete sein Werk noch mal zufrieden und machte sich auf den Weg ins Schlafzimmer.

Ganz kurz musste er an seine Ex-Freundin Rebecca denken, die ihm bei einer ähnlichen Gelegenheit mal eine total unfaire Szene gemacht hatte. Zum Zweijährigen ihrer Beziehung hatte er ihr damals wunderschöne Filzpantoffeln, die Patenschaft für eine Ziege und ein Solarpaneel fürs Fenster geschenkt, mit dem das Handy allein per Sonnenenergie aufgeladen werden konnte. Doch statt sich zu freuen, war sie in Tränen ausgebrochen und hatte ihm vorgeworfen, seinen Öko-Spleen über alles zu stellen und nicht den leisesten Schimmer zu haben, was die wahren Wünsche einer Frau seien. Ein paar Wochen später hatte er sich von ihr getrennt, weil Rebecca immer mehr zur Konsumtussi geworden war. Aber nun war Tordis da, und die war ganz anders. Sie hatte begriffen, wie es um diese Erde stand. Dass sie klimatisch aus dem letzten Loch pfiff, dass die Menschheit die Welt ausgebeutet und an den Rand des Ruins geführt hatte. Sven war froh, eine Schwester im Geiste gefunden zu haben, und lächelte versonnen, als er seine Freundin in den letzten Zügen ihres Schlafs zwischen vielen bunten Kissen beobachtete.

»Leefke«, flüsterte er. »Aufstehen, Leefke, heute ist dein Geburtstag.« Der Kosename kam wie Tordis aus dem Friesischen und bedeutete »Kleines Liebchen«.

Das kleine Liebchen blinzelte verschlafen und brummte.

»In der Küche wartet eine Überraschung auf dich, mein schönes Geburtstagskind«, säuselte Sven, setzte sich auf die Bettkante und fuhr seiner Freundin sanft über die Wange.

»Oh, ist das lieb von dir«, nuschelte Tordis und streckte sich. »Ich komme gleich.«

Sven schlich aus dem Raum und setzte sich wartend in die Küche.

Ein paar Minuten später erschien Tordis ungeduscht im Bademantel am Esstisch. Sie lächelte, immer noch etwas verschlafen, als sie die Kerzen auf dem Kuchen brennen sah. Leise sagte sie: »Das hast du aber schön gemacht. Danke.« Sie ließ sich in einen der Korbsessel fallen.

Sven wieselte zur Herdplatte, hob die achteckige Espressokanne vom Gas und goss seiner Freundin ein. Er deutete auf die Geschenke. »Mach auf.«

»Welche Reihenfolge?«

»Egal. Den Umschlag zuletzt.«

»Okay, dann fange ich mit dem Kleinen an.« Tordis riss das Zeitungspapier auf und hielt ein winziges Gläschen mit zähflüssigem Inhalt in der Hand. Weil es nicht etikettiert war, fragte sie: »Honig?«

»Nee, nee, für meine Königin nur der Futtersaft der Königinnen. Gelée royale! Mit Propolis, ganz köstlich süß, aber viel gesünder als Zucker, alle B-Vitamine sind da drin, das stärkt die Abwehrkräfte. Damit du nie krank wirst.«

»Was für eine schöne Idee.« Tordis machte das nächste Geschenk auf, zum Vorschein kam ein kleines Schächtelchen, das einen unbestimmbaren Duft verströmte. Sie öffnete den kleinen Karton und ließ ein eckiges Seifenstück in ihre linke Hand rutschen. Sie schnupperte daran. Noch bevor sie eine Frage stellen konnte, erklärte Sven:

»Das ist Schafmilchseife mit Aloe Vera und Gurke. Natürlich ohne künstliche Duftstoffe, die ist von diesem tollen Seifenladen am Klosterstern.«

»Ja, der ist schön.«

»Jetzt das Große, dann den Umschlag!«

Tordis stand auf, denn das größte der drei Geschenke war wirklich ziemlich groß. Auch hier verbarg sich unter dem Zeitungspapier ein Karton, dessen Deckel sie neugierig öffnete. Zuerst kam etwas Rotes zum Vorschein, das sich beim weiteren Herausheben als Dach entpuppte. Und zwar als Dach eines Wetterhauses, ausgestattet mit Thermometer, Hygrometer, Barometer, Regenmesser und einem drehbaren Wetterhahn, der durch eine kleine Öffnung noch aufgesteckt werden musste.

»Klasse, oder? Damit können wir alles ganz exakt messen, jeden Tag. Wir machen unsere eigene Datenreihe, das ist alles total robust, das hält Jahrzehnte.«

Tordis schaute einfach nur.

»Und jetzt den Umschlag!«

Sie machte das Kuvert auf und zog einen selbst gemalten Gutschein hervor. Sie las Sven vor, was er selbst geschrieben hatte: »Gutschein für eine geführte Wanderwoche durch die Rhön mit Gepäcktransport und fünf Übernachtungen. Organisiert und durchgeführt von den Wanderexperten von ›Happytrekking‹.«

»Da staunst du, was? Das ist eine der letzten Gegenden in

Deutschland, wo wir das Birkhuhn noch in freier Wildbahn beobachten können. Die sollen ganz tolle Wanderführer haben, hieß es in den Bewertungen. Ende August geht's los! Und jetzt musst du noch die Kerzen auspusten und dir was wünschen.«

Tordis sog tief Luft ein, schloss die Augen und blies mit einem Schlag alle dreißig Kerzen auf dem Kuchen zu ihrem runden Geburtstag aus.

»Aber nicht verraten, was du dir gewünscht hast!«

Da konnte Sven unbesorgt sein. Das hatte sie ohnehin nicht vorgehabt.

✳✳✳

Ute schloss ihr Fahrrad ab und warf einen suchenden Blick in den überfüllten Biergarten. Bei dem schönen Wetter herrschte im »Stenz'l am See« Hochbetrieb, gut, dass sie für sich und ihre Freundinnen reserviert hatte. Der Nachmittag des letzten Mittwochs im Monat gehörte Ute, Rita und Bärbel ganz allein und war eine Art Heiligtum für die drei. Urlaube, Geschäftstermine oder Arztbesuche wurden sorgfältig um den Stammtisch herumgeplant, der mittlerweile schon seit fast fünfzehn Jahren Tradition hatte.

Schon die Zugfahrt aus der Stadt hinaus an den Starnberger See genoss Ute jedes Mal. Wenn die S-Bahn bis zur Endhaltestelle in Tutzing immer leerer wurde, das Publikum gediegener und die Gipfel von Wetterstein- und Karwendelgebirge an klaren Tagen am Horizont auftauchten.

Ihre beiden Freundinnen aus dem Voralpenland hatte die Münchnerin über ihren Beruf kennengelernt, mittlerweile waren Rita und Bärbel ihre engsten Vertrauten. Deswegen war sie umso glücklicher über die Stunden, in denen sie die Mädels nicht mit deren Männern teilen musste. Im Gegensatz zu Ute waren die anderen verheiratet, Rita mit einem Zahnarzt, Bärbel mit dem Kulturamtsleiter von Murnau.

Grundsätzlich mochte Ute die beiden Gatten, der Dentist flirtete manchmal sogar ein bisschen mit ihr. Aber in der Kombination mit zwei Paaren wie vor ein paar Jahren bei einem gemeinsamen Wellnesswochenende kam sie sich dann doch schon manchmal vor wie das sprichwörtliche fünfte Rad am Wagen. Auf der anderen Seite genoss sie ihre Freiheit als Single, denn manch langjährige Ehe wirkte auf sie bei genauerer Betrachtung eigentlich nur wie ein andauernder großer Kompromiss. Für ein Abenteuer war sie gern zu haben, aber ständig denselben Mann um sich herum, womöglich noch in ihrer Wohnung, das konnte sich Ute nicht vorstellen.

Rita saß am Rand einer Biergartengarnitur und ließ sich mit geschlossenen Augen die Sonne ins Gesicht scheinen. Ute umrundete den Tisch und kniff ihre Freundin überraschend von hinten in die Schultern. »Buh!«

»Mei, hast du mich erschreckt. Ich bin grad schon fast weggeschlummert, so schön ist es da. Servus, Ute, gut schaust aus.«

Die neu Angekommene legte ihren Fahrradhelm auf den Tisch. Für die letzten paar Kilometer vom Bahnhof zum »Stenz'l am See« hatte sie meist ihren Drahtesel dabei. »Du aber auch, richtig erholt. Ach, schau, da kommt ja die Bärbel schon.«

»Servus, ihr zwei, gut schaut ihr aus. Ute, sportlich wie immer.« Bärbel trug ein Dirndl, sie war von den drei Freundinnen am drallsten gebaut und füllte die bajuwarische Tracht gut aus. »Ich hab schon direkt beim Toni drei Aperol Spritz bestellt, passt eh, oder?«

Passte.

Bärbel setzte sich umständlich auf die schmale Bank und stöhnte dabei ein bisschen. »Mei, hab ich mich gefreut auf euch. Die letzten Tage waren sooo stressig. Der Gerd bereitet ja gerade die Vernissage vor von dieser jungen Street-Art-Künstlerin aus Bolivien. Und da hat er mich voll eingespannt.«

»Was macht die für Kunst?«, wollte Rita wissen.

»Expressionistisch stricken tut die. Alles kriegt da so ein kleines Mäntelchen: Parkuhren, Gullydeckel, Baumstümpfe. Knallbunt und ziemlich verrückt, aber seit die in Antwerpen den Preis dafür bekommen hat, ist die total ang'sagt.«

»Lädst uns fei schon ein zu der Vernissage, oder?«, verlangte Ute.

»Freilich. Die ist am 29. August, der Termin ist fix.«

»Ach, geh, das ist aber blöd. An dem Tag bin ich im Urlaub.«

»Fährst also wieder in Urlaub, Ute? Du warst doch gerade erst in Seefeld.«

»Das ist jetzt auch schon wieder zweieinhalb Monate her. Aber diesmal habe ich mir was ganz was Besonderes ausgedacht.« Sie zog einen hellgrünen Flyer aus der Tasche. »Schaut mal, ich hab's euch extra mitgebracht. Die Ute geht wandern.«

»Ja, wie?« Rita war erstaunt. »Du fährst doch sonst nur Rad? Wusst ich gar nicht, dass du wandern magst.«

»Ich wollt's halt noch mal ausprobieren. Schließlich hab ich bereits als junges Mädchen eine Alpenüberquerung gemacht. Okay, ist halt a bissl her, aber das sind geführte Tagesetappen mit Guide. Mittleres Level, heißt's da. Und perfekt geeignet für Singles, vielleicht ist ja ein guter Typ dabei. Oder gleich der Wanderführer.« Ute blickte ein wenig frivol drein, Bärbel und Rita gackerten freudig.

In diesem Augenblick brachte Toni die Drinks.

Rita rührte kurz mit dem gläsernen Strohhalm um und rief: »Ja, dann, Ute, auf die Wanderung! Und dass wirklich ein paar g'standene Mannsbilder dabei sind!«

TAG 1

»Und ich sach noch, lass uns einen Tag früher da hinfahren und übernachten, dann wird dat nicht so ein Stress am Morgen, aber nein, das schöne Geld können wir uns doch sparen, wenn wir ganz zeitig starten, fünf Uhr sechsunddreißig in Bochum los, 'ne Schnapsidee war dat von dir, nie kommt die pünktlich, die Bahn, nie, und schon gar nicht, wenn man es eilig hat. Und hundemüde bin ich auch, rennste ma nicht so, Walter, ich komm kaum noch hinterher. Walter!«

»Wenn de nicht so viel quatschst, hasse auch mehr Puste.«

»Ich quatsch doch gar nicht, aber der Rucksack schneidet ganz schön ein. Und ich weiß auch nicht, ob die Wanderschuhe nicht drücken. Weißte überhaupt, wo wir hinmüssen? Die soll man ja tagelang einlaufen, so neue Schuhe, ich hoffe, dat war genuch bei mir, nicht dass ich mir sofort 'ne Blase laufe. Müssen wa nich rechts?«

»Nee, links müssen wa, Parkplatz vor dem Goethe-Park-Center, hat der Melvin mir doch alles ausgedruckt.«

»Ach ja, guck mal, dahinten, das könnten se schon sein, siehste die Gruppe da bei dem Bus, bei dem kleinen? Die sehen doch so aus, als würden se auch wandern gehen wollen. Ich wink mal, eh die ohne uns starten.«

Marlies Leupold fuchtelte in der Luft herum und wurde schnell von einem Mann mit Pferdeschwanz und kurzen Hosen entdeckt, der den Parkplatz suchend abscannte. Er winkte zurück und signalisierte, dass sich das ältere Ehepaar keinen Stress beim Überqueren der Straße machen solle. Eine knappe Minute und eine semilegale Überquerung eines unübersichtlichen Verkehrskreisels später hatten die Nachzügler die wartende Gruppe erreicht.

»Hey, servus, ihr müsst die Leupolds sein«, sagte der Pferdeschwanzmann und setzte nach: »Ich bin der Mo aus

Rosenheim, euer Wanderführer. Also, Moritz eigentlich, aber warum einfach, wenn's auch kompliziert geht, haha, gell? Schön, dass ihr da seid.« Mo trug ein orangefarbenes Funktionsshirt, bedruckt mit zwei ausgelatschten Wanderstiefeln und dem Spruch »Ich kenn da 'ne Abkürzung«.

»Ach, wat bin ich froh, dass ihr gewartet habt, es war eine Katastrophe mit der Bahn. Dat fing alles schon in Bochum an mit zehn Minuten Verspätung. Also, zehn stand dran, waren dann aber zwölf, ne? Gut, egal, erzähle ich euch später, ich bin auf jeden Fall die Marlies.«

»Und ich bin der Walter.«

»Super, dann sind ja jetzt alle da, und es kann losgehen. Herzlich willkommen noch mal an alle im Namen von ›Happytrekking‹, ich bin sicher, dass eine tolle Woche vor uns liegt. Wetter soll ja auch passen. Also, wir würden erst mal ein kleines Stückl da aus Bad Salzungen herausfahren, weil der erste Teil durch die Stadt ist nicht so attraktiv. Wir steigen unterhalb vom Schneckenberg ein, dann geht's heute über den Pleß zu unserer ersten Station nach Bernshausen. Knapp zwölf Kilometer zum Warmwerden. Alles andere erkläre ich euch dann noch. Passt? Also, aufi geht's, schmeißt euer Gepäck einfach hinten in den Bus, unser Fahrer heißt Bayram.«

»Warte mal kurz, Mo«, unterbrach ein junger Mann mit nöliger Stimme den tatenhungrigen Wanderführer. »Wir haben uns doch noch gar nicht richtig vorgestellt. Ich fände das für die Gruppendynamik total wichtig, und ich habe ja extra das Wollknäuel mitgebracht.« Er nestelte aus seinem Wanderrucksack einen lilafarbenen Stoffklumpen und erklärte, während er den Anfang des Fadens suchte: »Gerade bei so einer heterogenen Runde kommen wir uns viel schneller näher, wenn am Anfang jeder kurz seine Motivation klarmacht. Die zehn Minuten haben wir doch, oder, Mo?«

Der Wanderführer war über die unerwartete Aktion so verdattert, dass er nicht intervenierte.

»Jeder stellt sich kurz vor und sagt, warum er diese Reise hier angetreten hat und wie es ihm geht. Und dann wirft er das Knäuel dem Nächsten in der Gruppe zu. Wem ihr wollt, ihr sucht euch einfach jemanden aus, total spontan. Dadurch spannen wir direkt zu Beginn ein Netz des Vertrauens zwischen allen Teilnehmern, gut? Also, ich fang mal an. Ich bin der Sven aus Hamburg, zweiunddreißig Jahre, mir geht's gut, ich arbeite für eine Nichtregierungsorganisation und will auf dieser Wanderung einerseits zu mir selbst finden und andererseits ein Birkhuhn sehen. Jetzt du!«

Sven behielt den Anfang des Fadens in der Hand und warf den Rest einem etwas älteren Mann zu, der die Szene bislang mit spürbarer Skepsis verfolgt hatte. Dieser fing das Wollwirrwarr auf und schaute etwas hilflos in die Runde.

»Okay, äh, also, ich heiße Daniel, ich bin einundvierzig Jahre alt, bin mit meiner Freundin Brigitte hier, und wir sind bei der Polizei.«

»Super, Daniel, aber bitte nicht die anderen schon vorstellen und deine Motivation noch nennen.«

»Also, eigentlich wollte ich entspannt wandern gehen.« Es klang, als habe er an diesem Plan mittlerweile Zweifel. Daniel warf den Wollballen einer Frau zu, die offensichtlich allein an der Reise teilnahm.

»Servus, ich bin die Ute aus München, ein ganz klein bissl aufgeregt, aber erst mal: Ich finde das eine ganz gute Idee mit der Vorstellung, Sven. Ja, ihr seht's ja, ich bin Single, da ist das mit Urlaub nicht immer ganz so einfach, deswegen habe ich diese Wanderung in der Gruppe gebucht. Die Rhön kenne ich noch gar nicht und bin sehr gespannt. Ach genau, und beruflich führe ich eine Boutique mit exklusiver Damenmode. Klein, aber mein, sag ich immer. So viel zu mir.«

Mit einem kurzen »Hepp« von Ute flog das Knäuel weiter. Und landete vor den Sandalen, in denen die blassen Füße eines griesgrämigen Mannes steckten. Er bückte sich umständlich und machte, wieder in der Vertikalen angekommen, einen Gesichtsausdruck, der keinen Zweifel daran ließ, dass Wollewerfen auf öffentlichen Plätzen komplett unter seiner Würde war.

»Frank aus Niedersachsen, mein Arzt wollte, dass ich hier mitmache.« Er feuerte den Klumpen nach seiner schmallippigen Vorstellung einer Frau mit brauner Lockenmähne entgegen, die den aggressiven Wurf mit einem ironischen »Huh« kommentierte. Danach sagte sie:

»Hallo, ich bin die Brigitte, der Daniel hat mich verbotenerweise ja schon vorgestellt, Kriminalkommissarin aus Bad Hersfeld, und ich freue mich, meine erweiterte Heimat mal auf eine ganz andere Weise kennenzulernen.«

Bevor Brigitte die Wolle an den nächsten Teilnehmer weiterwerfen konnte, schritt Mo ein. Ihm schien es mit der Gruppendynamik in diesem Moment zu genügen, er schnappte sich das Knäuel und gab es Sven zurück.

»Dank dir für die super Idee, die beiden anderen heißen Marlies und Walter, das wiss ma ja schon, und deine Freundin Tordis, also dann kann's auch langsam losgehen, gell? Wir sind schon spät dran.«

Sven steckte die Wolle beleidigt wieder ein, und Tordis machte ein Gesicht, als habe sie als Einzige kein Stück vom Geburtstagskuchen abbekommen.

✳ ✳ ✳

»Das ist alles ganz schrecklich, schlimmer, als ich es mir vorgestellt habe«, flüsterte Daniel in den Lärm des beschleunigenden Kleinbusses hinein.

Brigitte stieß vom Nachbarsitz aus ihren Ellbogen in die Rippen ihres Freundes und wisperte zurück: »Jetzt hör auf. Ich fand diese Vorstellungsrunde eben auch Panne, aber es wird bestimmt noch ganz toll. Und du wolltest die Reise schließlich auch.«

»Ja, aber nur, weil mich auf dem Revier alle dazu überredet

haben. Du weißt ganz genau, dass ich eigentlich keinen Bock darauf hatte.«

Nach Daniels anfänglich kategorischer Ablehnung hatte Brigitte die Kollegen auf der Polizeistation ein bisschen instruiert, ihm das Wanderabenteuer doch noch schmackhaft zu machen. Und tatsächlich war es den befreundeten Beamten so gut gelungen, den Rhön-Trip in den schillerndsten Farben zu malen, dass Daniel sich hatte umstimmen lassen und vor der Abreise sogar richtige Vorfreude entwickelte. Dass der Auftakt nun etwas misslungen war, beunruhigte Brigitte aber noch nicht. Andere gemeinsam doof zu finden, schweißte schließlich auch zusammen.

»Wie sieht's denn bei euch mit dem Hunger aus?« Mo hatte sich von seinem Sitz in der ersten Reihe erhoben und schaute entgegen der Fahrtrichtung in den Bus, die Arme lässig auf den Rückenlehnen der Sessel abgestützt. »›Happytrekking‹ kümmert sich ja mittags immer um eine Brotzeit, wollen wir die direkt vor dem Start einnehmen – oder erst nach dem Aufstieg oben am Pleß? Ist halt landschaftlich schöner dort. Mach mer einfach mal eine Urabstimmung, auf meiner ist es elf Uhr dreiundvierzig, haha, kleiner Scherz, nee, also mal die Hände hoch, wer schon direkt beim Ausstieg aus dem Bus was schnabulieren möchte?«

Niemand meldete sich.

»Okay, Gegenprobe, wer hat Geduld bis zum Gipfel?«

Alle Hände schnellten in die Höhe. Offenbar wollte die ganze Truppe endlich mit dem Wandern anfangen und nicht essen, sich vorstellen oder Dinge zuwerfen.

Ute drehte sich aus der Vorderreihe zu Daniel und Brigitte um und sagte gedämpft: »Klappt doch super mit der Gruppendynamik, oder? Da können wir dem Sven fei dankbar sein.«

Daniel grinste. Die schien Humor zu haben. Er antwortete leise: »Stimmt, und ohne sein Wollknäuel hätten wir uns womöglich nie kennengelernt.«

Ein paar Kurven weiter kam der Bus auf einem kleinen Parkplatz zum Stehen. Mo nahm noch mal seine Ansprachepositon ein und nutzte den Moment, um die grundlegenden Verhaltensmaßnahmen für die kommende Woche zu erläutern. »Bevor's aufi geht, liebe Wanderkameraden und -kameradieschen, haha, noch ein paar Hinweise: Ihr lassts bitte alles im Bus, was ihr beim Marschieren nicht braucht. Der Bayram fährt eure Schätze zuverlässig ins nächste Hotel.« Der Busfahrer streckte den rechten Daumen in die Luft. »Ich hab schon gesehen, ihr habt alle vernünftige Wanderschuhe an, die Sandalen vom Frank passen auch, aber wenn jemand Schmerzen hat oder nicht mehr kann, bitte bei mir melden, wir finden eine Lösung. Ansonsten gilt: Wir sind kein Bummelzug, aber auch kein ICE. Wir gehen zügig, machen aber genügend Pausen. Wie gesagt, die Mittagsjause geht aufs Haus, ihr sagt früh genug, wenn sich der Magen meldet. Und wenn sonst irgendwas ist, sprechts einfach den Mo an, der hat immer ein offenes Ohr für euch. So weit alles Roger in Kambodscha? Dann ab nach draußen, ich freu mich auf die erste Etappe!«

Der griesgrämige Frank, der allein in der hintersten Reihe des Busses gesessen hatte, wollte durch den schmalen Gang nach vorn zur Tür stürmen. Alles an seiner Haltung machte den Eindruck, als wolle er diese Reise so schnell wie möglich hinter sich bringen. Er wurde in seinem Ausstiegseifer von Mo aber ausgebremst.

»Aha, ich seh schon, Frank, bist topmotiviert, aber ich schlage ein sogenanntes Gentlemen-Aussteigen vor: Ladies first, James Last. Haha.«

Daniel verdrehte die Augen. Wenn es mit den schlechten Sprüchen in dieser Taktzahl weiterging, konnte das ja heiter werden.

Der Ausstiegsvorgang zog sich dann doch noch ein bisschen hin, weil sich die achtlos in die Überkopfablagen hineingeworfenen Nordic-Walking-Stöcke der älteren Mitwanderer ineinander verkeilt hatten und nur unter großem metallischen Geschepper wieder voneinander getrennt werden konnten. Irgendwann hatten alle ihr Geraffel beieinander, und es konnte losgehen.

Nach ein paar Schritten wies Mo auf ein orangenes »Ö« hin, das auf einem Baumstamm prangte. »Das ist übrigens das Logo von unserem Wanderweg, dem Hochrhöner. Also, wenn mal jemand verloren geht, einfach nach dieser Markierung suchen, gell? Dann find ma uns alle wieder. Okay, wenn dann alle Klarheiten beseitigt sind, geht's aufi!«

Nachdem sämtliche Fragen und Wortspiele abgearbeitet waren, setzte sich die Wandergruppe in Bewegung. Der erste Teil des Weges stieg am Rand einer sattgrünen Wiese sanft an, die Sonne funkelte hier und da durch das dichte Blätterdach der hohen Bäume. Die Luft war erfüllt vom Summen der Insekten und Vogelgezwitscher, die Temperatur hätte mit dreiundzwanzig Grad und niedriger Luftfeuchte für den Auftakt der Tour nicht idealer sein können. Jeder einzelne Mitwanderer schien nach den Strapazen der Anreise überwältigt von der Ruhe und Schönheit der ersten Meter, nur Marlies plapperte ohne konkreten Adressaten unentwegt vor sich hin und schien sich nicht daran zu stören, dass ihr niemand zuhörte.

Daniel legte seinen Arm um Brigittes Taille und sagte einfach nur: »Schön.«

Nach ein paar hundert Metern hatte sich die fast andächtige Anfangsfaszination für den deutschen Mischwald offenbar gelegt, die Gespräche flammten wieder auf. Ute plauderte mit Wanderführer Mo, Sven erklärte Tordis irgendwas in den Wipfeln, Walter tat, als höre er seiner Frau zu, nur Frank trottete als Letzter mit finsterer Miene hinter den anderen her.

An einer kleinen Steigung holten die beiden Polizisten das junge Paar aus dem Norden ein. Weil Brigitte und Daniel als Einzige aus der Nähe kamen, fühlte sich Brigitte irgendwie ein bisschen in der Gastgeberrolle und warf als Gesprächseröffnung ein:»Toller Wald, ne?«

Fand Sven nicht. Jedenfalls nicht ohne Einschränkung. »Mag sein, aber guck mal, wie trocken der Boden ist, das macht mir echt riesige Sorgen. Viel zu wenig Regen, seit Jahren. Ich habe Tordis eben schon erklärt, wie man den Trockenstress an den Baumkronen ablesen kann.«

Tordis schaute unglücklich, Brigitte konnte nicht einschätzen, ob das am Trockenstress oder an ihrem Freund lag.

Sven legte nach:»Wart ihr mal im Harz? Ich könnte heulen, da ist alles abgestorben. Sauerland genauso. Wir müssen dringend weg von der Monokultur, weg von der Fichte, dringend.«

»Jaja, schlimm«, sagte Daniel, weil alles andere auch keinen Sinn gehabt hätte.»Hast du beruflich mit Umweltschutz zu tun? Weil du vorhin sagtest, du seist bei einer Nichtregierungsorganisation …?«

»Nee, wir schützen die Menschen. Vor Lobbyisten. Der Laden heißt ›Influence Check‹. Haste bestimmt schon mal gehört, wir veröffentlichen monatlich im Netz alle Kontakte zwischen Wirtschaft und Politik und legen die Verflechtungen offen.«

»Mhm«, sagte Daniel unbestimmt.

»Ihr könnt euch überhaupt nicht vorstellen, was für miese Nummern da teilweise ablaufen. Ich habe da schon so einiges rausgefunden, könnt ihr glauben. Atomkraft. Oder das Tempolimit zum Beispiel. Die Automobillobby ist mit Heerscharen von Beeinflussern im Regierungsviertel unterwegs …«

»Och, Sven, jetzt lass doch mal«, sagte Tordis mit nörgeliger Stimme.»Du kannst nächste Woche wieder Verschwörungen aufdecken, genieß doch einfach mal die Natur.«

Sofort schaute Sven wie ein schuldbewusster Dackel und winselte plötzlich mit einem unmännlichen Stimmchen:»Du hast ja so recht, min Leefke. Entschuldige, aber du weißt doch, wie wichtig mir das alles ist. Ich kann so schnell einfach nicht abschalten. Muss ich aber. Böser Sven! Jetzt genießen wir die Rhön.«

»Genau, so macht ihr's«, sagte Daniel. »Und vielleicht seht ihr ja direkt schon ein Birkhuhn. Viel Glück!« Er zog die Geschwindigkeit an, Brigitte folgte ihm.

Als die beiden weit außer Hörweite waren, flüsterte Daniel: »Was ist denn mit dem nicht in Ordnung? Zuerst kommt der mit diesem Wollknäuel ums Eck, dann macht er einen auf Investigativ-Maxe, und sobald diese blasse Frau was sagt, ist der so klein mit Hut.«

Brigitte zuckte mit den Schultern und drehte sich kurz um, um zu prüfen, ob der Abstand wirklich schon groß genug war. »Keine Ahnung. Die Küchenpsychologin in mir würde mal auf Verlustangst tippen. Sofort alles recht machen, damit Leefke nicht abhaut. Ist aber nur so 'ne Vermutung.«

Brigitte und Daniel hatten sich so flott von Sven und Tordis entfernt, dass sie fast schon Walter und Marlies eingeholt hatten. Die ältere Dame mutmaßte gerade, dass sich an ihrer linken Ferse eine gewaltige Blase entwickle, als sie die hessischen Kommissare hinter sich bemerkte. Blitzschnell stellte sie ihr Lamento ein und rief den beiden zu: »Wat ihr dat schön habt hier, ihr seid doch aus der Gegend, ne?« Sie blieb kurz stehen, damit Brigitte und Daniel vollends aufschließen konnten. »Is wirklich so 'ne Ecke, die die meisten gar nicht kennen. Aber wir gucken ja viel Hessen Drei zu Hause, ne, Walter? Die ham immer so schöne Landschaftsreportagen. Ich sach dann immer: Man muss auch mal übern Tellerrand schauen! Du, und wir machen jetzt sogar oft die Mediathek an, das hat der Melvin uns alles eingestellt. Da musste gar nicht mehr in der Fernsehzeitung gucken, wann was kommt, da kannste jederzeit alles abrufen. Letztens hatten wir 'ne ganz spannende Serie entdeckt, Walter, die mit dem Kommissar, der trank, wie hieß die noch mal? Na, egal, ihr als Polizisten braucht bestimmt keine Krimis im Fernsehen, ist ja wahrscheinlich aufregend genug, euer Job.« Brigitte bemerkte, dass Daniel die Ohren auf Durchzug gestellt hatte und in Marlies' Monolog nur dann und wann aufmerksamkeitsvortäuschende Geräusche einwarf. Während die ältere Dame jetzt dazu übergegangen war, das deutsche Fernsehprogramm – von den paar Highlights in der Mediathek abgesehen – zu monieren, hörte Brigitte von Daniel nur alle paar Sekunden ein »Jaja«, »Ach« oder »Echt?« und ahnte, dass er mit seinen Gedanken ganz woanders war.

Walter schien es zu genießen, dass mal jemand anderes seiner Frau zuhören musste, und pfiff fröhlich vor sich hin. Das Glück währte aber nur kurz, weil Mo stehen geblieben war und die Gruppe um sich versammelte. Frank traf als Letzter ein, er hatte eine knallrote Birne und Schweißflecken auf dem Shirt.

»So, liebe Leut, kleine Verschnaufpause, wir sind gleich auf dem Gipfel. Frank, geht's bei dir?«

Unwirsches Nicken.

»Fein. Ich wollte euch kurz etwas über den Pleß erzählen. Der Berg ist sechshundertfünfundvierzig Meter hoch, wir haben also fast schon dreihundert Höhenmeter geschafft. Und das war's dann an und Pfirsich auch schon mit dem Aufstieg für den ersten Tag, haha. Wer mag, kann oben noch auf den Aussichtsturm steigen, da habts ihr eine wunderbare Sicht über die Rhön und den Thüringer Wald. Aber passt auf, das ist nämlich ein gefährliches Pflaster da oben.« Mo warf ihnen einen geheimnisvollen Blick zu und senkte die Stimme. »Es heißt, da heroben sei vor ein paar hundert Jahren der Jäger Johannes Sachs ums Leben gekommen, angeblich ein tragischer Jagdunfall. Hat aber niemand gesehen. Außer dem Herzog von Sachsen-Meiningen, der kurz davor auch dabei war, wie die Frau vom Sachs Johannes starb. Es geht das Gerücht, dass sie mit dem Herzog poussiert hatte und deswegen aus dem Weg geräumt werden musste. Na ja, und weil halt der Adlige und der Sachs die einzigen Zeugen waren, wie die Frau starb, kann es sein, dass der Jäger zu viel wusste und deswegen ihm auch noch schnell die Birne weggepustet wurde. Also, gell, die Damen, immer aufpassen, wem ihr schöne Augen macht, haha, ich bedanke mich herz rechtlich für die Aufmerksamkeit. Aufi geht's, die letzten Meter schaff ma auch noch.«

**

Die Wandergruppe hatte es sich in der Sonne auf ein paar Holzbänken bequem gemacht und war über die Jause her gefallen, die Mo aus seinem Rucksack gezaubert hatte. Nur Sven saß mit Tordis auf einer Picknickdecke im Gras, die beiden hatten eine trockene Scheibe Graubrot gemümmelt, während sich die anderen Teilnehmer ihre Stulle fingerdick mit der Dosenwurst einer Rhöner Landmetzgerei belegt hatten. Die Gewürzgurken aus dem Glas hatte der Kämpfer gegen den Lobbyismus mit der Begründung abgelehnt, dass sie von einem ganz schrecklich menschenrechtsverachtenden Konzern stammten.

Daniel nutzte das gefräßige Schweigen, um sich Gedanken über die Mitwandernden zu machen. In erster Linie fragte er sich, wie Walter es schon jahrzehntelang mit dieser Frau aushielt, die wahrscheinlich nicht erst seit gestern unter Sprechdurchfall litt. Eigentlich schwieg sie nur mal kurz, wenn sie etwas aß, und selbst mit vollem Mund war sie noch in der Lage, immer wieder neue Unerheblichkeiten in die Welt zu faseln. Daniel überlegte, ob so was ein schleichender Prozess war oder ob Marlies den Mann schon beim ersten Date zugequasselt hatte.

Mo hatte auf dem Gipfel seinen Waden mehr Luft gegönnt, indem er das Unterteil seiner Wanderhose mit einem beherzten Zug am Reißverschluss vom Rest des Beinkleids gelöst hatte. Leider wurde durch diese Aktion auch ein Tattoo auf seinem Unterschenkel freigelegt, das das Vereinslogo vom FC Bayern und den Slogan »Mia san mia« zeigte. Daniel war kein großer Fußballfan, aber für diese Münchner Millionärstruppe hatte er nun wirklich nichts übrig. Das hatte er aber auch nicht für Männer mit Pferdeschwanz, teilbaren Funktionshosen und Sonnenhüten mit Nackenschutzlätzchen, und insofern war die Tätowierung auf Mos Wandererwade dann fast schon wieder konsequent.

Ute musste um die sechzig sein und trug ein ärmelloses Top. Sie war schon jetzt vor dem Sommer gut gebräunt, wirkte drahtig und hatte bei dem knackigen Anstieg erstaunlich gut mitgehalten. Obwohl sie sich bei einer sportlichen Aktivität befand, hatte die Boutique-Besitzerin ein leichtes Make-up aufgelegt, das gut mit ihrem kastanienbraunen, akkurat geschnittenen Bob harmonierte. Sie trug dezenten Goldschmuck und hatte gerade offenbar den verwegenen Plan, den miesepetrigen Frank in ein Gespräch zu verwickeln.

Ja, Frank. Der Typ hatte in den letzten paar Stunden keine drei Sätze gesagt, dafür aber während des Anstiegs schon drei Zigaretten weggequalmt. Sein Outfit sprach dafür, dass er sich ums Geld keine Gedanken machen musste. Allerdings standen die funkelnagelneuen Wandersandalen und die Funktionskleidung von einer teuren Südtiroler Manufaktur im krassen Gegensatz zu seiner erheblichen Unlust an der Tour. Frank hatte bisher weder seinen genauen Wohnort verraten noch was er beruflich machte, er sprach aber Hochdeutsch und schien einer kleinen Unterhaltung mit Ute im Augenblick tatsächlich nicht abgeneigt.

Die mit Abstand seltsamsten Vögel dieser Reise waren für Daniel bislang Sven und Tordis. Auf den ersten Blick passte das Hamburger Pärchen schon ganz gut zusammen, beide wirkten, als würden sie sich morgens mit einem Stück parfümfreier Seife aus dem Reformhaus kalt abbrausen und sich die Zähne dann per Zahnbürste mit recycelbarem Holzgriff putzen. Vielleicht waren das sogar die Menschen, die Ajona benutzten.

Sven hatte einen ungepflegten Spitzbart und sich zum Schutz vor der Sonne ein buntes Bandana über den Kopf gebunden. Seine Freundin trug ein gebatiktes Stoffkleid, ebenfalls ohne Ärmel, aus dem unterhalb der Knie zwei hellhäutige, unrasierte Frauenbeine rausguckten. Diese wiederum steckten in klobigen Wanderstiefeln mit Wollsocken und machten den Eindruck, als wolle Tordis heute noch zu einer Alpenüberquerung aufbrechen. Trotz dieser offensichtlichen Gemeinsamkeiten wirkte das paarinterne Verhalten der beiden disharmonisch. Sven rackerte sich ab, seiner Freundin allerlei zu zeigen und zu erklären, sie wirkte unbeeindruckt und auf eine fast gespenstische Art abwesend. Na gut, gestand Daniel ihr gedanklich zu, vielleicht war Tordis einfach auch noch müde von der Anreise – oder norddeutsche Begeisterung sah eben anders aus.

Mo schien langsam aufbrechen zu wollen, er wischte die bunten Plastikteller der Brotzeit mit einem Tuch ab und packte sie zurück in seinen Rucksack. Marlies hatte unvorsichtigerweise über die Pause ihre Schuhe ausgezogen und jetzt große Probleme, mit ihren geschwollenen Füßen wieder in die Schnürstiefel zu kommen. Sie hatte vom Bücken ein puterrotes Gesicht, als sie ihren Mann um Hilfe rief:

»Walter! Walter, kommste mal, ich komme da mit der Ferse einfach nicht rein, das ist alles noch viel zu eng. Und ich glaube, ich kriege auch 'ne Blase am Ballen, der ist ja eh so breit bei mir. Walter?«

Walter konnte seine jammernde Frau nicht hören, er hatte sich kurz von der Gruppe entfernt, um sich in einem kleinen Gehölz zu erleichtern. Deswegen wurde Marlies augenblicklich lauter.

»Walter! Mensch, wo biste denn? Ich brauche Hil-fe! Ich sach noch, ich hätte nicht direkt mit den neuen Schuhen loswandern sollen. Aaah, dat tut richtig weh am Ballen. Und Hühneraugen hab ich ja auch. Auf beiden Seiten!«

Mo warf seinen Rucksack ab und beugte sich mit einem leicht resignierten Blick zu Marlies' Füßen hinunter. Bevor sie sämtliche podologischen Leiden vor der Gruppe ausbreitete, zog er ihr mit zwei beherzten Rucken die Schuhe über die Ferse und sagte unwirsch:»So, Schuhbandl machst aber selbst zu.«

Marlies war verdattert. Solche klaren Ansagen war sie von Walter offenbar nicht gewohnt. Der kam zufriedenen Blickes von seinem Gebüsch zurückgeschlendert und fragte mit gespielter Ahnungslosigkeit:»Alle fertig? Kann's weitergehen?«

Daniel war mittlerweile der Ansicht, dass der ältere Herr sein kurzes Austreten mit Kalkül terminiert hatte, um dem Terz seiner Frau beim Wiedereinstieg ins Schuhwerk zu entgehen. Schlitzohr!

Die Gruppe setzte sich in Bewegung, Mo ging allein vorweg, denn Ute hatte es während der Pause tatsächlich geschafft, Frank in ein Gespräch zu verwickeln, und lief nun mit ihm hinter dem Wanderführer her. Dann folgten Walter und Marlies, die beleidigt schien und die Klappe hielt. Allerdings war nicht auszumachen, ob der Groll ihrem Ehemann oder dem»Happytrekking«-Wanderguide galt.

Daniel und Brigitte ließen ein paar Meter Platz zu den beiden, der Abstand zu Sven und Tordis am Ende des Trupps wuchs automatisch, weil er ihr immer wieder irgendetwas zeigte und erklärte.

»Du warst so ruhig während der Pause«, sagte Brigitte zu ihrem Freund.»Macht's dir gar keinen Spaß?«

»Doch, doch, es wird langsam besser. Ich habe die Zeit nur genutzt, um die Leute ein bisschen zu studieren. Ist ja ein seltsamer Haufen, aber ich glaube, das kann ganz unterhaltsam werden.«

»Wen findest du bisher am komischsten?«

»Tordis. Ich habe das Gefühl, die hat gar keine Freude an der ganzen Sache hier.«

»Ich glaube, die hat gar keine Freude an Sven.«

»Ja, ne? Äußerlich passen die gut zueinander, finde ich. Aber es scheint so überhaupt keine Interaktion zwischen denen zu geben.« Daniel schielte unauffällig über die Schulter. »Schon wieder. Er redet, und sie trottet nur so nebenher.«

Auch Brigitte warf einen verstohlenen Blick nach hinten. »Du hast recht. Weißt du was? Ich rette die jetzt aus den Fängen von diesem Erklärbär. Vielleicht finde ich ja raus, was mit ihr los ist, so von Frau zu Frau.«

Brigitte blieb stehen und tat, als müsse sie ganz dringend ihre Wandersocken wieder in die richtige Position bringen. Daniel lief weiter und war gespannt, ob sie die seltsame Frau wirklich zum Reden bringen würde.

✳✳✳

Der Abstieg vom Pleß gestaltete sich mühelos, führte zunächst durch dichten Wald, später am Feldrand entlang zur Bernshäuser Kutte. Diesen kleinen Weiher stellte Mo als den größten See der thüringischen Rhön vor, gönnte der Wandergruppe dort aber keine Pause, weil es zum ersten Etappenziel nur noch wenige hundert Meter waren. Im Dorf steuerte er auf ein freundliches Fachwerkhaus zu, die schattigen Plätze auf der Terrasse davor warteten auf Gäste.

Vor dem Haus blieb er stehen und machte eine einladende Geste. »Darf ich vorstellen? Die ›Grüne Kutte‹. Unsere Unterkunft für heute Nacht. Abendessen ist in gut anderthalb Stunden. Woll mer gleich auf die Zimmer oder erst mal eine kleine Hopfenkaltschale schlürfen?«

Die Wandergruppe votierte einstimmig pro Terrasse, was Mo zufrieden mit den Worten kommentierte: »Passt. Pflanzt euch hin, ich sag ja immer: *Save water, drink beer*, haha.«

Alle ließen sich erschöpft in die Stühle fallen und orderten bei der herbeigeeilten Kellnerin ihre Getränke. Die meisten entschieden sich für ein großes Bier ohne Alkohol, außer Ute, die einen Aperol Spritz wählte, und Frank, der sich für einen halbtrockenen fränkischen Weißwein entschied und eine Zigarette anzündete.

Daniel war unruhig. Er wäre am liebsten sofort mit Brigitte auf dem Zimmer verschwunden, denn er sah ihr an, dass sie etwas zu erzählen hatte. Oben im Wald war es ihr tatsächlich gelungen, Tordis von Sven zu trennen und sie in ein ausführliches Gespräch zu verwickeln. Aber er musste sich in Geduld üben, jetzt war erst mal gruppendynamischer Small Talk angesagt. Und darum musste man Marlies natürlich nicht lange bitten.

»Die haben ja wirklich alles toll renoviert hier. Da siehste gar nix mehr von der DDR. Gut, die ham auch genug Soli von uns bekommen«, tat sie kund, als die Bedienung wieder weg war. »Geht ja alles in'n Osten. Und bei uns im Ruhrgebiet verfallen die Städte. Na ja, ein Jammer.«

Irgendwie schien niemand Lust zu haben, in Marlies' Ossi-Wessi-Lamento einzustimmen, deswegen entstand eine kleine Pause. Tordis versuchte, eine Wespe zu verjagen, Mo breitete seine Wanderkarte aus. Er drehte sie den Mitwanderern zu.

»Apropos Osten. Morgen laufen wir über die ehemalige Zonengrenze.«

Alle streckten die Köpfe über die Landkarte, nur Frank tippte in seinem Handy herum.

Mo deutete mit dem Zeigefinger auf einen Punkt. »Das ist Bernshausen, da sind wir gerade. Und hier …«, er zeigte ein Stück weiter Richtung Westen, »… hier fährt uns der Bayram morgen hin. Nach Dermbach. Sind von hier aus nur ein paar Kilometer, aber die Etappe ist zum Wandern nicht so spannend. Und von Dermbach geht's dann hoch zum Gläserberg und über Wiesen und Wälder da herüber nach Tann. Das liegt dann schon in Hessen. Wird ein bisschen anstrengender als heute, aber ihr seids ja alle fit wie die Turnschuhe.«

In diesem Augenblick kamen die Getränke, die aus Daniels Sicht erfreulich schnell weggezischt wurden. Während die anderen ein paar Gruselgeschichten von den gefürchteten Kontrollen an der ehemaligen DDR-Grenze zum Besten gaben, musterte er Tordis. Sie nahm nicht an dem Gespräch teil, sondern streichelte gedankenverloren eine streunende Katze, während Sven über den ökologischen Nutzen des früheren Todesstreifens dozierte. Sie schien ihrem Freund nicht einmal zuzuhören. Daniel fand, dass die junge Frau müde Augen hatte und traurig aussah. Nur die schnurrende Katze rang ihr ein feines Lächeln ab – das erste seit Beginn der Wanderung. Möglicherweise hatte sie psychische Probleme? Oder nahm Medikamente? Oder es hatte vielleicht einen Todesfall in der Familie gegeben.

Daniel befahl sich, nicht weiter auf Tordis zu starren, sondern sich am Gespräch mit den Mitwandernden zu beteiligen. Immerhin kam er aus Wildeck-Bosserode und hatte die innerdeutsche Grenze als Kind direkt vor der Nase gehabt. Also erzählte er ein paar Anekdoten aus der Wendezeit von Begrüßungsgeld, schäbigen Gebrauchtwagen und Videorekordern.

Nachdem alle ausgetrunken und die Rechnung bezahlt hatten, ging es endlich auf die Zimmer. Für den von außen rustikalen Gasthof waren die Schlafräumlichkeiten erstaunlich modern eingerichtet, mit riesigen Fototapeten, indirekter Deckenbeleuchtung und frisch renovierten Bädern. Aber für all diesen Luxus hatte Daniel keinen Blick, er warf seinen Rucksack auf einen Sessel und fragte neugierig: »Und?«

Brigitte setzte sich aufs Bett und fing an, ihre Schuhe aufzuschnüren. »Aaalso«, sagte sie gedehnt. »Das klingt alles nicht gut in dieser Beziehung. Tordis ist wohl völlig genervt von Svens Omnipräsenz. Ja, so will ich es mal nennen. Er hat einen ausgeprägten Beschützerinstinkt, eine große Erklärfreude und ist obendrein eifersüchtig. Dann wittert er hinter allem eine Verschwörung, gegen sich und die Menschheit im Allgemeinen. Und sein übertriebenes Umweltbewusstsein geht ihr auch auf den Zeiger. Der muss zum Beispiel mal einen Riesenaufstand gemacht haben, als Tordis Kartoffelschalen in den Restmüll gekippt hat. Weil die natürlich in die Biotonne gehören. Und sie können ihren Balkon nicht benutzen, weil dort ein Wespennest ist, das Sven aus Gründen des Artenschutzes nicht entfernen lassen möchte.«

»Und warum trennt die sich nicht von dem?«

»So weit bin ich noch nicht. Er kann wohl auch sehr liebevoll sein. Aber das Schlimmste kommt erst noch: Er will unbedingt ein Kind, sie auf keinen Fall. Deswegen nimmt sie die Pille. Und zwar heimlich.«

»Krass. Vor allem, dass sie das einer wildfremden Frau im Wald direkt alles erzählt.«

»Ja, das hat mich auch gewundert. Vielleicht hat sie sonst nicht viele Freunde. Und ich musste nicht mal besonders bohren, das Herz lag ihr auf der Zunge.«

Brigitte öffnete ihren Koffer, den der Busfahrer zuverlässig am Hotel abgeliefert hatte, und kramte nach den passenden Kleidungsstücken fürs Abendessen. Während Daniel seine Reisetasche auf die dafür vorgesehene Abstellfläche wuchtete, drehte sie sich kurz um und schickte nach: »Und übrigens, noch ein Zitat von Tordis: Dieses Birkhuhn ist ihr scheißegal.«

***

Während Daniel im Badezimmer die Dusche rauschen ließ und unter der Tür eine feine Wolke Wasserdampf ins Zimmer zog, hatte sich Brigitte aufs Bett geworfen und wollte ihre Mails checken. Sie konnte sich aber nicht konzentrieren, weil sie ständig über den ersten Wandertag nachdenken musste. Abgesehen von Tordis' merkwürdigem Verhalten erstaunte

Brigitte, wie sehr sich Daniel für diese Sache interessierte. Normalerweise war er nicht der Typ, der sich ins Privatleben anderer einmischte, Menschen bewertete oder gar über sie herzog. Aber vielleicht war er im Urlaub einfach anders als auf der Arbeit. Oder ihn unterforderte die Wanderung, und er steckte seine Energie in die Beobachtung der Gruppendynamik. Oder hatte er sogar Interesse an Tordis als Frau? Immerhin war sie nur etwa zehn Jahre jünger, hatte eigentlich eine gute Figur und konnte recht nett aussehen, wenn sie mal lächelte.

Brigitte schüttelte den Kopf, um diesen Gedanken zu verjagen. Das war doch Quatsch. Daniel wollte eine Frau mit Humor, das hatte er immer wieder betont, und da war bei Tordis nun wirklich nichts zu holen.

Sie stand auf und wühlte abermals in ihrem Koffer, sie suchte nach einem sommerlichen Kleid, das sie zum Abendessen anziehen wollte. Sie griff zu einem tailliert geschnittenen Outfit in lebensbejahender Farbe, bei dem ihre Oberweite gut zur Geltung kam. Vorsichtshalber. Damit Daniel erst gar nicht nach anderen Frauen guckte.

Gut zwanzig Minuten später hatten sich alle Wanderer im Restaurant rund um einen eingedeckten Tisch versammelt. Die Kellnerin von vorhin nahm die Getränkebestellungen auf, die meisten blieben beim Bier, Frank orderte einen Rotwein in der Halbliterkaraffe.

Offenbar hatte sich Mo vorgenommen, den schweigsamen Gesellen zum Reden zu bringen, und fragte ihn:»Frank, wo machst denn du normalerweise Urlaub?«

»Sylt.«

»Geh, schau, da kann man ja auch tolle Strandwanderungen machen, bestimmt. Da war ich noch nie. Gehst da auch wandern?«

»Nein.«

»Der Frank hat geschäftlich viel zu tun«, erklärte Ute anstelle des Einsilbigen. Sie hatte sich beim Abstieg ja eine ganze Weile mit ihm unterhalten. »Bestimmt triffst du dich da mit deinen Geschäftsfreunden, gell? Auf einen Schampus in der ›Sansibar‹.«

»Wir treffen uns mehr privat. Ein Kompagnon von mir hat da ein Haus.«

Hui, dachte Brigitte, jetzt gerät er ja richtig ins Plaudern.

»Dann warst du bestimmt auch auf der Hochzeit von Christian Lindner eingeladen!«, rief Sven vom anderen Ende des Tisches.

Darauf konnte Frank nicht mehr antworten, weil Marlies einen längeren Monolog über längst vergangene Urlaube auf Baltrum anschloss. Sie wurde irgendwann von der Kellnerin unterbrochen, die ein riesiges Tablett mit neun duftenden Spargelcremesuppen in den Raum brachte. Zum Hauptgang gab es siebenmal Schweinebraten mit Klößen, wobei die Bedienung stolz darauf verwies, dass die »Grüne Kutte« mit dem Thüringer Kloßsiegel ausgezeichnet sei. Für Sven und Tordis brachte sie zwei vegetarische Kartoffeltaschen mit Frischkäse. Das Gespräch drehte sich um die schönsten Urlaubsorte und gipfelte in der Frage, wer von der Gruppe schon die weiteste Reise gemacht hatte. Frank gewann den kleinen Wettbewerb, er war schon auf Bali gewesen.

Zum Nachtisch wurden üppige Eisbecher aus einer nahe gelegenen Manufaktur serviert, über die sich alle begeistert hermachten.

»Morgen soll's ja anstrengender werden, da esse ich schon mal auf Vorrat!«, rief Ute in die Runde und stach ihren Löffel beherzt ins Gefrorene.

Franks Eis begann zu schmelzen, weil er draußen eine rauchen war, Tordis ließ ihres stehen, weil sie nicht mehr konnte. Das konnte Walter nicht mit ansehen und sagte zu ihr: »Eis geht immer. Das verbrennt beim Essen durch die Erwärmung im Mund mehr Kalorien, als es selber hat. Da rutschste quasi ins Minus mit.«

»Och, Walter, erzähl doch der jungen Frau nicht so 'n

Quatsch.« Marlies tätschelte die Hand der gegenübersitzenden Tordis. »Den Witz macht der immer.« Immerhin führte er dazu, dass die blasse Norddeutsche ein paar kleine Löffelchen kostete.

Brigitte fand den Abend richtig nett. Vielleicht lag das auch am Bier, aber irgendwie hatte sie Spaß an diesem bunten Haufen, der trotz aller Alters-, Herkunfts- und sicherlich auch Bildungsunterschiede immer wieder ein gemeinsames Gesprächsthema fand. Und wenn sie das richtig deutete, fand Daniel die Runde ebenfalls ganz unterhaltsam. Zumindest plauderte er rege mit Ute, die sich von ihm Gangstergeschichten aus dem Polizeialltag erzählen ließ.

Um kurz nach zehn begann Mo mit dem Hinweis auf den anstrengenden Tag morgen, die Runde aufzulösen. Tordis hatte sich schon vor einer halben Stunde verabschiedet.

Bis alle einzeln gezahlt hatten, war es halb elf, nach dem letzten Schluck klopfte der Wanderführer auf den Tisch und trötete in die Runde: »Also, Freunde, bis morgen um acht beim Frühstück! *Sleep well in your* Bettgestell, haha.«

Im ersten Stock bogen Daniel, Brigitte und Sven nach links zu ihren Zimmern ab. Die Kommissare wollten dem Mitwanderer gerade eine gute Nacht wünschen, als der sich hektisch umdrehte, um zu prüfen, ob alle anderen schon weg waren. Svens Augen hatten sich mit einem Mal zu Schlitzen verengt, er funkelte die beiden auf dem Gang zornig an und zischte: »Hört auf, in unserem Privatleben herumzuschnüffeln. Das geht euch einen Dreck an.« Dann huschte er zu seinem Zimmer und rammte zornig den Schlüssel ins Schloss.

***

Ihre alte Welt wirkte in der Erinnerung wie ein Film in Schwarz-Weiß. Über die Jahre vielleicht ein bisschen verblasst, aber auf jeden Fall ohne Farbe. Nichts hatte es in dieser düsteren Zeit gegeben, das in ihren grauen Alltag ein wenig Farbe gezaubert hätte. Die Enge der Kleinstadt, die Schlichtheit der Menschen, die harte Arbeit, die viel zu wenig Geld und schon gar kein Ansehen brachte. Sosehr sie auch darüber nachdachte, sie konnte sich an keinen Moment erinnern, in dem sie in dieser Phase ihres Lebens mal auch nur für einen Augenblick glücklich oder zufrieden gewesen war.

Manchmal schalt sie sich, die Zeit in der Retrospektive vielleicht ein bisschen zu schwarzzumalen – genauso wie man schöne Lebensabschnitte im Nachhinein überhöht glorifiziert –, aber außer einem Kurztrip nach Florenz mit ihrer besten Freundin fiel ihr nichts ein, was aus diesen Jahren auf der Festplatte für erfreuliche Erinnerungen im Gehirn abspeichernswert gewesen wäre.

Die größte Dramatik dieser Zeit bestand darin, dass es eigentlich keinen Unterschied machte, ob sie auf der Arbeit war oder Freizeit hatte. In ihrem Job musste sie sieche Patienten waschen, sabbernde Münder abwischen und vollgeschissene Bettpfannen entsorgen. Und zu Hause ging es dann genauso weiter. Seit seinem schweren Schlaganfall lag ihr Vater nahezu bewegungs- und artikulationsunfähig im Bett. Nur der feine Glanz in seinen Augen verriet die Freude, wenn sie sich auf den Rand seiner Matratze setzte und ihm erfundene Geschichten von der schönen Welt da draußen erzählte. Die Mutter wäre gern eine Hilfe gewesen, wurde aber selbst von Woche zu Woche zu einer größeren Belastung. Sie vergaß und verschusselte immer mehr, mittlerweile war es so schlimm, dass man sie mit dem kranken Vater auf keinen Fall mehr allein lassen konnte.

Heute wusste sie, dass sie mit ihrer Vermutung einer zügig fortschreitenden Demenz bei ihrer Mutter recht gehabt hatte. Aber die wollte damals davon nichts hören. Als sie ihren Verdacht irgendwann mal ganz vorsichtig geäußert hatte, bekam sie zu hören, es sei doch ganz normal, dass man im Alter ein wenig vergesslich werde, höchstens ein bisschen verkalkt, aber doch nicht krank und schon gar nicht die Sache mit diesem hässlichen Namen. *Die Mutter weigerte sich, ihre Krankheit anzuerkennen, und nicht nur das, sie wollte auch keine professionelle Hilfe ins Haus lassen.*

»Vati würde niemals eine fremde Person an sich heranlassen«, hatte sie immer gesagt. Und: »Du hast das doch gelernt.«

Irgendwann hatte sie aufbegehrt. Ihren ganzen Mut gesammelt und der Mutter in einer Unterredung klargemacht, dass es so nicht weitergehen könne. Wenn sie das kleine Haus verkaufen würden, wäre genügend Geld für ein Pflegeheim da, mit den entsprechenden Zuschüssen in dieser Pflegestufe sogar für ein sehr hübsches. Und dann musste sie miterleben, wie aus der kleinen, fast gebrechlichen Frau eine schreiende Furie wurde. Das sei ja wohl das Allerletzte, abgeschoben solle sie werden, zusammen mit dem Vater, der sich immer um alles gekümmert habe. Die Mutter schrie und weinte gleichzeitig und erhob immer neue Vorwürfe, die schließlich in dem Argument endeten, dass sich die Eltern um ihre Tochter als Baby und Kleinkind auch jahrelang gekümmert hätten. Und jetzt, wo der Zeitpunkt da wäre, etwas zurückzubekommen, wolle sich das Kind aus der Verantwortung stehlen.

Sie fand bis heute, dass der Vergleich hinkte. Denn Eltern entschieden sich in der Regel freiwillig für ein Kind, mit allen Kosten und Begleiterscheinungen.

Für eine demente Mutter und einen bettlägerigen Vater entschied sich niemand.

Sie wusste, dass ungezügelte Aggression manchmal ein Nebensymptom von Demenz war, und konnte der Mutter für ihren Wutausbruch deswegen nicht einmal böse sein. Sie sprach das Thema nie wieder an und fügte sich in ihr tristes Leben.

Von ihren kranken Eltern würde sie für ihre aufopferungsvolle Arbeit keinen Dank bekommen, das war ihr klar. Umso mehr sehnte sie sich nach ein bisschen Anerkennung oder Lob am Arbeitsplatz. Es musste doch irgendeinen Menschen auf dieser Welt geben, der ihren unermüdlichen Einsatz für Kranke und Schwache zu würdigen wusste, wenn schon nicht zu Hause, dann wenigstens im Spital. Sie war freundlich zu allen Patienten, machte Überstunden, ging auf Tauschwünsche im Dienstplan ein. Und alles wurde abgegolten mit einem schmalen Gehalt am Ende des Monats. Natürlich hatte es Patienten oder Angehörige gegeben, die ihr mal einen Blumenstrauß schenkten oder ein bisschen Trinkgeld zusteckten. Aber eine Wertschätzung von weiter oben, von der Klinikleitung oder den Ärzten, die gab es nicht. Jeder schien davon auszugehen, dass sie einfach funktionierte. Wie eine Maschine, die nur dann und wann ein wenig Schmieröl, aber keinen Zuspruch brauchte. Ein bisschen Achtung, ein kleines Kompliment hätten viel verändert. Und vielleicht wäre es dann auch nie so weit gekommen ...

TAG 2

Der Montag empfing die Wanderer mit strahlendem Sonnenschein. Für Dienstag waren Schauer und Gewitter angesagt, davon war an diesem klaren Morgen aber noch nichts zu spüren. Daniel öffnete das Fenster und ließ die kühle Luft ins Zimmer. Er hatte den Wecker auf sieben Uhr gestellt und dachte kurz an einen Urlaub mit Ausschlafen und freier Zeiteinteilung. Oder einen Urlaub ohne andere Menschen. Oder einen ohne Menschen, die einen kurz vorm Zubettgehen auf dem Flur noch einzuschüchtern versuchten.

Er hatte am gestrigen Abend mit Brigitte im Bett noch eine ganze Weile spekuliert, was Svens konkretes Problem sein könnte. Sich einfach mit einer Frau aus derselben Wandergruppe ein Stündchen zu unterhalten, war weder verboten noch im internationalen Urlaubsbekanntschaften-Knigge verpönt. Und Brigitte hatte Daniel mehrere Male versichert, dass sie Tordis keineswegs ausgequetscht, sondern sich die junge Frau im Gegenteil über ihr Zusammenleben mit Sven sehr auskunftsbereit gezeigt hatte.

Gab es irgendein dunkles Geheimnis zwischen den beiden? War vielleicht sogar Gewalt im Spiel? Daniel nahm sich vor, Tordis heute ganz genau auf dahingehende Spuren abzuscannen, beruhigte sich aber gleichzeitig mit der Erkenntnis, dass sie gestern recht viel Haut gezeigt hatte, die keinerlei Hinweis auf Gewalteinwirkung geboten hatte. Und für solche Anzeichen war er als erfahrener Polizist sensibilisiert. Vielleicht herrschte zwischen dem norddeutschen Paar auch nur ein skurriles Abhängigkeitsverhältnis, das von Außenstehenden nicht so einfach zu durchschauen war.

Daniel ging ins Bad und fasste den Plan, einfach abzuwarten, wie Sven heute Morgen drauf war, und der seltsamen Szene vom Abend nicht zu viel Bedeutung beizumessen.

Nachdem sich auch Brigitte geduscht und geföhnt hatte, fanden sich die Kommissare zwei Minuten vor der vereinbarten Zeit im Frühstücksraum ein. Mo saß als Einziger schon am Tisch, heute in einem weißen Shirt mit ein paar gelben Flecken und der Aufschrift »Don't eat yellow snow«. Er begrüßte die beiden Neuankömmlinge mit den Worten: »Ja, servus, ihr zwei, lang nicht gesehen und doch erkannt. Haha.«

Daniel griff zur Kaffeekanne und stellte in Gedanken fest, dass sich an der Front der schlechten Sprüche über Nacht nichts verändert hatte. Außerdem schien der lustige Vogel im Besitz einer jahreszeitenübergreifenden Kollektion humoristischer Kleidungsstücke zu sein.

Kurz darauf trudelte eine gut gelaunte Ute ein, gefolgt von Frank, der sich einen Kaffee eingoss und mit der Tasse für das erste Morgenzigarettchen erst mal nach draußen verschwand.

Dann kamen Sven und Tordis. Er rief ein tatenhungriges »Moin« in den Saal, sie sagte leise »Hallo«. Weil sich Ute neben Daniel gesetzt und Frank noch keinen Platz belegt hatte, schnappte sich Sven den Stuhl neben Brigitte und fragte im Hinsetzen: »Und, habt ihr gut geschlafen?« In einer Leutseligkeit, die mit der bedrohlichen Ansage vom Abend zuvor nichts zu tun hatte.

»Ja, echt super«, sagte Brigitte, und Daniel fand, dass seine Freundin einen wunderbar unverdächtigen Tonfall hinbekommen hatte.

»Wir auch. Die frische Landluft tut einfach gut.« Wider Erwarten kam diese Antwort nicht von Sven, sondern von Tordis, die die eingedeckte Kaffeetasse auf dem Untersetzer umdrehte und nach der Kanne angelte. Beim Eingießen fügte sie an: »Wir wohnen in Hamburg recht zentral. Um nicht zu sagen laut. Da tut diese Ruhe hier wirklich mal gut.« Das waren mehr Wörter als am gesamten gestrigen Tag.

Daniel stand auf, um sich etwas zu essen zu holen, Brigitte sagte noch schnell: »Na, dann habt ihr ja bestimmt einen ordentlichen Frühstückshunger«, und folgte ihrem Freund. Am Büfett warf sie Daniel einen fragenden Blick zu, der diesen mit einem leichten Schulterzucken quittierte. Sie einigten sich nonverbal, Tordis' plötzliche Redseligkeit später zu erörtern, und luden sich anschließend jede Menge Rhöner Deftigkeiten auf den Teller.

Ute steuerte mit Mo ebenfalls aufs Büfett zu und sagte: »Mei, schaut des alles gut aus.«

Sven hatte hinter dem Brötchenkorb einen Samowar entdeckt und lächelte der Wandergruppe freundlich zu, während er sein Teewasser zapfte.

Daniel fragte sich, was für ein seltsamer Film hier gerade ablief. Und wo Marlies und Walter eigentlich steckten.

Die Antwort auf den zweiten Teil seiner Frage folgte, nachdem alle wieder auf ihren Plätzen saßen und angefangen hatten, sich über die erste Mahlzeit des Tages herzumachen. Vom Treppenhaus über den Saal mit dem Büfett näherte sich ein lauter werdendes Wehklagen dem Frühstücksraum. Die Stimme war eindeutig Marlies zuzuordnen, verstummte aber im Türrahmen, als sieben Augenpaare – Frank war mittlerweile auch beim Essen – die verspäteten Mitwanderer fixierten. Das ältere Ehepaar blieb unschlüssig stehen, sie sah gerädert aus, er sauer.

»Marlies will heute nicht mit«, tat Walter barsch kund, während seine Frau schmerzgeplagt zu Boden blickte und theatralisch Luft einzog.

Mo war aufgesprungen. »Jetzt hockt euch doch erst mal hin, was ist denn los?«

»Du, mir tut alles weh.« Marlies stützte sich dramatisch am Türrahmen ab und sah aus wie ein Bildnis des Leidens Christi.

Der wackere Wanderführer bot seinen Arm als Stütze an und geleitete die ältere Dame zum Tisch.

Walter schüttelte den Kopf.

»Nicht nur die Füße, sondern auch der Magen. Ich habe kein Auge zugetan, die ganze Nacht. Ich glaube, die Klöße waren nix.«

Von dieser Theorie hielt Daniel wenig, allen restlichen Wanderern ging es schließlich gut.

Marlies ließ sich unter großem Gestöhne auf einen Stuhl fallen. Sie sah die üppig beladenen Frühstücksteller der anderen und drehte sich angewidert ab.

Sven hatte eine Theorie. »Das kann Zöliakie sein. Glutenunverträglichkeit. Hast du das häufiger? Dann musst du das mal überprüfen lassen.«

Von dieser Theorie hielt Daniel noch viel weniger. Thüringer Klöße bestanden überwiegend aus Kartoffeln, die seines Wissens gar kein Gluten enthielten.

»Vielleicht isses auch Migräne«, sagte Marlies matt.

Ja, was denn nun? Magen oder Kopf? Daniel hatte den Eindruck, als gehe es Marlies hauptsächlich darum, Aufmerksamkeit zu bekommen.

Walter verschwand zum Büfett, Mo holte sein Laptop aus der Tasche. Ihm schien es weniger um die Plausibilität von Marlies' Beschwerden zu gehen als um eine gute Lösung. »Du, wenn's nicht geht, ist das kein Problem. Der Bayram kann dich auch schon rüber nach Tann fahren, da gibt's ein schönes Freilichtmuseum, und du wartest da einfach, bis der Rest vom Schützenfest auch da ist. Denn die Etappe heute ist mit siebzehn Kilometern schon nicht kurz, da müss ma alle fit sein. Schau mal da in meinen Schlepptopp, die alten Bauernhäuser, das schaut doch ganz spannend aus, oder?«

Marlies wollte sich noch nicht festlegen, sondern lieber noch ein bisschen leiden, schien einem Busshuttle aber nicht abgeneigt. Walter verputzte schweigend zwei Brötchen mit Zungenwurst und stellte seiner Frau keine weiteren Fragen zu ihrem Gesundheitszustand. Er wirkte genervt.

Zum Ende des Frühstücks gab Marlies bekannt, dass sie auf das Angebot mit der Busfahrt nach Tann gern eingehen würde. Im Notfall fände sie dort wohl auch eher einen Arzt als hier im Dorf.

»Gut, so mach ma's, dann sehen wir uns in zwanzig Minuten zur Abfahrt, okidoki?« Mo war offenbar froh, das Problem unkompliziert gelöst zu haben, auch die anderen Mitwanderer hielten sich in puncto Mitleidsbekundungen zurück und verschwanden auf ihre Zimmer. Nur Marlies blieb noch sitzen.

Weil Daniel wusste, dass Brigitte das Bad nach dem Frühstück gern noch ein bisschen für sich hatte, bog er als Einziger nach rechts ab, um den öffentlichen Toiletten des Gasthauses einen kurzen Besuch abzustatten. Als er zurückkam, sah er, wie Marlies, sich unbeobachtet wähnend, doch zum Büfett gegangen war und heimlich zwei Rosinenschnecken in ihre Jackentasche stopfte. Von wegen Magen. Was für ein Früchtchen!

***

Die Wanderer wuchteten ihre Ausrüstung in den schwarzen Kleinbus, fast alle hatten einen großen Koffer dabei, um kleidungstechnisch auf jegliche Eventualitäten beim Wetter eingestellt zu sein. Nur Ute reiste mit einem handlichen Weekender, den Frank ihr in den Wagen hob.

»Du hast aber nicht viel Gepäck«, staunte Brigitte.

»Nein, du, ich nehm immer ein bissl Waschmittel und eine Wäscheleine mit. Weißt, des Funktionszeug trocknet ja ruckizucki über Nacht. Mach ich schon seit Jahren, da muss ich mich im Zug nicht so abschleppen.«

Brigitte notierte sich in Gedanken, diese Idee für die nächste Reise zu übernehmen. Ihr Koffer wog gut und gern zwanzig Kilo.

Der Bus fuhr ein paar Kilometer durch Felder und Alleen und kam in der Ortsmitte von Dermbach vor einem prachtvoll renovierten Gasthof zum Stehen. Die Wanderer stiegen aus, nur Marlies blieb sitzen und wurde von ihrem Mann mit einem knappen »Bis heute Abend« verabschiedet.

Mo schien immer noch erleichtert, das multiple Unwohlsein von Marlies so elegant geregelt zu haben, und legte einen strammen Schritt durch ein Wohngebiet vor. Am Rande des Ortes gewann der Weg schnell an Höhe, Franks Shirt wies schon nach wenigen Metern Schweißstreifen in der Bauchgegend auf. Hinter einer kleinen Kapelle ging es steil über eine Wiese bergauf.

»Kleine Abkürzung, da oben an der Hütte verschnauf ma kurz«, rief Mo motivierend in die Gruppe.

Das hohe Gras kitzelte Brigitte an den Beinen. Sie war zwar auch am Japsen, fand den schmalen Pfad durch die Wiese aber wunderschön. Hier und da sprang ein Grashüpfer von Halm zu Halm, von oben beobachtete eine aufgeregt zwitschernde Feldlerche die Gruppe. Sie blieb mit hektischen Flügelschlägen an einem Punkt vor dem blauen Himmel stehen und ärgerte sich wahrschcinlich, dass die Wanderer ihre potenziellen Mahlzeiten verschreckten.

Mo hatte die kleine Schutzhütte als Erster erreicht und ließ sich auf eine Bank fallen. Die anderen folgten nach und nach, warfen ihre Rucksäcke ab und positionierten sich auf den Sitzgelegenheiten in Aussichtsrichtung.

Mo zeigte auf eine Kette höherer Berge, die in östlicher Richtung grün emporragte. »Das ist der Thüringer Wald. Dahinten, mit den Sendeanlagen, das ist der Inselsberg, neunhundertsechzehn Meter. Ein Stückl links kommt die Wartburg. Und da unten«, er wies auf ein Dorf, das mit Dermbach schon fast zusammengewachsen war, »ist das Weltmeisterdorf Unteralba. Wer hat eine Ahnung, nach wem das benannt ist?«

Die Tipps der Gruppe reichten von Sebastian Vettel bis Mario Götze, allerdings war keine der Antworten richtig.

Schließlich verriet Mo die Lösung: »Ronny Ackermann, vierfacher Weltmeister in der Nordischen Kombination. Ein ganz starker Typ.«

Brigitte hatte den Eindruck, dass sich Mo dafür etwas mehr begeistern konnte als der Rest der Wanderer. Mit der Ansage »Knapp zweihundert Höhenmeter noch, ihr tapferen Recken« trieb der Guide die Gruppe zurück auf den Weg.

Nach einem knappen Kilometer durch offene Fluren tauchten auf einer Weide die ersten Rhönschafe der Tour auf. Ein paar streckten neugierig ihre schwarzen Köpfchen über den Elektrozaun, andere suchten das Weite und versteckten sich vor den Menschen unter einem gewaltigen Baum.

»Mei, sind die liab«, quietschte Ute verzückt. »Schau, da hat's sogar Lämmchen! So klein und flauschig.« Sie zückte ihr Handy und schoss eine ganze Serie von Fotos.

Brigitte bemerkte, dass selbst Frank ein Lächeln auf den Lippen hatte, während Sven ohne konkreten Adressaten darüber dozierte, dass die alte Nutztierrasse aus der Rhön fast schon mal verschwunden gewesen war.

»Aber mittlerweile ist der Bestand wieder gut gewachsen. Die geben eine ganz robuste Wolle.«

»Und schmecken ganz hervorragend mit einer leichten Thymiansoße«, ergänzte Walter, woraufhin Tordis traurig guckte.

Hinter der Schafsweide knickte der Hochrhöner im Wald ab, wurde enger und steiler. In Serpentinen schlängelte er sich über grobes Wurzelwerk, weswegen Mo zur Vorsicht mahnte.

Brigitte und Daniel hatten mit ein paar Trainingsmärschen vor der Reise Kondition aufgebaut und blieben dicht hinter Mo. Ein Stück weiter hinten folgte Ute, die sich mit Walter unterhielt, dann mit größer werdendem Abstand Sven und Tordis. Brigitte hatte das steilste Stück schon fast geschafft, sie hielt kurz inne und schaute den Hang hinunter. Frank war der Letzte, bis er oben war, konnte es dauern.

Plötzlich hallte ein Fluch durch den Wald, parallel dazu

ein rumpelndes Geräusch. Es folgten ein weiterer Schrei und das Klackern von Geröllbrocken, die über den Boden sprangen und teilweise gegen Baumstämme prallten.

»Scheiße, da ist jemand abgerutscht!«, rief Mo, der sofort danach an den Kommissaren vorbei den Berg hinabspurtete.

Brigitte konnte Walter und Ute auf dem Pfad erkennen, ganz unten auch Frank, die alle vor Schreck stehen geblieben waren. Sie stellte sich auf einen Baumstumpf und konnte nun auch Tordis sehen, stehend, aber ihr Freund fehlte.

Brigitte drehte sich zu Daniel und sagte tonlos: »Sven.«

Daniel zog die linke Augenbraue hoch. Seine Freundin wusste: Wenn er das machte, kam ihm irgendetwas faul vor.

»Los, wir müssen schauen, ob wir was tun können«, trieb Brigitte ihn an.

Im selben Moment fing Tordis an, um Hilfe zu rufen.

Daniel zögerte.

»Nun komm!«, mahnte Brigitte. »Ich ahne, was du denkst, aber das können wir später besprechen. Jetzt müssen wir erst mal sehen, wie es Sven geht.«

Daniel gab sich einen Ruck und hastete mit seiner Freundin den Hang hinab. Auch Walter und Ute waren zu Tordis gelaufen, Frank schnaufte bergauf zur Unglücksstelle. Dort, wo die junge Frau das steile Gefälle hinunterblickte, machte der Weg eine spitze Kehre. Die Wanderer versammelten sich an der Abbruchkante und sahen, wie Mo Sven einige Höhenmeter tiefer bereits aufgerichtet und an einen Baumstamm gelehnt hatte.

Mo schaute nach oben und rief: »Alles gut, ihr müsst euch keine Sorgen machen! Es scheinen nur ein paar Schürfwunden zu sein!«

Eine davon befand sich auf Svens Stirn, Brigitte konnte erkennen, dass er über der Augenbraue blutete. Auch am Schienbein war Blut, das vermutlich aus einer weiteren Wunde stammte.

Sven sah etwas gequält den Hang hinauf und meldete sich

ebenfalls. »Alles in Butter auf dem Kutter. Haxen sind noch dran.«

Tordis lehnte sich gegen eine Buche und atmete tief durch. Brigitte merkte, wie Daniel die junge Frau musterte. So, wie sie ihren Freund und Ermittlungspartner kannte, wollte der durch genaues Beobachten des Mienenspiels herausfinden, ob Tordis wirklich froh war, dass der Absturz glimpflich ausgegangen war. Oder ob sich in eine gespielte Erleichterung die Enttäuschung mischte, für einen kleinen Schubs doch nicht die richtige Stelle ausgesucht zu haben.

Sven war aufgestanden und humpelte, sich an Mos Schulter stützend, den Abhang hinauf. Brigitte hatte den Eindruck, als wolle er den starken Mann spielen, der die Schmerzen nicht spürt, aber wenn er den linken Fuß aufsetzte, verzerrte sich sein Gesicht.

»Geht alles, geht alles!«, rief er dem Rest der Gruppe zu und hatte es nach ein paar Metern geschafft.

Auf dem Wanderweg angekommen, fiel er seiner Freundin um den Hals, die ihn umarmte und wimmerte: »Oh Mann, Sven, das tut mir so leid …«

Er schüttelte den Kopf und antwortete leise: »Alles gut, Leefke, du kannst doch nichts dafür.«

Was tat ihr leid? Wofür konnte sie nichts? Brigitte wechselte einen schnellen Blick mit Daniel.

Mo hatte seinen Rucksack abgeworfen und ein kleines Notfalltäschchen herausgenestelt. »Ich mache dir jetzt erst mal ein Pflaster auf die Stirn und aufs Bein. Und dann glaube ich, dass sich das ein Arzt anschauen sollte.« Er desinfizierte seine Hände und zog das Abdeckpapier von einem großformatigen Heftpflaster ab. »Dein Kopf hat was abbekommen, das ist offensichtlich. Da müssen wir eine Gehirnerschütterung ausschließen lassen.«

Sven hielt still, während Mo ihm das Verbandsmaterial auf die Stirn klebte. Dann kümmerte sich der Wanderführer um die Wunde am Schienbein.

»Ich komme natürlich mit«, sagte Tordis leise, und es klang alles andere als natürlich.

»Also, meinetwegen müsste das mit dem Arzt nicht sein, Mo, das ist eine kleine Prellung, tut auch gar nicht mehr weh.«

»Meinetwegen aber schon, großer Meister. Tut mir echt sorry, aber ich habe die Verantwortung für die Gruppe. Warte mal …« Mo zog die Wanderkarte aus seinem Rucksack und studierte sie kurz. »Ja, wir laufen zurück nach Dermbach, wenn das bei dir geht. In die andere Richtung kommen nur Käffer, da finden wir keinen Doc. Meinst, du schaffst das?«

»Na, hör mal, ein Indianer kennt keinen Schmerz.«

Mo wandte sich an Brigittes Freund. »Daniel, du kennst dich hier doch ein bissl aus in der Gegend?«

Daniel nickte.

»Gut, dann schau, dass ihr nach Tann kommt. Es ist eigentlich ganz einfach, immer der Markierung folgen. Nur in Andenhausen müsst ihr aufpassen. Da zweigt die Ostvariante vom Hochrhöner ab. Ihr müsst auf die Westvariante.«

Mo warf noch mal einen kurzen Blick auf seine Karte. »Nicht Richtung Ellenbogen oder Kaltenwestheim, sonst lauft ihr stundenlang nur durch Wald und Felder. Da finden wir euch nicht wieder, okay?«

»Alles klar, kriegen wir hin. War ja bisher alles super markiert.«

»Gut, dann aufi, Sven, ich stütze dich. Ruft mich an, wenn ihr angekommen seid, wir drei werden dann schon irgendwie ans Ziel kommen. Und denkt dran, Marlies wieder einzusammeln. Die steht ab sechzehn Uhr am Stadttor.«

»Und wenn ihr ein Birkhuhn seht, unbedingt ein Foto machen, ja?«, rief Sven noch, bevor er seinen Arm um Mos Schulter legte und im Losgehen bei jedem Schritt hörbar Luft einzog. Klang für Brigitte, als würde Häuptling Große Klappe Schmerzen gerade kennenlernen.

Als die drei bergab außer Hörweite waren, fing Frank an

zu schimpfen. »Ganz tolle Nummer hier, wirklich. Das soll gut für die Gesundheit sein, und schon haben wir den ersten Schwerverletzten. Also, bei meiner Arbeit am Schreibtisch ziehe ich mir zumindest keine Fleischwunden zu.«

»Geh, Frank, so schlimm ist es auch wieder nicht.« Ute versuchte, den schwitzenden Bürohengst zu beruhigen. »Wenn man ein bissl achtgibt, kann gar nichts passieren. Außerdem, da oben soll's eine ganz schöne Aussicht haben …«

»Ich weiß nicht, ob ich das bis zum Schluss mitmache hier«, grummelte Frank und stapfte trotzig an allen vorbei bergan.

**

Daniel hatte das dringende Bedürfnis, mit Brigitte über den Vorfall zu sprechen. Das klappte aber nicht, weil die anderen ihnen beim weiteren Aufstieg zu nah auf die Pelle rückten. *Das tut mir so leid. Du kannst doch nichts dafür.* Was hatte dieser kurze Dialog zwischen Sven und Tordis zu bedeuten? Und wenn sie ihn tatsächlich den Hang hinuntergestoßen hatte, warum an dieser Stelle? Richtung Milseburg und Wasserkuppe kamen noch einige Abhänge, die deutlich besser dazu geeignet waren, sich seines Partners zu entledigen und es wie einen Unfall aussehen zu lassen. Andererseits konnte Tordis das nicht wissen, weil sie die Rhön gar nicht kannte. Also hatte sie vielleicht die erste Chance genutzt. Und es durfte ja auch niemand aus der Gruppe in der Nähe sein. Von daher war das weit auseinandergezogene Feld der Wandernden vorhin ideal gewesen.

Eifersüchtig und omnipräsent, so hatte Tordis Brigitte gegenüber Sven beschrieben. Vielleicht wäre das so ein Typ, der die Frau nicht gehen lässt, wenn sie sich von ihm trennt. Sie verfolgt, stalkt, mit Drohungen bei sich hält. Und drohen konnte Sven, das hatte Daniel am gestrigen Abend ja selbst erlebt.

Über einen steilen, schmalen Wiesenpfad erreichte die

Gruppe nach ein paar Minuten den höchsten Punkt des Gläserbergs. Die Hütte hatte montags zwar zu, trotzdem legten die Gipfelstürmer auf den Bänken davor eine Pause ein. Es herrschte Ruhe, jeder trank etwas und bewunderte die herrliche Aussicht auf die Wälder und Felder der dünn besiedelten Region.

Irgendwann sagte Ute in die Stille hinein: »Ich finde, Sven und Tordis sind ein seltsames Paar.«

Niemand antwortete auf ihre Feststellung, Frank tippte in seinem Handy herum, Daniel und Brigitte behielten ihre Begegnung mit Sven für sich, und Walter kramte in seinem Rucksack. Schließlich sagte er: »Die werden sich auch noch zusammenraufen.«

»Na, geh, zum Zusammenraufen ist das Leben zu schad. Sind ja noch so jung, die beiden. Es heißt doch: Drum prüfe, wer sich ewig bindet ...«

»Ob sich vielleicht was Besseres findet«, ergänzte Walter. Er zuckte resigniert mit den Schultern. Daniel hatte den Eindruck, in dieser kurzen Bewegung lagen über vierzig Jahre Schmerz und Bedauern, den seinerzeitigen Prüfungsvorgang in puncto Eheschließung nicht gründlich genug durchgeführt zu haben.

✳✳✳

Ein knappes Viertelstündchen später setzten die Wanderer ihren Marsch fort. Der Weg führte abwechslungsreich vorbei an Waldrändern, durch Felder und Auen und schließlich auf einer Hochfläche wieder bergan. Daniel lief neben Ute her und erfuhr, dass sie ihre Fitness regelmäßigen Ausflügen ins Voralpenland zu verdanken hatte. Brigitte unterhielt sich mit Walter, und soweit Daniel das mitbekam, kam ohne Marlies mit dem älteren Herrn tatsächlich eine dialogische Unterhaltung mit etwa gleich großen Gesprächsanteilen zustande. Ute erwies sich indes als Krimifan und hatte reges Interesse am Arbeitsalltag eines Ermittlers. Der bewegte sich in ihrer Phantasie zwar irgendwo zwischen den Rosenheim-Cops und der Eberhofer'schen Leberkäsromantik, aber ein ganz klein bisschen ging es mit Daniels einfältigen Kollegen Michi und Matze und seinem repräsentationsgierigen Chef Burns in der Polizeistation Bad Hersfeld auch so zu.

Der Hochrhöner führte an ein paar düsteren Baracken der ehemaligen DDR-Grenzsoldaten und an einem geschlossenen Ausflugslokal aus der Nazizeit vorbei, bevor sich in Andenhausen der Weg in Ost- und Westvariante gabelte. Der Abzweig war eindeutig markiert, und schon ein paar hundert Meter weiter war die Grenze zwischen Thüringen und Hessen erreicht. Die Gruppe wanderte schweigend über den ehemaligen Todesstreifen, jeder schien sich Gedanken über die grausame Zeit der deutsch-deutschen Teilung zu machen.

Irgendwann sagte Walter: »Bis bei uns in Bochum der erste Trabi auftauchte, hat es ganz schön gedauert. Wir waren wohl zu weit im Westen.«

»Das war bei uns in Bad Hersfeld anders«, erwiderte Brigitte. »Da roch es schon Mitte November '89 nach Zweitaktergemisch. Und dann die Schlangen fürs Begrüßungsgeld! Ach, das war eine wilde Zeit damals.«

Während der Weg über eine sonnige Hochebene verlief, steuerte jeder seine Anekdote zur Wendezeit bei. Ute konnte sich an ein überteuertes Hotel in Weimar mit erbärmlichem Frühstück erinnern, Walter an die erste Begegnung mit einer Cousine aus Treuenbrietzen. Selbst Frank erzählte, wie die Firma seines Vaters seinerzeit nach Magdeburg expandieren wollte und weder geeignete Büroräume noch Personal bekommen hatte.

Daniel fand, dass es sich ohne Sven, Tordis, Mo und Marlies sehr harmonisch wanderte. Ute und Walter waren wirklich nett, Frank eigentlich auch, wenn er nicht gerade mit seinem Schicksal haderte, ein Mittelgebirge zu Fuß zu durchqueren, anstatt mit aufgestelltem Polohemdkragen im

»Gogärtchen« Austern auszuschlürfen. Zur guten Stimmung trug bei, dass der Weg nun immer bergab führte und das Ziel, Tann, schon in direkter Sichtweite lag.

Bei einer letzten kleinen Pause vor dem Ende der Etappe holte Walter sein Mobiltelefon aus der Tasche. Er betrachtete das Display und tat kund, dass Marlies acht Mal versucht hatte, ihn anzurufen. Er steckte das Handy ohne einen weiteren Kommentar wieder weg, und Daniel meinte, ein feines Grinsen auf Walters Lippen erkannt zu haben.

Der Weg führte von Norden her in die kleine Stadt hinein und landete bald auf der belebten Hauptstraße. Daniel registrierte, dass man Autoabgase ganz anders wahrnahm, wenn man sich den gesamten Tag in der Natur aufgehalten hatte. Zwischen Fachwerkhäusern ging es auf das Stadttor zu, das so eng war, dass immer nur ein Fahrzeug durchpasste und der Verkehr auf der Bundesstraße mit einer Ampel geregelt werden musste. Auf der Treppe vor einem kleinen Türmchen saß Marlies und war stinkesauer, das war schon von Weitem zu erkennen. Als sie die Wandergruppe entdeckte, sprang sie auf und rannte auf ihren Mann zu. Sie schlängelte sich durch die wartenden Autos und schrie:

»Dat war vielleicht eine Scheiße hier, da setzt mich der Bayram in der Stadt ab, ich will in dieses Museum, und da hat dat zu. Weil Montach is. Alles zu hier, fünf Museen, keins auf. Und dann gehste nicht ans Telefon, Walter, ich frag mich, wat dat soll, machst du das mit Absicht?«

»Dafür kannste scheinbar wieder laufen.«

»Bitte? Dat is alles, watte mir zu sagen hast? Walter, ich bin ganz nah dran abzureisen, ganz nah dran bin ich. Wo is Mo überhaupt? Den habe ich auch versucht anzurufen.«

Daniel übernahm in sehr ernstem Ton die Schilderung von Svens Unfall, ließ alles noch ein bisschen dramatischer wirken und erreichte damit sein Ziel: Marlies hörte auf zu keifen. Sie zeigte sogar kurz Mitleid, das aber schnell von einer neuen Sorge abgelöst wurde.

»Wo müssen wir denn überhaupt hin? Weiß das einer?«
Ute hatte die Reiseunterlagen aus ihrem Rucksack gezaubert. »Landhaus Kehl, heißt's da.«

»Das ist zwei Orte weiter«, mischte sich ein Passant ein, der zufällig gerade an der Wandertruppe vorbeilief. »Höchstens zwei, drei Kilometer. Wenn Sie da vorn rechts abbiegen, kommen Sie unten am Fluss auf den Ulstertalradweg, den können Sie bis Lahrbach laufen, da in der Ortsmitte können Sie es nicht verfehlen.« Alle nickten dankbar. »Das ist übrigens die Familie von Sebastian Kehl, Vizeweltmeister bei der Fußball-WM 2002.« Der Mann klang stolz, Daniel sagte »Hui!« und »Danke«.

»Wie jetzt? Zwei, drei Kilometer? Ich dachte, dat wäre hier im Ort. Ich weiß nicht, ob ich da mitkomme, mir tut die Hüfte immer noch fürchterlich weh. Das Knie auch. Und an die Blasen will ich gar nicht denken!« Marlies bückte sich nach vorn und führte ihre Hand mit schmerzverzerrtem Gesicht über das rechte Bein.

In diesem Augenblick sagte Brigitte laut: »Daniel, meinst du, Sven muss operiert werden?«

Ihr Freund verstand sofort. »Kann sein, es sah ja wirklich schlimm aus. Genäht werden muss er mit Sicherheit. Etliche Stiche! Und er hat ganz schön viel Blut verloren.«

»Und du hörst sofort auf zu jammern und kommst mit. Du hörst ja, anderen geht's viel schlechter«, herrschte Walter seine Frau an.

Marlies starrte entgeistert, setzte sich aber in Bewegung, die ersten Schritte noch etwas humpelnd, dann jedoch ganz normal.

Ute flüsterte Frank zu: »Eine Wunderheilung.«

»Soll in so katholischen Gegenden ja vorkommen.«

Dass Tann eine der wenigen evangelischen Inseln der Rhön war, konnte der Mann aus Niedersachsen natürlich nicht wissen.

Auf dem Weg nach Lahrbach meldete sich Mo auf Daniels

Handy. Der Arzt aus Dermbach hatte Sven zur Computertomografie ins Krankenhaus Bad Salzungen überwiesen, um innere Verletzungen oder eine schwere Gehirnerschütterung auszuschließen. Der Befund im Spital sei unverdächtig gewesen, Sven fühle sich auch wieder wohl, Bayram würde sie jetzt zum Landgasthof bringen. Alle in der Gruppe waren froh, dass der Sturz keine schlimmeren Folgen hatte.

***

Eine knappe Stunde später hatten die Wanderer ihr Quartier für die Nacht erreicht. Etliche Schilder, Plaketten und Embleme an der Eingangstür sprachen dafür, dass hier regional und gut gekocht wurde.

Brigitte und Daniel bezogen ein gemütliches Zimmer im Haupthaus, in dem man es auch länger als für eine Nacht ausgehalten hätte. Dafür hatten sie allerdings keinen Blick, es brannte ihnen unter den Nägeln, über die Geschehnisse des Tages zu sprechen.

Brigitte sah Daniel das Mitteilungsbedürfnis an. »Du zuerst.«

»Also, wenn Tordis Sven da heute runtergeschubst hat, ist sie blöd. Es kommen noch Abhänge auf der Wanderung, die ein effektiveres Ergebnis bieten, wenn man jemanden loswerden will. Andererseits weiß sie das vermutlich nicht, habe ich mir überlegt, sie kennt sich in der Gegend schließlich nicht aus.«

»Richtig, das war auch mein Gedanke. Außerdem darf sie dabei keiner beobachten, und da war die Gelegenheit vielleicht gerade günstig. Und du hast ja gehört, wie sie gesagt hat, es täte ihr so leid.«

»Leidtun kann es ihr natürlich auch, wenn er einfach nur ausgerutscht ist. Auch wenn das dafür eine seltsame Formulierung ist.« Daniel zog die Wasserflasche aus seinem Rucksack, nahm einen kräftigen Schluck und sagte: »Ich fürchte, wir werden es nicht herausfinden. Aber ich behalte dieses komische Pärchen im Blick.«

»Und das machst du mit Walter und Marlies am besten auch. Er hat mir nämlich heute verraten, dass er ihr am liebsten den Hals umdrehen will.«

»Hui, das erzählt der einer Polizistin? Na ja, bellende Hunde beißen nicht.«

»Du, da wäre ich mir nicht so sicher. Es gibt immer wieder Fälle, in denen Leute nach fünfzig Ehejahren durchdrehen und ihrem Partner an die Kehle gehen.«

»Na, dann können wir ja froh sein, wenn alle aus der Gruppe lebendig am Freitagabend in Bad Kissingen ankommen.«

***

1995 war der November ein besonders scheußlicher Vertreter seiner Gattung gewesen. Unten im Tal hatte er den Menschen entweder Wolken oder Hochnebel gebracht, kein Sonnenstrahl war seit Wochen durch die graue Suppe gedrungen. Oben am Eisenberg, da soll der Gipfel an ein paar Tagen mal aus dem Nebelmeer herausgeragt haben, hatte ein Kollege berichtet. Aber dort kam sie ohne Auto nicht hin.

Sie summte in dieser trüben Zeit oft ein Lied vor sich hin, das wenige Wochen vorher erschienen war und im Radio rauf und runter lief: »Der triste Himmel macht mich krank, ein schweres graues Tuch, das die Sinne fast erstickt, die Gewohnheit zu Besuch.« Fast kam es ihr so vor, als würde diese Band aus dem Schwäbischen über ihren Alltag singen. Nur war leider weit und breit niemand in Sicht, der sie an die Hand nahm und ins Abenteuerland führte.

Eine kleine Erleichterung allerdings gab es in ihrem Leben: Der Vater war vor Kurzem gestorben. Er hatte sich von dem Schlaganfall nicht mehr erholt, lag eines morgens einfach in seinem Bett und atmete nicht mehr. Dafür schritt die

Demenz der Mutter voran, die von der Betroffenen weiterhin als Tüddeligkeit abgetan und ansonsten ignoriert wurde.

Zu allem Ärger und dem bedrückenden Wetter kam dazu, dass die Situation am Arbeitsplatz auch immer schwieriger wurde. Aus den neuen Bundesländern drängten jede Menge Pflegekräfte auf den Markt, gut ausgebildet und bereit, für ein neues Leben im Westen auch unter Tarif zu arbeiten. Außerdem machten Privatisierungs- und Fusionsgerüchte die Runde im Krankenhaus und versetzten das Altpersonal in Angst und Schrecken.

Und dann war da eines Tages dieser Bericht in der Zeitung. Über eine Krankenschwester aus der Pfalz. »Von der Heldin zur Täterin«, so lautete die Überschrift, daran konnte sie sich noch genau erinnern. Die junge Frau aus Kaiserslautern hatte bei Infusionen immer mal wieder sehr großzügig mit Kalium gearbeitet, bis die Patienten Zuckungen, Lähmungen oder einen Darmverschluss bekamen. Drei Menschen konnte sie durch die beherzte Gabe von Insulin retten, bei zwei weiteren kam von der Schwester der entscheidende Hinweis an den Arzt. Zunächst wurde sie in ihrer Klinik gefeiert, bis ihr der Hang zur großzügigen Kaliumdosis zum Verhängnis wurde und den Kollegen schließlich auffiel. Die dumme Gans! Hätte sie rechtzeitig aufgehört, wäre sie die Retterin der rätselhaft Leidenden geblieben.

Obwohl die Geschichte Schlagzeilen gemacht hatte, blieb der Mineralstoff in Krankenhäusern für das Pflegepersonal frei verfügbar. Auch an ihrem Haus achtete niemand so genau darauf, wer wie viel davon nahm und den Patienten gab. Denn gerade nach Durchfall, Erbrechen oder nach Einnahme wassertreibender Medikamente war eine Hypokaliämie, ein Kaliummangel also, eine häufige Begleiterscheinung. Von daher war es in einigen Fällen üblich, den Stoff intravenös zu verabreichen. Und da konnte man sich als unter Druck stehende Mitarbeiterin in der Dosierung ja schon mal ver-

*tun. Zumindest, wenn man erwischt worden wäre und eine
Ausrede gebraucht hätte.*

*Als am Freitag vor dem ersten Advent die Sonne immer
noch nicht zum Vorschein kommen wollte, ihr Bus Verspätung hatte und die Kantine eine Schüssel mit blassem Milch-
reis allen Ernstes als Hauptgericht deklariert hatte, wusste sie:
Heute war genau der richtige Tag, um Heldin zu werden!
Und der dicke Alte auf der 302 das perfekte Opfer. Er war
mit einer beachtlichen Tachykardie auf die Kardio gebracht
worden, dreihundertsechzig Schläge pro Minute bei seiner
Einlieferung, und hing ohnehin am Tropf. Falls sie sich bei der
Dosierung doch verschätzen sollte, würde bei dieser Qualle
und einem derartigen Blutdruck niemand Verdacht schöpfen.*

*Aber ihre Sorgen stellten sich als völlig unbegründet
heraus. Der Mann klagte ein paar Stunden nach der üppigen
Kaliumgabe über schweres Kribbeln in den Beinen und hefti-
ges Rumoren im Verdauungstrakt. Er ließ den Arzt kommen,
der flankiert von zwei Krankenschwestern den Patienten
begutachtete. Sie fand es fast oscarreif, wie sie neben ein, zwei
anderen Vermutungen ihren Verdacht auf eine Hyperkaliämie äußerte. Beiläufig und doch kompetent. Und tatsächlich
fand Dr. Schimmelpfennig heraus, dass der Mann aus völlig
unerklärlichen Gründen einen erheblich erhöhten Kaliumwert hatte. Man müsse das prüfen, hatte der Doktor gesagt,
da könne eine Hormonstörung zugrunde liegen, vielleicht
auch eine zu hohe Dosierung von ACE-Hemmern, das sei
auf jeden Fall eine sehr gute Arbeit der Schwester gewesen.
Sehr gute Arbeit!*

*Es war schon dunkel, als ihr Feierabend begann, trotzdem
hatte sie das Gefühl, als schiene zum ersten Mal seit Wochen
die Sonne.*

*Kurz vor Weihnachten beschloss sie, sich ein weiteres kleines
Geschenk zu machen, und wiederholte die Nummer, dieses
Mal an einer hageren Kneipenwirtin auf der 316, die zäh
genug wirkte, einen unangeforderten Elektrolyt-Booster zu*

überstehen. *Nach exakt zweiundsiebzig Minuten drückte das ledrige Weiblein den Notknopf, weil sie ihren rechten Arm kaum noch spürte und Lähmungserscheinungen auf der gleichseitigen Gesichtshälfte hatte. Dieses Mal war Dr. Noethen im Dienst, der einen Schlaganfall vermutete und zur Sicherheit die Expertise von Professor Opitz hinzuzog. Da außer den Lähmungen nichts weiter für Noethens Diagnose sprach, waren die Mediziner ein wenig unschlüssig, bis die Patientin sich einnässte. Bevor da noch mehr kam, was weggeputzt werden musste, war es an der Zeit, den Kollegen Halbgöttern mit einem fragend dahingemurmelten »Kaliumüberschuss?« ein bisschen auf die Sprünge zu helfen.*

Und siehe da, tatsächlich bestätigte ein Schnelltest den Verdacht und dem hilflosen Lederstrumpf in seinem feuchten Bett konnte mit einer Glucoseinfusion flott geholfen werden.

»Kalium, dass ich da nicht selbst draufgekommen bin. Toll, dass Sie das erkannt haben, Schwester, ähhhmmm …?«

Sie nannte Professor Opitz ihren Namen.

»Wirklich sehr gut diagnostiziert. Vielleicht haben Sie der Frau das Leben gerettet.«

Nachdem das zweite Lob damit noch erfreulicher ausgefallen war, um nicht zu sagen fast schon ultimativ, drängte sich die altbekannte Regel auf, nach der aller guten Dinge bekanntlich drei sind. Es war wie ein Fieber, das in ihr die nächsten Wochen brannte, aber ihr war klar, dass sie geduldig sein musste. Natürlich wäre es am unauffälligsten, auf ein anderes Präparat oder Mineral zurückzugreifen, aber sie hatte das Gefühl, die Kaliumdosierungen gut im Griff zu haben. Als gut sechs Wochen später ein drahtiger junger Fußballer mit einem komplizierten Oberschenkelbruch eingeliefert wurde, war der richtige Moment gekommen.

Sie injizierte eine etwas größere Dosis, denn der Kerl kam ihr wirklich robust vor. Als sein Bettnachbar nach anderthalb Stunden den Notknopf drückte, lag er schwitzend und sabbernd im Bett. Seine Augen flackerten, er stieß unverständ-

liche Laute aus und machte ihr Angst. Sie fühlte seinen Puls. Komplett unregelmäßig. Sie schrie nach einem Arzt. Keiner kam. Stattdessen tauchte Schwester Katharina im Zimmer auf, sie hatte die Information, dass sich alle diensthabenden Ärzte im OP um den Blinddarm des lokalen Bundestagsabgeordneten kümmerten.

Die beiden Pflegerinnen waren auf sich allein gestellt. Der Patient röchelte. Katharina war kurz davor loszuheulen. Eine Lösung musste her, und zwar schnell.

»Glucose. Ich versuche es mit Glucose, vielleicht ist das schon wieder so ein rätselhafter Kaliumüberschuss. Hol das Zeug.«

Katharina rannte in den Medikamentenraum. Der andere Patient hatte das Zimmer verlassen, er konnte sich den zuckenden jungen Mann nicht mehr mit ansehen.

Nach einer gefühlten Ewigkeit kam die Kollegin mit der Ampulle. Spritze aufziehen, rein in die Vene und warten. Warten. Es trat keine Besserung ein. Der Herzschlag blieb unregelmäßig, setzte vorübergehend aus, der junge Mann verlor das Bewusstsein. Und dann wollte das Herz gar nicht mehr. Stillstand.

In diesem Augenblick kam glücklicherweise Dr. Schimmelpfennig ins Zimmer gestürzt, der die Situation sofort erfasste, die beiden Schwestern vor die Tür schickte und den Defibrillator lud. Ein paar Minuten später wurde der junge Mann in seinem Krankenbett auf die Intensivstation geschoben. Er atmete wieder.

In der Woche darauf entschied die ärztliche Leitung des Krankenhauses, zur Patientenversorgung fortan auf ein Mineralwasser mit niedrigerem Kaliumgehalt umzuschwenken.

Und sieben Wochen später musste eine vielgelobte Krankenschwester den Wahrheitsgehalt eines alten Sprichworts kennenlernen. Aller guten Dinge sind drei. Das vierte Ding ging schief.

TAG 3

Der gestrige Abend endete früh. Das dreigängige Menü hatte mit einem Rhöner Ploatz begonnen, einem deftigen Kartoffelkuchen vom Blech, danach wurden Maultaschen vom Lamm serviert und zur Krönung ein Kaiserschmarrn mit Nougat-Krokant-Eis. Frank hatte im Anschluss eine Runde Kräuterlikör aus dem nahen Hünfeld spendiert, der von der Kellnerin nicht als Spirituose, sondern als Medizin deklariert wurde. Danach waren alle müde wie die jungen Hunde und verabschiedeten sich nach einem harmonischen Abend ins Bett.

Marlies und Sven hatten bekannt gegeben, dass sie es von ihrer gesundheitlichen Verfassung abhängig machen wollten, ob sie am nächsten Tag mitmarschierten, aber die Königsetappe der hessischen Rhön wollte sich eigentlich keiner entgehen lassen. Geplant war, dass Bayram die Wanderer zum Fuß der Milseburg brachte, von dort aus sollte es über die Enzianhütte und die Wasserkuppe zum Roten Moor gehen. Gute sechzehn Kilometer, die es mit etlichen Auf- und Abstiegen in sich hatten.

Der neue Tag begann mit einer Vorabwarnung vor schweren Gewittern auf Daniels Handy. Er zog den Vorhang beiseite und blinzelte in einen strahlend blauen Himmel. Da sah nichts nach Blitz und Donner aus. Er sprang unter die Dusche, scheuchte danach seine verschlafene Freundin aus dem Bett und tauchte mit ihr um Punkt acht beim Frühstück auf. Daniel musste grinsen, als er das Büfett sah. Wie im Norden und Osten Hessens üblich, bestand das Angebot zu guten zwei Dritteln aus Wurst, Schinken, Speck und Fleisch. Für Vegetarier gab es ein paar scheue Scheiben Käse, alle darüber hinausgehend freiwillig Essenseingeschränkten waren ihr Unglück selbst schuld, wenn sie einen Urlaub in diesem Landstrich planten.

Tordis saß mit Sven an einem für vier eingedeckten Tisch und löffelte einen Obstsalat mit einem Klecks Joghurt. Daniel hätte es als unhöflich empfunden, einen neuen Tisch aufzumachen, und fragte: »Dürfen wir?«, was Sven mit einer einladenden Geste erwiderte.

»Wie geht's dir denn heute Morgen?«, fragte Brigitte, während sie ein riesiges Körnerbrötchen aufschnitt.

»Alles gut, danke der Nachfrage. Der Kopf hat in der Nacht noch ein bisschen gepocht, aber es sind wohl wirklich nur Prellungen. Ich will heute auf jeden Fall dabei sein. Gerade auf dem Weg zum Moor ist die Chance besonders hoch, dass wir ein Birkhuhn entdecken. Na ja, und falls es gar nicht mehr gehen sollte, kann Bayram mich notfalls auch abholen.«

Diese Geschichte musste Sven während des Frühstücks noch vier Mal erzählen, weil jeder aus der Gruppe wissen wollte, wie es um ihn stand. Nur Marlies nicht, die ohnehin verschnupft wirkte, weil sich niemand nach ihren Füßen erkundigte.

Mo trug an diesem Morgen ein schwarzes Shirt mit der Aufschrift »Machen ist wie wollen – nur krasser« und strotzte nur so vor Tatendrang. Er biss beherzt in ein Brot mit fingerdick Butter und rief beim Kauen: »Schön sattessen hier jetzt, gell, heute Abend ist Schmalmeister Küchenhans, haha, ihr wisst ja, auf d' Nacht geht's ins Zelt! Schaut gut aus übrigens, was das Wetter angeht, tagsüber vielleicht mal ein kleines Gewitter, aber am Abend wird's trocken droben am Roten Moor.«

»Müssen wir die Zelte eigentlich selbst aufbauen?«, wollte Ute wissen.

»Nein, keine Sorge, das macht der Bayram für uns. Nur kochen müssen wir allein. Der Mo hat einen Campingkocher dabei und macht euch eine Erbsensuppe mit Würschtl.«

»Der Daniel liebt das, wenn jemand in der dritten Person über sich spricht«, flüsterte Daniel Brigitte zu.

»Du, wie machen wir das denn mit Tordis, wenn in der

Suppe Wurst ist?«, fragte Sven, und der nölende Ton war wieder da.

»Ach so, ja, wegen Vegetarier, hmm, tja, wir haben halt nur die Suppe, die ist eingeschweißt, und die sind da jetzt schon drin. Wäre das okay, wenn du die Würschtl rausklaubst? Sonst gibt's halt nur a Scheibe Brot.«

»Na klar, das ist superokay«, sagte Tordis leise und schaute, als sei nichts okay und super schon gar nicht.

»Alles klärchen, echt lässig, dass du da so unkompliziert bist. Ich hätt dir sonst auch einen Käse gegrillt, aber wir dürfen da oben kein offenes Feuer machen. Überhaupt, dass wir da zelten, geht nur mit einer Sondergenehmigung. Der Platz ist direkt neben dem Moor, wo die Kernzone vom Naturschutzgebiet beginnt, da dürfen wir nach Einbruch der Dunkelheit nicht hinein, nur für euch zur Info. Aber das ist nachts eh so gruselig, da will keiner rein.«

Nach dem Frühstück hatten alle schnell ihre Sachen gepackt und waren zu Bayram in den Kleinbus gesprungen. Der Himmel präsentierte sich immer noch wolkenlos, aber die Luft war feuchter als an den Tagen zuvor. Daniel konnte sich gut vorstellen, dass sich da heute noch etwas zusammenbraute.

Nach ein paar Kilometern bremste der Fahrer den Sprinter abrupt ab und lenkte ihn auf einen Feldweg. Daniel sah sich erstaunt um. Er hatte nicht den Eindruck, dass hier die Wanderung starten sollte. Die anderen offenbar auch nicht, denn alle blieben sitzen. Dafür erhob sich Bayram vom Lenkrad, drehte sich in den Bus und erklärte feierlich:

»An dieser Stelle machen wir eine kleine Pause. Denn mein Baby hat Jubiläum!«

Daniel wollte dem netten Herrn mit türkischen Eltern gerade erklären, dass man bei Personen im Deutschen von Geburtstag spricht, als Bayram nachschob: »333.333 Kilometer. Exakt hier, ihr könnt auf Tacho gucken. Und deswegen habe ich …«, er öffnete ein Fach im Armaturenbrett,

»… feinen Raki für euch dabei. Okay, ist noch früh, aber so ganz kleinen Schluck, ja?« Er zauberte neben der Schnapsflasche neun winzige Plastikbecher hervor. »Trinken alle?«

Tordis schüttelte den Kopf. »Nee, du, das ist wirklich so nett von dir, aber scharfe Sachen am Morgen, das vertrage ich nicht.«

Sven knuffte seine Freundin in die Seite. »Na komm, auf Bayrams Baby. Das gehört sich so.«

»Na gut, aber wirklich nur einen ganz kleinen Schluck, weil du es bist.«

»Weil es beste Bus ist! Guck hier, Nazar.« Er deutete auf ein blaues Amulett in Augenform, das an der Sonnenblende hing. »Blaue Perle schützt Bus und alle, wo drinsitzen. Aber nur, wenn alle Raki mittrinken.«

»Okay, ich will ja nicht an irgendeinem Unglück schuld sein.«

Mo hielt Bayram beim Einschenken die Becherchen und reichte die vollen durch die Sitzreihen nach hinten.

Marlies roch an der anishaltigen Spezialität. »Mensch, hömma, dat duftet wirklich toll. Bisschen wie Ouzo, ne? Der Melvin sacht immer, Kräuter sind gut zum Verdauen. Und dat Frühstück muss ja wech, ne?«

Niemand antwortete, weil sich wohl auch keiner vertiefende Gedanken über die Tätigkeit in Marlies' Darmtrakt machen wollte.

Als alle versorgt waren, rief Bayram in den Bus: »Liebste Gäste, bitte hoch mit dem Glas auf mein Bus! Soll noch 333.333 Kilometer fahren. Bei uns sagt man şerefe!« Er prostete den Wanderern mit einer Dose Cola zu und sah sich zufrieden an, wie alle das Becherchen herunterkippten. Am Steuer durfte Bayram natürlich keinen Alkohol trinken, es schien ihn aber auch gar nicht zu stören. »So, meine liebste Gäste, und jetzt fahre ich euch zu Milseburg.«

Der Bergkegel ragte schroff und felsig aus der hügeligen Landschaft hervor. Die Wanderer bestaunten den Gipfel schon vom Parkplatz aus, und Mo konnte direkt mit der passenden Geschichte aufwarten.

»Eindrucksvoll, gell? Und da oben liegt der Riese Mils begraben. Der wollte vermeiden, dass die Menschen hier rundrum Christen wurden und sich taufen ließen. Aber da hat er die Rechnung nicht mit dem Heiligen Gangolf gemacht. Der stand mit seinen Rittern schon am Fuße des Berges, so wie wir gerade, hatte aber kein Wasser mehr. Nur ein geiziger Bauer hatte eine Quelle, der wollte aber viel zu viel Geld für das Wasser haben. Also hat Gangolf ein letztes Mal seinen Helm mit dem kostbaren Nass gefüllt – und das Wasser dann vor seinen Rittern auf den Boden geschüttet. Ja, holla, die Waldfee, was macht der denn?, ham s' alle gedacht. Aber was ist passiert? Eine neue Quelle ist entstanden, just an der Stelle, und die vom geizigen Bauern ist versiegt. Daraufhin hat sich der Riese auf seinem Berg g'scheit geärgert, und zwar so sehr, dass er sich gleich auch noch um'bracht hat. Jetzt liegt er da, und man hat auf seinem steinernen Grab eine Kapelle zu Ehren des tapferen Gangolf gebaut. Die sehen wir, wenn wir oben sind, aufi geht's!«

Schon nach wenigen Metern tauchte der Weg in den Wald ein und wurde schlagartig steiler. Nach ein paar Serpentinen tropfte den Wanderern in der schwülen Luft der Schweiß von der Stirn, Marlies verzog beim Auftreten gelegentlich das Gesicht, zumindest wenn sie das Gefühl hatte, dass jemand sie anschaute. Ansonsten schwieg sie beharrlich und wirkte trotzig. Sven hatte sich offenbar einiges an Wissen über den geologischen Aufbau der Rhön angelesen, das er im Aufstieg an Tordis herandozierte. Sie gab dann und wann ein Interesse vorgaukelndes Geräusch von sich und wirkte ansonsten wieder so in sich gekehrt wie am ersten Tag.

Frank schien an diesem Vormittag ein wenig mit der Situation versöhnt und schwärmte Ute von den tollen Urlauben vor, die er in letzter Zeit gemacht hatte. Dabei japste er deutlich weniger als in den Tagen zuvor.

»Frank hat Kondition aufgebaut«, wisperte Daniel seiner Freundin zu.

»Das kann aber nur versehentlich und explizit gegen seinen Willen geschehen sein«, flüsterte Brigitte zurück.

»Wer flüstert, der lücht!«, blökte Walter hinter ihnen fröhlich.

Die Kommissare fühlten sich ertappt und blieben kurz stehen, damit das Ehepaar aus dem Ruhrgebiet aufschließen konnte. In diesem Moment tat es Daniel irgendwie leid, dass sich niemand bisher um Marlies' Verfassung gekümmert hatte, deswegen fragte er: »Wie geht's denn bei dir heute eigentlich?«

Fehler.

»Is echt total lieb von dir, dass de fragst. Meinen Mann scheint das ja nicht zu interessieren. Und sonst wohl auch keinen in der Gruppe hier. Ich sach mal: Na ja. Es geht. Ich hab die Blase gestern noch aufgestochen, lieber Flüssigkeit raus, eh da Eiter entsteht, ne? Aber gegen die Hühneraugen kannste natürlich nix machen, ist ja alles ganz verhornt bei mir, auf beiden Seiten am kleinen Zeh jeweils. Ich hab schon mal überlegt, ob ich die Füße mal in so 'n Becken reinhalte mit diesen Fischchen, die die Hornhaut abknabbern, et gibt da so 'n Laden bei uns in der Kortumstraße, die Mutter vom Melvin war da ein paarmal schon, die sacht, so teuer ist dat gar nicht. Besser wie Peddiküre, sacht se, und billiger. Und den Fischen tuste dabei quasi einen Gefallen. Sind ja nur noch solche Läden, wo früher mal richtiger Einzelhandel war. Hier ein Handyshop, da ein Türkenfriseur und überall Shishabars. Verkommt schon ganz schön alles. Früher hatten wa bei uns in der Straße allein zwei Bäckereien, überlech mal, zwei in einer Straße. Sind beide weg …«

Während Marlies den ganz großen Bogen vom Ladensterben über vermüllte Straßen bis hin zum allgemeinen Verfall der Sitten spannte, fragte sich Daniel, wo im Rucksack eigentlich seine iPods steckten. Und warum er so blöd sein konnte, das vorübergehend schweigende Laberweiblein auch noch mit einer Frage zu triggern.

Die Ankunft auf dem Gipfel der Milseburg erlöste Daniel schließlich, denn die atemberaubende Aussicht ließ selbst Marlies verstummen.

Mo zeigte auf eine Felsgruppe, die das bewaldete Bergplateau noch um etwa zehn Meter überragte. »Von da oben kann man noch besser sehen, wer kommt mit?«

»Mei, das ist ja richtig alpin«, lobte Ute. »Freilich muss ich da hoch.«

»Lass mal die jungen Leute kraxeln, Marlies und ich bleiben hier«, bestimmte Walter und erntete keinen Widerspruch von seiner Frau.

Auch Frank waren die Felsen zu steil, alle anderen kletterten die letzten Meter hinauf zum höchsten Punkt. Sogar Sven, der die schroffen Steine allerdings sehr vorsichtig erklomm. Daniel hatte den Eindruck, er wolle vermeiden, dass die frisch verheilte Wunde am Bein wieder aufriss. Tordis folgte ihm.

Ute war mit Mo direkt auf ein paar spitze Felszacken geklettert, dahinter fiel das Gelände nach Osten hin steil ab. Brigitte blieb auf einem kleinen Plateau stehen, Daniel gesellte sich zu ihr. Er hatte allerdings keinen Blick für die Aussicht auf Wasserkuppe, Ellenbogen oder Ulstertal, sondern drehte sich suchend nach dem jungen Paar aus Norddeutschland um. Wenn Tordis je den Plan gehabt hatte, ihren seltsamen Freund in die Tiefe zu befördern, dann wäre hier der ideale Ort dafür.

Hinter einem Felsen tauchte das verschwitzte Bandana des langsam kletternden Sven auf, Tordis war noch nicht zu sehen. Daniel signalisierte Brigitte hektisch mit dem Finger, dass sie schnell weitergehen solle. Und seine Lebens- und Ermittlungspartnerin verstand sofort. Er wollte Tordis testen. Sie musste sich an einer steilen Stelle unbeobachtet fühlen, sonst würde sie keinen weiteren Versuch unternehmen, ihren Freund mit einem Schubser auf Talfahrt zu schicken.

Damit nahm Daniel einerseits zwar in Kauf, dass sich Sven ernsthaft verletzen würde oder vielleicht sogar mehr. Aber hätte er sich andererseits der Gefahr ausgesetzt, auf diesen wirklich steilen Felsen zu klettern, wenn seine Freundin gestern im Wald schon mal versucht hätte, ihn den Hang hinunterzustoßen?

Brigitte setzte vorsichtig ihre Füße von Zinne zu Zinne, Daniel tastete sich fast blind voran, weil er aus dem Augenwinkel immer noch beobachtete, was hinter ihm vor sich ging.

Sven stand nun auf einem Stein direkt an der Kante. Vor ihm ging es gute fünfzehn Meter nahezu senkrecht bergab. Tordis näherte sich von hinten, erklomm die letzten Felsstufen. Sven drehte sich zu ihr um und stellte sich etwas breitbeiniger hin, um an Halt zu gewinnen. Tordis schien den Gipfel nach den anderen Wanderern aus der Gruppe abzusuchen. Sie war noch knapp zwei Meter von ihrem Freund entfernt, Daniel meinte, einen finsteren Blick bei ihr auszumachen. Noch zwei, drei große Schritte über die steilen Schrofen, dann würde sie bei ihm sein. Sven streckte die Hand nach ihr aus, schien ihr etwas zu sagen. Jetzt hatte sie ihn erreicht, beide standen auf einer winzigen ebenen Fläche, hielten sich aneinander fest, vor ihnen der steinerne Schlund.

Noch einmal wieselten Tordis' Augen über die grauen Felsen, die auf dem höchsten Punkt der Milseburg in der Vormittagssonne standen. Sven zog seine Freundin noch näher an sich heran. Über dem Gipfel kreiste ein Rotmilan.

✳✳✳

Sein Leben lang konnte sich Erwin Kreidler an den Mai 1945 erinnern. Aber vielleicht war die Erinnerung nie so gegenwärtig gewesen wie am heutigen Tag. Seine Heimatstadt Hohenelbe im damaligen Reichsgau Sudetenland wurde »das Tor zum Riesengebirge« genannt. Es war eine schöne Stadt in einer malerischen Landschaft. Er sah alles noch genau

vor sich: die Altstadt mit ihrer Mischung aus alten Holz-
gebäuden und mächtigen Bürgerhäusern, das wundervolle
Schloss mit seinen vier weißen Türmen, die grünen Hügel,
die Richtung Spindlermühle im Norden immer höher und
waldreicher wurden. Erwin Kreidler hatte noch heute den
Geruch in der Nase, wenn sich im Winter aus den Kaminen
die Wolken der Holz- und Kohleheizungen vermischten und
gelbliche Schwaden über das Tal zogen.

Seine Eltern hatten schon Mitte April die Vorahnung ge-
habt, dass das Sudetenland nicht zu halten sein könnte. Sie
unterhielten sich abends leise am Esstisch, weder die Kinder
noch die Nachbarn sollten hören, dass stolze deutsche Volks-
genossen nicht mehr an den Endsieg glaubten und über die
Flucht nachdachten. Aber entweder waren die Türen doch zu
dünn oder die Eltern nicht leise genug, jedenfalls bekam Er-
win in seiner Kammer alles mit. Wenn die Russen noch näher
kommen würden, sollte es zu Tante Gundi nach Löbau in der
Oberlausitz gehen. Der Vater hatte von Bauer Lamprecht
schon ein Pferdefuhrwerk klargemacht, der Landwirt war
fast dankbar, wollte er doch so viele Tiere und Habseligkeiten
wie möglich wegschaffen, falls die Rote Armee einrückte.

Erwin konnte sich ein Leben außerhalb seiner Stadt nicht
vorstellen. Er war auch noch nie woanders gewesen. Doch,
einmal mit seinem Vater in Gablonz, aber da hatte es ihm
nicht gefallen. Hier in Hohenelbe waren seine Freunde, seine
Wiese am Anger, wo er sich mit Hermann und Franz zum
Klickerspielen traf, Oma und Opa in ihrem kleinen Haus
am Wald.

Anfang Mai lag auf den Berggipfeln noch der letzte Schnee
eines harten Winters. Der Vater hatte eine ernste Miene, als
er zum Frühstück verkündete, dass die Familie noch heute
die Stadt verlassen würde. Er sagte, die Tschechen würden
hier das Regiment übernehmen, Deutsche hätten wohl bald
nichts mehr zu melden. Das war für Erwin unvorstellbar.
Die Tschechen machten im Bezirk Hohenelbe nur eine kleine

Minderheit aus und galten unter den Deutschsprachigen als düstere Gesellen. *Der Vater gab seinem Sohn und seiner Tochter Ida eine Stunde Zeit und einen gemeinsamen Koffer Platz, um das mitzunehmen, was sie in der neuen Heimat am dringlichsten brauchen würden. Der schlimmste Moment war, als die Mutter kam und aus dem Koffer die meisten Spielsachen wieder ausräumte und durch dicke Pullover, Jacken und Stiefel ersetzte.*

Erwin nahm den Morgen wie in Trance wahr. Erst als der Pferdewagen Richtung Brennei die Stadt verließ, war ihm klar, dass dies ein Abschied für immer sein würde. Seine Großeltern waren nicht dazu bereit, ihre Heimat zu verlassen, sie waren immer noch der Meinung, der Führer werde schon eine Lösung finden. Der Führer war seit sechs Tagen tot.

Es ging langsam voran, und es war kalt. Der Vater wollte Reichenberg südlich umfahren, dort wurde angeblich noch gekämpft, und über Böhmisch Aicha Richtung Oybin vorankommen. Der Ort lag im Gau Sachsen außerhalb der tschechischen Siedlungsgebiete. Nach zwei durchgefrorenen Tagen und Nächten, Dutzenden zerstörten Ortschaften und Stauungen im Flüchtlingstreck hatten die Kreidlers das Haus von Tante Gundi und ihrem Mann Heinz in Löbau erreicht. Wobei das Wort »Haus« der Hütte des kinderlosen Ehepaars schmeichelte, der hölzerne Verschlag bestand aus einer Küche und einem kombinierten Wohn- und Schlafraum und bot neben den eigentlichen Bewohnern einer vierköpfigen Familie ganz offensichtlich keinen Platz.

Gundi hatte eine Krautsuppe gekocht und entschuldigte sich tausendfach für die schäbige Herberge. Ihr Haus in der Stadt sei ausgebombt worden, aber man habe den flüchtenden Verwandten auf keinen Fall absagen wollen.

Die Kreidlers blieben zwei Wochen und erlebten in Löbau das offizielle Kriegsende mit. Der Vater war als Chemielaborant vom Militärdienst befreit worden, weil er in den Lazaretten der Heimat für die Medikamentenherstellung dringend benötigt wurde. *Nun wollte und musste er wieder arbeiten, in der Oberlausitz sah es aber nicht danach aus, als würde ein Mann mit seinen Fähigkeiten gesucht. Deswegen zog die Familie mit dem Zug weiter Richtung Leipzig. Die Stadt war nicht so schwer zerstört worden wie das näher gelegene Dresden, außerdem hoffte der Vater als einer der wenigen unverwundeten Männer, dass seine Arbeitskraft dort gebraucht wurde.*

In der Tat war jede helfende Hand beim beginnenden Wiederaufbau willkommen, nur für Laboranten in den zerstörten Chemiewerken war keine Arbeit zu finden. Und so begann für die Kreidlers eine Odyssee durch das kaputte Land, von Leipzig nach Salzgitter, von dort nach Hameln, Bad Bentheim und Bielefeld bis nach Leverkusen. Überall dort wurden gerüchteweise Facharbeiter benötigt, überall erwiesen sich die Gerüchte als falsch. Erst in der Chemiestadt am Rhein konnten die Bayer-Werke einen Mann wie Erwins Vater zum langsamen Wiederhochfahren der Produktion gebrauchen, hier blieb die Familie und fand sogar eine Zwei-Zimmer-Wohnung. Trotzdem hatte Erwin die ersten Jahre in Westdeutschland in grausamer Erinnerung. Niemand wollte mit dem »Sudetengauner« spielen, in der Schule wurde er von den anderen Kindern gehänselt und bespuckt, niemand wollte das bisschen, was ihm geblieben war, mit einem Flüchtling teilen müssen.

Erst als er mit elf aufs Gymnasium wechseln konnte, wurde sein Leben erträglicher. Dort waren auch andere Kinder aus Schlesien, Ostpreußen und aus der sowjetischen Besatzungszone, hier war er nicht mehr allein unter Rheinländern, die sich gerade an den neuen Namen »Nordrhein-Westfalen« gewöhnen mussten. Er schaffte seinen Schulabschluss mit Bravour und trat danach eine Ausbildung im öffentlichen Dienst an. Direkt im Anschluss wollte er die Erinnerungen hinter sich lassen und wechselte den Wohnort. Er kam mit einundzwanzig in die Stadt, die in den mehr als sechzig nach-

folgenden Jahren seines Lebens zu einer neuen Heimat wurde. Hier hatte er Freunde gefunden, eine schöne Wohnung, seine Frau, hier war sein Lebensmittelpunkt. Und er schwor sich: Nie, nie wieder würde er sich vertreiben lassen. Keine fremde Macht sollte je wieder darüber entscheiden, wo Erwin Kreidler leben würde. Schon gar nicht mit fünfundachtzig!

Und jetzt hockte er da, auf seinem durchgesessenen Sofa, mit dem Brief in der Hand. Nachdem er dankenswerterweise die Kündigung akzeptiert habe, könne man ihm eine schöne Zwei-Zimmer-Wohnung anbieten, zum Preis der dreieinhalb Räume, die er aktuell bewohnte. Mit seniorengerechtem Bad und Fußbodenheizung, aber leider ohne Balkon, an einer Ausfallstraße und knapp vierzig Kilometer entfernt. Aber mit ganz hervorragendem Bahnanschluss in die Stadt.

Erwin Kreidler wollte nicht mit der Bahn in die Stadt fahren. Er wollte hierbleiben, hier, wo er die glücklichsten Jahre mit seiner Frau verbracht hatte, hier, wo alle Menschen um ihn herum wohnten, die ihm noch etwas bedeuteten. Eine Hausgemeinschaft wie diese würde er nie wieder bekommen. Mit Günther und Rosi aus dem Erdgeschoss, die er zweimal die Woche zum Kartenspielen traf. Mit Frau Stadler aus dem ersten Stock, die ihn mit dem Auto zum Einkaufen fuhr – und mit der netten türkischen Familie gegenüber, deren Namen er bis heute nicht aussprechen konnte, die ihm aber manchmal klebriges Süßgebäck vor die Tür stellte. Die meisten anderen konnten oder wollten sich die höhere Miete leisten, die nach der Sanierung fällig wurde, Erwin nicht. Die Pflege seiner Frau hatte die Ersparnisse aufgefressen, mehr als die Hälfte seiner Rente ging schon jetzt für die eigentlich zu große Wohnung drauf. Er hatte sich auf dem Amt erkundigt, wie es mit einem Zuschuss aussehe, aber für eine alleinstehende Person auf knapp achtzig Quadratmetern waren keine Fördermöglichkeiten vorgesehen, schon gar nicht für eine Luxusimmobilie, in die sich sein Heim bald verwandeln würde.

Seit sein Entschluss feststand, hatte Erwin alles organisiert. Die paar übrigen Schmuckstücke seiner Frau gingen an ein Kinderhospiz, die Möbel an die Flüchtlingshilfe, die Waschmaschine an eine Obdachlosenorganisation. So hatte er es in einem Schreiben festgehalten, das gut sichtbar auf der Kredenz stand. Die Lebensmittel hatte er so weit wie möglich verbraucht, die Wäsche sauber gewaschen im Schrank, den kleinen Karton mit Briefen und Erinnerungsstücken an einem schummrigen Abend in den Fluss geworfen. Jetzt leerte er den Magenbitter mit einem letzten Schluck direkt aus der Flasche, verschraubte sie ordentlich und stellte sie neben das Sofa.

Erwin schaute sich zum letzten Mal in dem Zimmer um, das er so viele Jahrzehnte kannte. Den Brief vom Vermieter legte er auf den Couchtisch. Sollten ruhig alle wissen, was der Grund war. Er hatte gedacht, dass vielleicht irgendwann eine innere Stimme auftauchen würde, die ihn zurückpfiff. Aber da war nichts. Was hatte er vom Leben auch noch zu erwarten, wie sollte diese innere Stimme argumentieren?

Er nahm den Schlüssel und steckte ihn von außen ins Schloss, nachdem er die Tür zum Treppenhaus geöffnet hatte. Dann griff er zu einem kleinen Hocker, den er für sein Vorhaben vor der Wohnungstür abgestellt hatte, und ging langsam die einhalb Etagen hinauf bis zum höchstgelegenen Treppenhausfenster. Zwischen dem dritten und dem vierten Stock lag es, das sollte in Kombination mit einem gut gepflasterten Bürgersteig reichen.

Erwin stellte den Hocker ab, öffnete das Fenster und kletterte über den kleinen Tritt in den Rahmen. Er schaute hinunter. Niemand auf der Straße, so sollte es sein. Erwin schloss für eine Sekunde die Augen, öffnete sie wieder und nickte entschlossen.

Dann sprang er.

＊

»Gescha-hafft!«, plärrte Marlies in die angespannte Stille auf dem felsigen Gipfel der Milseburg. Sie hatte sich offenbar doch entschlossen, die letzten Meter bis zur höchsten Stelle heraufzuklettern, und tauchte wie aus dem Nichts hinter Tordis und Sven auf. Die beiden fuhren herum und lösten sich aus ihrer Umklammerung. Daniel warf Brigitte einen erlösten Blick zu, Marlies fing sofort an zu quatschen. »Walter sagte eben noch, ich würde das bestimmt nicht schaffen, aber das hat mich dann erst recht angespornt. So viel sieht man von da unten ja gar nicht, ich sach mal, dat Knie hat sich zwar gemeldet, aber der Blick isses allemal wert. Schön, ne, Tordis?«

Die blasse Frau pflichtete Marlies mit einem stummen Nicken bei.

Mo, der mit Ute schon ein Stück weiter war, hatte Marlies entdeckt und rief ihr aufmunternd zu: »Sauber g'macht, wie a richtige Gams, freut mich, dass es dir wieder so gut geht.«

»Na ja, so gut auch nicht, aber wenn mir beim Runterkraxeln jemand hilft, krich ich dat schon hin. Diese Nordic-Walking-Stöcke sind ja schon toll, ich wollte die erst gar nicht, aber die Mutter vom Melvin, die sachte: Marlies, kauf dir mal so 'ne Stöcke, dat hilft den Gelenken. Und wirklich: 'ne ganz andere Stabilität haste damit.«

»Bloß nicht zu fest in die Erde stecken«, antwortete Mo von seinem Felsen. »Die Einheimischen haben es nicht so gern, wenn man denen die Luft aus den Bergen lässt.«

Ute lachte, die eben noch so bedrohlich wirkende Lage hatte sich völlig entspannt, seit Marlies den Gipfel zublubberte.

Die Frau aus dem Ruhrgebiet philosophierte noch ein bisschen über die Schönheit Deutschlands, die die jungen Leute ja gar nicht mehr kannten, und fragte Sven schließlich, ob sie sich beim Abstieg an seiner Schulter festhalten dürfe. Er reichte ihr galant den Arm und führte sie wie ein Gentleman hinab vom Felsen. Tordis trottete schweigend hinterher, Mo und Ute nahmen einen anderen Weg nach unten, und Daniel sagte leise zu Brigitte:»Ich weiß nicht, ob sie es noch mal versucht hätte, wenn Marlies nicht aufgetaucht wäre.« Brigitte zuckte mit den Schultern.»Möglicherweise sehen wir auch Gespenster. Sven ist gestern einfach nur gestolpert und abgerutscht. Tordis ist in der Beziehung zwar nicht glücklich, hat aber überhaupt keine böse Absicht hier auf dieser Wanderung.«

»Kann sein, ist vielleicht eine Berufskrankheit, immer und überall eine Straftat zu wittern«, schloss Daniel und trat mit seiner Freundin ebenfalls den Abstieg an.

Als sich alle Wanderer wieder vor der Kapelle versammelt hatten, stellte Mo das weitere Programm vor.»Über die Ostflanke der Milseburg geht's gleich hinunter ins Tal, dann erst mal recht eben bis zum Grabenhöfchen. Dann wird's noch mal ein bisschen steiler, hinauf zur Enzianhütte und über Abtsroda zur Wasserkuppe. Wir schauen mal, wo wir ein schönes Plätzchen für unsere Pause finden, aber so arg viel sind wir heute ja noch nicht gelaufen.«

Ute zeigte Frank auf dem Weg bergab die Fotos, die sie auf dem Gipfel geschossen hatte, Marlies schwärmte Walter von der Aussicht vor, und Daniel wollte für eine Normalisierung im Verhältnis zu Sven und Tordis sorgen, indem er die unverfängliche Frage stellte:»Geht ihr zu Hause denn auch häufiger wandern?«

Sven erzählte von einem Ausflug in die Holsteinische Schweiz, Tordis fügte an, dass sie auch schon mal ein verlängertes Wochenende in der Lüneburger Heide verbracht hätten. Ein echtes Gespräch kam zwar nicht zustande, aber zumindest redete Daniel sich ein, dass niemand in eine lockere Plauderei einsteigen würde, der eben noch seinen Partner vom Felsen stürzen wollte.

Am Fuß des Berges mündete der Pfad in ein weites Feld, das erstmals wieder den Blick nach Westen freigab. Daniel registrierte in der Ferne dunkle Wolken und öffnete die App mit dem Wetterradar auf seinem Handy. Vom Rheingau bis in die Pfalz wurden ihm schon heftige Regengüsse mit Blitz und Donner angezeigt, prognostizierte Zugrichtung: Nordost. Daniel zeigte Brigitte das Display. »Sieht nicht gut aus.« Sie beugte sich über das Handy ihres Freundes und ließ die Prognose ein paarmal hintereinander über den Bildschirm wandern. »Das kann aber auch nördlich an uns vorbeiziehen. Dann kriegen es unsere Kollegen in Hersfeld ab.«

»Wir werden's sehen. Ich behalte das auf jeden Fall im Blick.«

Der Weg tauchte kurz danach wieder in den Wald ein und führte bequem bergab. Mit den Worten »Ich muss euch kurz was zeigen« bog Mo vom Hauptweg ab und führte die Wandergruppe zu einem kleinen Tümpel. Er stellte sich auf einen Stein und erklärte: »Das ist das sogenannte Bubenbad. Die G'schicht dahinter: In einem Dorf an der Milseburg lebte ein Mann, der mit seiner Frau schon sieben Kinder hatte, alles Mädchen. Nun wurde sein Weib wieder schwanger, und der Mann drohte ihr an, er werde das Kind töten lassen, wenn es schon wieder ein Mädel werden würde. Das Kind kam zur Welt, wieder kein Schnieperl dran, also schickte die Mutter eine Magd mit dem Neugeborenen hierher, um es zu waschen und dann Gott um Hilfe zu bitten. Der Mann wurde misstrauisch und ritt hinterher. Und siehe da, als das Kind wieder aus dem Wasser kam, war es ein Junge. Grad noch mal Glück g'habt.«

Alle schwiegen ergriffen, bis Sven sagte: »Was heißt denn da ›Glück gehabt‹? Als wäre ein Mädchen ein Unglück.«

Mo merkte, dass seine Formulierung vielleicht ein bisschen unpassend gewesen war, und versuchte, sich zu verteidigen: »Aber wenn man halt schon sieben hat …«

»Dann ist ein achtes Mädchen auch kein Unglück. Weißt du, Mo, es gibt Paare, die würden sich sehr freuen, zumindest *ein* Kind zu haben. Und da ist es völlig egal, ob es ein Mädchen oder ein Junge ist.«

Tordis schaute betroffen zu Boden. Allen schien die Situation unangenehm zu sein, weil jeder mitbekam, dass Sven da ein sehr privates Thema angeschnitten hatte.

In die Stille hinein klingelte Utes Handy. »Oh, meine Nachbarin, ich geh g'schwind dran, ihr könnt ja schon weitergehen, vielleicht ist was mit meiner Katze.«

Mo nutzte den günstigen Moment, um die Wanderer wieder auf den Hauptweg zurückzuführen. Keiner sagte ein Wort, bis Ute nach ein paar Minuten wieder zur Gruppe stieß.

»Und, alles okay mit deiner Katze?«, erkundigte sich Frank, worauf Ute kurz angebunden antwortete: »Ja, alles in Ordnung.«

Der Marsch durch den Wald wurde schweigend fortgesetzt. Daniel hatte das Gefühl, als halle die unangenehme Stimmung am Teich immer noch nach, und suchte nach einer Möglichkeit, wieder ein bisschen Heiterkeit in die Truppe zu bringen.

»Wie wär's, jeder erzählt einen Witz über seine Berufsgruppe? Ich fange an. Finden zwei Polizisten eine Leiche vor dem Gymnasium. Sagt der eine: ›Oje, wie schreibt man denn Gymnasium?‹ Sagt der andere: ›Los, schleppen wir ihn zur Post.‹«

Alle lachten, Walter legte nach: »Wie nennt man es, wenn einem Rentner das Gebiss in die Nudeln fällt? Zahnpasta!«

Mo sagte: »Wie heißt der berühmteste chinesische Bergsteiger? Hing am Hang!«

Selbst Sven und Tordis schmunzelten, Daniel beglückwünschte sich zu seiner Idee. Frank sagte, er könne keine Witze erzählen, Ute schloss sich an. Sie wirkte seit der Situation am Bubenbad auch ein wenig angefasst. Daniel konnte sich vorstellen, dass es in ihrem Leben ebenfalls einen unerfüllten Kinderwunsch gegeben hatte, an den sie durch den kurzen Disput zwischen Mo und Sven wieder erinnert worden war.

Marlies fiel kein Witz ein, Brigitte meinte, Polizei sei schon abgehakt.

Tordis sagte zu ihrem Freund: »Komm, Sven, dann erzähl du einen. Den mit dem Gletscher.«

»Na, okay. Sagt der eine Gletscher zum anderen: ›Du schuldest mir noch hundert Euro.‹ Sagt der andere Gletscher: ›Warte bis August, da bin ich flüssig.‹«

Ins Gelächter der Gruppe drückte Brigitte Daniel einen Kuss aufs Ohr und flüsterte: »Gut gemacht.«

Nach ein paar weiteren Sottisen war der große Parkplatz am Grabenhöfchen erreicht. Dort mussten die Wanderer eine viel befahrene Bundesstraße überqueren, um am Gegenhang steil zur Enzianhütte aufzusteigen. Die Luft wurde immer drückender und feuchter, der Schweiß rann allen von der Stirn, selbst dem trainierten Mo klebte der Pferdeschwanz am feuchten Rücken.

Nach einem knackigen Anstieg tauchte am Waldrand die Hütte auf, die von Bauart und Lage her einen fast alpinen Charakter hatte.

Mo sortierte seinen Haarschweif und fragte in die Runde: »Wie schaut's aus, Sportsfreunde? Einen kühlen Gerstensaft, bevor es auf die Wasserkuppe geht?«

Franks Gesicht hellte sich auf, auch Marlies und Walter schienen einer Erfrischung nicht abgeneigt.

Daniel konsultierte ein weiteres Mal sein Niederschlagsradar und stellte fest, dass Regen und Gewitter bereits das Rhein-Main-Gebiet erreicht hatten. Er hatte keine Lust, den Spielverderber zu geben, aber noch weniger war ihm danach, bei Blitz und Donner im Aufstieg zu Hessens höchstem Gipfel zu hängen. Also versuchte er ein vorsichtiges Widerwort.

»Du, Mo, ich weiß nicht, ob das so eine gute Idee ist. Da zieht ein kräftiges Gewitter auf. Wenn wir jetzt weiterlaufen, schaffen wir es bestimmt noch rechtzeitig auf den Gipfel. Da sind jede Menge Häuser, wo man sich unterstellen kann.«

Daniel hatte vor Gewittern eine gewisse Panik, seit in seiner Kindheit im Nachbardorf während eines Fußballspiels mal ein Blitz in den Flutlichtmast eingeschlagen hatte. Florian Hesselschwerdt, der eine Klasse über ihm gewesen war, hatte danach fünf Wochen im Koma gelegen und dauerhafte Schädigungen im Nervensystem davongetragen. Heute war er arbeitsunfähig, und alle in Obersuhl waren sich einig, dass das noch die Spätfolgen vom Blitz damals waren.

»Über den eigentlichen Gipfel kommen wir gar nicht. Wir machen einen Schlenker über den Pferdskopf und das obere Zuckerfeld zur Fuldaquelle, das ist viel schöner. Und da hat Sven auch die größten Chancen, ein Birkhuhn zu sehen.«

Daniel kannte sich auf dem Hochplateau der Wasserkuppe ein bisschen aus und hatte Mos geplante Route vage vor Augen. Kein Haus, keine Hütte, kein Wald, schutzloser als dort oben auf dem Magerrasen konnte man dem Wetter kaum ausgeliefert sein.

»Mo, das ist Wahnsinn. Wenn es uns da erwischt, können wir uns weit und breit nirgends unterstellen. Schau dir mal das Radar an.« Er hielt dem Wanderführer sein Handy unter die Nase.

Der warf einen flüchtigen Blick auf das Display und sagte gelassen: »Mei, das zieht doch nach Norden weg. Wirst sehen, da passiert gar nichts. Aber gut, Kompromiss, wir machen jetzt da keine Pause und bewerten die Lage noch mal neu, wenn wir kurz vor dem Gipfel sind, okidoki?«

Daniel war bereit, sich darauf einzulassen. Er kam sich mit seinen Befürchtungen etwas alleingelassen vor, weil ihm in der Diskussion niemand beigesprungen war. Er versuchte, sich zu beruhigen und sich einzureden, dass er vielleicht wirklich etwas übervorsichtig war, aber die anderen kannten ja auch Florian Hesselschwerdt alle nicht.

Ein Stück weiter öffnete sich die Landschaft und gab einen weiten Blick nach Westen frei. Über der Rhön war der Himmel noch blau, aber über Neuhofer Kaliberg und

Landrücken wurde es immer dunkler, dort hing eine mächtige Ambosswolke am Himmel. Ein paar Modellbaufreaks standen auf einer grünen Kuppe und ließen ihre Segelflieger durch die Luft flitzen.

»Dat sieht wirklich schon ganz schön schwarz aus dahinten«, sagte Marlies, und Daniel mochte sie in diesem Moment ganz doll.

»Schon, aber in die Richtung laufen wir ja nicht«, antwortete Sven, der offenbar um seine Begegnung mit dem Birkhuhn bangte.

»Du, zur Not seilen wir uns von der Gruppe ab, wenn dir das zu riskant ist«, sagte Brigitte leise zu ihrem Freund. Daniel registrierte, dass sie eine Formulierung gewählt hatte, aus der ihre eigene Meinung nicht herauszuhören war. Er schloss daraus, dass auch sie nicht unbedingt auf seiner Seite stand. Und sie war eigentlich vorsichtiger als er. Beim Autofahren, in Alltagssituationen, ganz besonders aber in der Polizeiarbeit. Und deswegen hatte Brigitte wahrscheinlich recht, wenn sie dieses blöde Gewitter als nicht so dramatisch einstufte. Deswegen sagte Daniel nach einer ganzen Weile:

»Nee, ist schon okay. Ich bin da vielleicht auch zu panisch.«

Die anderen aus der Gruppe schienen sich wegen des Wetters ebenfalls wenig Gedanken zu machen. Alle plauderten fröhlich miteinander, auch Ute schien nach ihrem kurzen Stimmungstief wieder bei besserer Laune und unterhielt sich angeregt mit Frank, der immer halbwegs gut drauf war, solange es bergab ging.

Nach einer weiteren Straßenquerung blieb Mo an einem altertümlichen Skilift oberhalb von Abtsroda kurz stehen.

»So, Freunde, jetzt heißt's ein letztes Mal für heute die Arschbacken z'sammkneifen, zweihundert Höhenmeter noch, dann haben wir den höchsten Berg unserer Tour auch schon erklommen. Die Luft ist a bissl feucht heut, trinkt genug und machts langsam, wir sind im Urlaub, nicht auf der Flucht, haha, aber nur die Harten kommen in den Garten, gell?«

Der Anstieg hatte es tatsächlich noch mal in sich, alle keuchten und japsten, hielten aber nach dem Training der vergangenen zwei Tage gut mit. Als sich nach einer Viertelstunde der Wald lichtete, taten sich hinter einem kleinen Rastplatz endlich die Sommerwiesen des höchsten Rhöngipfels auf. Viele Generationen hungriger Schafe hatten dafür gesorgt, weite Teile des Gebirges waldfrei zu halten, deswegen war ihm später der Beiname »Land der offenen Fernen« verliehen worden.

Die Wanderer blieben ergriffen stehen und ließen ihre Blicke über die bunten Matten schweifen, die Luft war erfüllt vom Summen Hunderter Bienen und Hummeln, die arbeitsam von einer Blume zur nächsten flogen. Alle waren begeistert von der wilden Schönheit, Ute sagte zu Brigitte: »Schön habt ihr's da in Hessen.«

Der Rastplatz am Rand des Waldes war die Stelle, die Mo für einen letzten Wettercheck und eine endgültige Entscheidung über den folgenden Routenverlauf vorgesehen hatte. Er fragte Daniel, wie es auf seinem Radar aussehe.

Der Kommissar warf seine App noch mal an, achtete aber gar nicht mehr darauf, was auf dem Display passierte. Er hatte sich vorgenommen, nicht als Hasenfuß in der Gruppe dastehen zu wollen und stattdessen durch eine Konfrontationstherapie seine Angst vor Gewittern zu besiegen. Er ignorierte die dunklen Wolken am Horizont sowie die hektisch flackernden Blitze auf seinem Handybildschirm und sagte: »Alles okay, ich glaube, das zieht wirklich vorbei.«

✳✳✳

Die Wettervorhersage auf Daniels Mobiltelefon sollte sich insofern als richtig herausstellen, als die eigentliche Gewitterfront tatsächlich eine etwas nördlichere Zugbahn einnahm und wenig später im Lauf einer knappen halben Stunde durch einen kräftigen Platzregen in Burghaun mehrere Keller unter Wasser setzte. Außerdem schlug ein Blitz in eine mangelhaft darauf vorbereitete Scheune in Nüsttal-Hofaschenbach ein, die trotz redlicher Bemühungen der freiwilligen Feuerwehrleute nicht gerettet werden konnte.

Erheblich problematischer als die Zerstörungen im Altkreis Hünfeld erwies sich für die Wanderer ein garstiges Gewitter, das sich abseits der Front recht spontan über der Wasserkuppe gebildet hatte und von Daniels App nicht vorhergesehen wurde, selbst wenn er sie gründlicher studiert hätte. Wie das im Gebirge eben manchmal so ist mit dem Wetter. Jedenfalls befanden sich die Wanderer gerade auf dem Weg vom baumfreien Pferdskopf zur Bergstation des Zuckerfeld-Lifts, als sie ohne größere Vorwarnung für den Bruchteil einer Sekunde von einem gleißend hellen Schein geblendet wurden, auf den in beunruhigend kurzem Abstand ein krachender Donner folgte.

»Scheiße!« Mo warf sich auf den Boden. »Alle runter. In die Hocke, Beine eng zusammen. Und haltet Abstand voneinander. Macht euch so klein wie möglich, aber nicht hinlegen.«

»Was soll das denn? Es regnet doch noch nicht mal«, sagte Sven und blieb stehen.

Daniel kauerte auf dem Boden – er war der Erste gewesen, der abgetaucht war – und herrschte den störrischen Spitzbart an: »Jetzt hock dich hin, du Blödmann. Der Blitz sucht sich immer die höchste Stelle – und wenn er dich trifft, sind wir alle mit dran.«

Sven machte eine lässige Geste und ging provokant locker in die Hocke.

»Die Stöcke!«, rief Mo. »Marlies, Walter, Ute, weg mit den Nordic-Walking-Stöcken, schmeißt sie so weit weg wie möglich ins Gras. Und macht alle die Handys –«

Zischhhh, rummmmmsss, wieder peitschte ein Blitz durch die Luft, wieder folgte nur Bruchteile von Sekunden später ein Donner, der dieses Mal mehr knallend als krachend war. »Handys aus, alle! Das kann den Blitz anziehen!« Mo klang panisch. Daniel fand seine Ratschläge zwar sinnvoll, besondere Souveränität strahlte der angeblich staatlich geprüfte Wanderführer in der Situation allerdings nicht aus. »Das ist alles Quatsch mit dem Handy«, widersprach Sven. »Das ist mir grad mal scheißegal, ob du das für einen Quatsch hältst, hier wird jetzt gemacht, was ich sage. Ich habe die Verantwortung für die Gruppe, ist das klar?«

Marlies hatte angefangen zu weinen, Ute hielt die Augen geschlossen, möglich, dass sie betete.

Schon folgte der nächste Blitz, der zeitlich vom Donner quasi gar nicht mehr zu unterscheiden war.

»Das ist direkt über uns!«, kreischte Walter in den nun einsetzenden Starkregen. Von jetzt auf gleich fing es außerdem an zu stürmen, die kräftigen Böen ließen die Regentropfen ziellos durch die Luft fliegen. »Mo? Kannst du nicht die Bergrettung anrufen? Die sollen uns abholen!«, verlangte Walter.

»Bis die da sind, ist alles vorbei!«, schrie der Wanderführer gegen den Sturm an. »Wir müssen abwarten, alles andere hilft nichts!«

In diesem Augenblick fing Frank an zu fluchen: »Das ist alles eine Riesenscheiße. Nur weil ich auf diesen Quacksalber gehört habe. Gut für die Gesundheit, dass ich nicht lache. Der eine fliegt den Hang runter, die andere hat alles voller Blasen, und jetzt erschlägt uns alle der Blitz. Nichts davon wäre mir im Büro passiert, nichts!«

»Geh, hör halt auf!«, rief Ute ihm zu. »Das bringt doch jetzt nix. Hast doch g'hört, was der Mo sagt, abwarten müssen wir!«

Daniel zitterte am ganzen Leib. Konfrontationstherapie, drauf gepfiffen! So hatte Brigitte ihren Freund und langjährigen Kollegen noch nie erlebt. Kein Verhör brachte ihn aus der Fassung, keine noch so nervenaufreibende Observierung und schon gar keine Verbrecherjagd, nicht einmal mit Schusswaffengebrauch. Aber dieses Gewitter setzte ihm richtig zu. Sie hockte nah genug bei ihm, um verstehen zu können, was er ihr zu erzählen versuchte. Auch wenn er vor lauter Zitterei Ober- und Unterkiefer nicht mehr ganz unter Kontrolle hatte, berichtete er von einem Jungen aus dem Nachbardorf, der nach einem Blitzeinschlag beim Fußball nie wieder derselbe gewesen war.

Noch mal krachte es so laut, dass alle Wanderer zusammenzuckten. Brigitte hätte Daniel gern gestreichelt oder in den Arm genommen, aber Mo hatte ja befohlen, dass alle Platz zueinander lassen sollten. Auf jeden Fall fühlte sie sich diesem Menschen so nah wie nie zuvor, mitten im heftigsten Gewitter, bei einem Regen, der ihr waagrecht ins Gesicht peitschte, und trotz aller Angst, die sie in dieser Situation selbst hatte, war sie noch nie so intensiv zu Daniel und seiner sonst so kontrollierten Gefühlswelt vorgedrungen.

Die Wanderer kauerten am Boden und schwiegen. Jeder schien auf den nächsten Blitz und das anschließende Donnergrollen zu warten, allerdings blieb es schon eine ganze Weile ruhig.

Brigitte wagte einen vorsichtigen Blick an den Himmel. Er war nicht mehr nur schwarz, es waren jetzt wieder unterschiedliche Konturen zu erkennen. In der Ferne konnte sie sogar schon wieder etwas Sonne sehen.

Marlies rief mit gedämpfter Stimme: »Mo, wat meinste, isset vorbei?« Es klang, als habe sie Angst, eine weitere Himmelsexplosion auszulösen, wenn sie zu laut sprach.

Der Wanderführer erhob sich ein wenig aus der Hocke, als könne er die Lage von dreißig Zentimetern weiter oben besser einschätzen.

In diesem Augenblick blitzte es erneut. Sofort ging er wieder zu Boden. Und fing an zu zählen.

»Einundzwanzig, zweiundzwanzig, dreiundzwanzig, vieru–« Rummmms.

»Das Gewitter muss mindestens einen Kilometer weit weg sein. Der Schall hat eine Geschwindigkeit von dreihundertvierzig Metern pro Sekunde. Und das waren mindestens vier Sekunden. Ich glaub, es wird auch schon heller.« Sven verstand das offenbar als Entwarnung und stellte sich wieder hin. Auch die anderen Mitwanderer kamen vorsichtig aus der Deckung. Alle waren komplett durchnässt, Tordis klebten ihre langen Haare im Gesicht, Mo wrang seinen Pferdeschwanz aus, und Ute inspizierte ihren kleinen Wanderrucksack.

»Geh, alles pitschnass, auch mein Portemonnaie. Sakra, das schwimmt ja alles.« Sie zog ein paar durchfeuchtete Geldscheine heraus, nasse Rechnungen und schließlich einen uralten Führerschein.

»Boah, haste auch noch den Grauen?«, rief Walter. »Da sind immer so lustige Fotos drin, zeich mal.«

Schnell stopfte Ute alles wieder in ihre Börse. Sie lachte, es klang ein wenig aufgesetzt. »Na, den kann ich nicht vorzeigen, das ist gar zu grauslig, das Bild.« Und schon verschwand alles wieder in ihrem klammen Rucksack.

Die Wolken lichteten sich immer mehr, ein weiterer Donner klang schon sehr weit entfernt.

Mo gab endgültige Entwarnung. »Ich glaube, wir haben es überstanden.« Er kratzte sich am Kopf. »Du, ähm, Daniel, tut mir echt sorry, dass ich deine Bedenken da nicht ernst genommen habe. Aber es schaut ja aus, als wär die Kuh vom Eis, schlimmer geht's immer, haha, gell?«

Daniel hatte aufgehört zu zittern und sagte matt: »Wir haben es ja überlebt.«

Brigitte gab ihm einen kleinen Kuss aufs Ohr und flüsterte: »Das nächste Mal höre ich lieber auf dich.«

»Also, dann, mach mer einen schlanken Fuß hier und ziehen weiter, schlage ich vor. Das Rote Moor wartet auf uns.« Mo war nach dem kleinen Dämpfer schon wieder ganz der Alte und stiefelte tatenhungrig voran.

∗∗∗

Nach ein paar aussichtsreichen Kilometern durch regennasse Wiesen und Mischwälder veränderte sich die Vegetation. Auf einer Hochebene wurden die Wanderer von Sumpfgräsern und knorrigen Birken begrüßt, sie bogen auf einen Bohlenweg ab, der sie über den feuchten Untergrund führte. Ein Stück weiter standen sie vor einem hölzernen Aussichtsturm. Mittlerweile hatte sich das Gewitter wieder verzogen, die Sonne war herausgekommen und tauchte die stille Landschaft in ein goldenes Licht.

Der Wanderführer erklomm das Türmchen, alle anderen folgten ihm, selbst der faule Frank stieg schnaufend die Treppen hoch.

Mo erklärte: »Das ist das zweitgrößte Moor der Rhön. Nur das Schwarze Moor drüben in Bayern ist noch größer, da führt unsere Westvariante vom Hochrhöner aber nicht entlang. Jahrzehntelang wurde hier Torf abgebaut, aber seit den achtziger Jahren steht alles unter Naturschutz und wird zum Teil auch renaturiert. Hundertzwanzig Vogelarten leben hier oben. Sven, da könnte ein Birkhuhn auch dabei sein.«

Der Angesprochene wollte vorbereitet sein und kramte das Fernglas aus seinem Rucksack.

Marlies putzte sich die Nase und sagte: »Also, ich finde dat immer alles ziemlich gruselig, so Sümpfe. Et gab da mal so 'n Tatort mit 'ner Moorleiche, ich glaube, die Münsteraner waren dat, ne, Walter? Sind eh immer die Lustigsten, aber dat war schon zum Fürchten mit der jungen Frau, die die da ausm Moor gezogen haben. Also, so will ich jedenfalls nicht enden!«

»Musst keine Angst haben, Marlies, unser Platz für die

Nacht ist zwar direkt neben dem Moor, aber versinken kannst da nicht.«

»Jaja, dat sachste jetzt, du hast vorhin auch gesagt, et kommt kein Gewitter!«

»Prognosen sind immer schwierig, vor allem, wenn sie die Zukunft betreffen«, rechtfertigte sich Mo. »Aber unser Platz mit den Zelten ist echt ungefährlich. Pack mer's? In ungefähr einem Kilometer sind wir da.«

Der Holzweg führte am Rand des Moores entlang, die niedrigen Karpatenbirken verliehen der Landschaft einen fast sibirischen Charakter. Am Wochenende war das Moor ein beliebtes Ausflugsgebiet, am Wochentag wie heute verirrte sich nach dem Unwetter außer der Wandergruppe kaum eine Menschenseele in das hoch gelegene Feuchtgebiet. Als die Holzbohlen endeten, tauchten auf einer Wiese sechs kleine Zelte auf.

Mo strahlte. »Darf ich vorstellen? Unser Nachtquartier! Wir haben jeweils ein Zelt für die Paare, Frank und Ute, ihr bekommt jeweils ein eigenes. Ihr habt schließlich Einzelzimmer gebucht, haha.«

Frank schaute sich um und war entsetzt. Es gab zwar einen kleinen hölzernen Unterstand, ansonsten aber keinerlei Infrastruktur. »Und wo sollen wir uns hier waschen? Und wenn mal einer muss?«

»Frank, gut, dass du's ansprichst.« Mo zog eine Handvoll roter Plastiktütchen aus seinem Rucksack. »Wir dürfen hier nur mit einer Ausnahmegenehmigung übernachten. Strullern am Baum ist okay, aber wenn einer von euch einen Bob in die Bahn jagen will, also, haha, ihr wissts schon, dann müsstet ihr das danach einsammeln, wie beim Hund halt.«

»Das ist nicht dein Ernst«, sagte Frank tonlos.

»Ja, doch, schon. Aber ich habe eine gute Nachricht: Morgen zum Waschen sperrt das NABU-Haus für uns auf. Da gibt's dann auch Frühstück.«

»Und wie weit ist das weg?«

»Schon noch einen guten halben Kilometer. Und jetzt hat das eh schon zu.« Mo merkte, dass nicht alle ganz so begeistert waren wie er, und verlieh seiner Stimme einen künstlichen Enthusiasmus. »Hey, das wird das Abenteuer eures Lebens. So was Einmaliges gibt's nur mit ›Happytrekking‹! Sucht euch ein Zelt aus.« Daniel schwankte zwischen der Sorge um seinen Schlaf und Abenteuerlust. Er zog den Reißverschluss zu einem der Zelte auf, und was er vorfand, kam ihm eigentlich recht behaglich vor: eine straff aufgepumpte Luftmatratze, zwei dicke Schlafsäcke, extra bezogene Kissen – und als Krönung zwei kleine Tüten Gummibärchen darauf. Fast wie im Hotel. Da hatte Bayram echt ganze Arbeit geleistet. Daniel beschloss, das alles gut zu finden und diese ungewöhnliche Art der Übernachtung zu genießen. Grundsätzlich bereitete ihm die Wanderung immer mehr Freude, einerseits gefiel ihm die Landschaft wirklich gut, andererseits hatte er Spaß daran, die Gruppendynamik zu beobachten. Und ein bisschen Spannung lag wegen der kleinen Konflikte innerhalb der Paare und der Wandertruppe für ihn ebenfalls in der Luft.

Auch Frank hörte auf zu meckern, als er die nette Ausstattung seines Zeltes sah. Und er bekam leuchtende Augen, als Mo vom Waldrand eine Kühlbox und einen Kasten Bier heranschleppte. »Wo kommt der denn her?«

»Jaha, Trick 17. Da vorn ist eine kleine Quelle mit bitterkaltem Wasser. Und überhaupt nicht einsehbar. Da kühlen wir gern eine erfrischende Kleinigkeit für unsere Gäste. Und da in der Kiste ist unser Abendessen. Drüben in der Hütte hat's ein paar Bänke. Wenn du den Kasten nimmst, kümmere ich mich ums Dinner.«

Aus seinem Rucksack zog Mo einen kleinen Campingkocher, den er mit der Kühlbox zur Hütte trug. In der Box befanden sich neben einem großen Henkelmann mit der Erbsensuppe auch jeweils neun abwaschbare Teller, Becher und Löffel. Mo verteilte alles auf der Bank, die in U-Form an den Wänden der Hütte angebracht war.

Frank hatte sich mit dem Feuerzeug eine Flasche Bier aufgemacht, Mo murmelte: »So, ein'deckt is.« Dann widmete er sich dem Gaskocher, den er auf dem Boden abgestellt hatte.

»Hey, Jungs und Mädels, genug in den Zelten geschnüffelt, hier gibt's Bier!«, rief Frank den anderen zu und schwenkte seine Flasche in der Luft.

Alle hatten ihre Sachen in den Schlafstätten verstaut und schlenderten zur Hütte hinüber.

»Wenn er nicht wandern muss und es was zu trinken gibt, kann Frank eigentlich ein ganz netter Kerl sein«, sagte Daniel zu Brigitte.

Die antwortete: »Heute hat er sich das aber auch verdient. Mehr als sechzehn Kilometer, Aussichtsturm und lebensgefährliches Gewitter inklusive.«

»Mei, ich muss das jetzt mal sagen, das ist so liebevoll mit den Gummibärchen und dem Bier und der Supp'n, also wirklich pfundig organisiert, Mo.«

Der freute sich über die brennende Gasflamme und das Kompliment. »Tz, Ute, so was gibt's halt nur bei ›Trekkyhapping‹, äh, ›Happytrekking‹, haha, Wechsstaben verbuchselt.«

Daniel nahm sich vor, lieber kein Lob auszusprechen, wenn das nur schlechte Wortspiele nach sich zog.

Es dauerte ein Weilchen, bis sich die Suppe in dem großen Emailtopf auf der kleinen Feuerstelle erwärmt hatte, solange erzählte jeder davon, was bisher sein größtes Abenteuer im Leben gewesen war. Ute hatte schon eine Alpenquerung über den E 5 von Oberstdorf nach Meran bewältigt, Frank in Kalifornien ein Erdbeben miterlebt, Sven war schon mal in der Atacama-Wüste gewesen, und Tordis hatte vier Nächte in einem Baumhaus im Protestcamp am Zwischenlager Gorleben verbracht. Walter und Marlies konnten berichten, dass sie bei einem Städtetrip nach Brügge mal vier

Stunden im Aufzug festgesteckt hatten, während Brigitte von einer gemeinsamen Ermittlung mit Daniel auf Gran Canaria erzählte, bei der er ihr das Leben gerettet hatte – und die irgendwie auch Grundstein ihrer jetzigen Beziehung war.

Als der Eintopf die richtige Temperatur angenommen hatte, verteilte Mo mit einer Schöpfkelle großzügige Portionen auf die Plastikschalen. Der Duft aus dem Topf strömte durch die ganze Hütte, die meisten waren schon beim zweiten Bier angekommen, Daniel fand alles sehr gemütlich.

»Ja, Mo, du alter Ranger, jetzt musst du uns natürlich noch erzählen, was dein größtes Abenteuer bis dato war«, forderte Ute den Wanderführer auf.

Der überlegte kurz und sagte dann: »Also, ich glaub, das gruseligste Abenteuer, das wollts ihr bestimmt nicht hören …«

»Jetzt erst recht!«, rief Frank.

»Ich weiß nicht«, piepste Tordis, während sie die Würstlstücke aus der Suppe klaubte und auf den Teller ihres Freundes lud. »Nicht dass ich dann Alpträume bekomme.«

Frank war durch das Bier schon etwas enthemmt und entgegnete: »Dafür hast du doch den starken Bären Sven an deiner Seite. Der personalisierte Traumfänger. Los, Mo, erzähl!«

»Also gut, auf eure eigene Verantwortung. Die Geschichte hat nämlich etwas mit genau diesem Ort hier zu tun. Du hast doch g'sehn, Frank, dass ich das Bier dahinten von der Quelle geholt habe, gell? Die liegt in einer Mulde, etwa zwanzig Meter vom Weg entfernt, schwer zugänglich. Als wir vor vielen Jahren zum ersten Mal hier waren – es war fast meine erste Tour als Führer überhaupt –, habe ich den Platz entdeckt. Und neben der Quelle gibt es eine Grotte, wie eine kleine Höhle, die aber nicht sehr tief in den Berg reingeht. Die war schon ganz verwachsen und vermoost, da war vor mir ewig lang keiner drin, das hat man gleich gesehen. Aber meine Neugier war zu groß, ich bin dann doch hinein. Und das sollte furchtbar bestraft werden.«

Über das Moor hallte der Ruf eines Kauzes. Alle saßen schweigend um den Gaskocher und hingen an Mos Lippen. Nach einer kleinen Pause sprach er weiter.

»In der Grotte waren Skelette. Fünf Skelette, stellt euch das vor. Und es waren kleine Körper, Kinder, das war mein erster Gedanke. Wir waren natürlich alle total schockiert und sind dann vor zur Straße und mit Autostopp in den nächsten Ort, damals hatten wir ja noch keine Handys. Wir haben selbstverständlich sofort die Polizei alarmiert. Die kam und hat die Skelette dann mitgenommen zur Obduktion. Und so sollte sich herausstellen, dass die alte Sage von Erasmus Wehner doch gestimmt hatte.«

»Wie ging die Sage?«, flüsterte Ute.

»Erasmus Wehner, so hieß es in den Dörfern hier, soll eines Tages im Winter mit seinen fünf Kindern aufgebrochen sein, vor einigen hundert Jahren. Sie wollten von Gersfeld nach Fladungen, eine kranke Tante besuchen. Und hier oben war ja schon immer die Grenze zwischen dem Königreich Bayern und dem Hochstift Fulda. Es wurde schon dunkel, als Wehner zu seinen Kindern sagte, sie sollten hier warten, er würde hinten an der Grenze schon mal die Formalitäten erledigen und sie dann abholen. Aber Erasmus Wehner kehrte nie zurück. In Bayern war er mit einer Strafe belegt worden, weil er über Gott gelästert hatte. Deswegen sei ihm unverzüglich die Zunge abzuschneiden, wenn man ihn schnappte. Die Grenzer hatten ihn erkannt und den Befehl sofort ausgeführt. Und so konnte er niemandem mehr sagen, dass seine fünf Kinder hier oben in der Kälte auf ihn warteten.«

»Oh mein Gott«, hauchte Tordis.

»Und dann sind die Kinder erfroren?«, wollte Frank wissen.

»Erfroren, verhungert, von den Wölfen zerfleischt, das konnte bei der Untersuchung der Leichen nicht mehr herausgefunden werden. Aber dass alle Skelette aus einer Familie kamen, das konnte man genetisch nachweisen.«

Daniel schaute Brigitte skeptisch an. Der Fundort lag zwar nicht im Zuständigkeitsbereich seines Reviers, aber so weit weg war das dann auch nicht. Und von so einem spektakulären Fund hätte er doch etwas hören müssen.

Nach einer weiteren Pause, in der Mo den Grusel der Mitwanderer genoss, sagte er: »Und wisst ihr, was an der Geschichte noch das Allerkrasseste ist? Ich habe sie Wort für Wort erfunden.«

»Boaaah«, rief Marlies, »wie kannst du eine alte Frau nur so erschrecken?«

»Dafür werden wir uns rächen«, drohte Frank an. »Drei Tage haben wir noch Zeit. Und da werden wir uns etwas Scheußliches ausdenken für dich!«

Alle plapperten durcheinander, wie sie ihren Wanderführer aufs Glatteis führen könnten, selbst Tordis wirkte recht gelöst, die Männer in der Runde köpften die restlichen Bierflaschen.

Gegen zweiundzwanzig Uhr waren alle satt, zufrieden und hatten sich genügend Mut für die Übernachtung im finsteren Wald angetrunken. Sven kündigte an, dass sich niemand darüber wundern solle, dass er schon sehr früh zugange sein würde. Er wolle sich zum Sonnenaufgang zur Birkhuhnbeobachtung auf die Lauer legen.

Während sich die anderen mit bereitgestelltem Mineralwasser vor den Zelten die Zähne putzten, setzten sich Brigitte und Daniel ein paar Meter abseits auf einen Baumstamm. Die Nacht war klar, der Sternenhimmel funkelte hell über dem Moor, in dem weit und breit keine Lichtquelle den Blick ans Firmament trübte.

Nach einer ganzen Weile sagte Brigitte: »Und, so zur Halbzeit, wie gefällt es dir?«

»Es ist … unterhaltsam. Viele unterschiedliche Charaktere, die da aufeinandertreffen. Aber wenn man jeden so ein bisschen zu nehmen weiß, ist es schon spaßig. Ute ist wirklich nett, Frank taut auch immer mehr auf.«

»Und ich glaube mittlerweile auch nicht mehr, dass Tordis Sven um die Ecke bringen will. Ich würde an ihrer Stelle diesen Labersack ja sofort auf den Mond schießen, aber offenbar findet sie irgendwas an ihm. Na gut, geht uns nix an.«

»Und ich glaube, auch Walter wird Marlies weiterhin ertragen, anstatt ihr den Hals umzudrehen. Über wen sollte er sich denn sonst aufregen?«

»Da haste recht!«

Nach ein paar weiteren Minuten, in denen im Camp hinter den Kommissaren so langsam Ruhe einkehrte, sagte Daniel: »Komm, lass uns schlafen gehen, ich bin auch müde.«

✳✳✳

Ein seltsames Geräusch ließ Brigitte aus dem Schlaf hochschrecken. Sie musste sich erst mal kurz orientieren, dann wurde ihr klar, dass sie in einem Zelt am Roten Moor lag, neben ihr der friedlich schlummernde Daniel.

Draußen war irgendein Geraschel. Ihr fiel ein, dass Sven zum Sonnenaufgang das Birkhuhn beobachten wollte, aber es war noch stockduster. Ihr Handy zeigte drei Uhr siebzehn an. Viel zu früh.

Das Geräusch wurde leiser. Vermutlich war ein Tier draußen. Vielleicht ein Reh. Oder Waschbären, die können auch einen ziemlichen Radau veranstalten. Vielleicht auch Hasen. Schafe, die Rhön ist ja voller Schafe. Oder ein Dachsssssssss … Schon war Brigitte wieder eingeschlafen.

TAG 4

Die Sonne schien durch die Zeltwand und kitzelte Daniel aus dem Schlaf. Er stellte fest, dass er wider Erwarten blendend ausgeruht war, und richtete sich auf der wackeligen Luftmatratze halb auf. Dadurch weckte er auch Brigitte, die sich verschlafen rekelte.

»Oooh, es ist so schön warm in diesem Schlafsack«, murmelte sie, konnte Daniel aber nicht davon abhalten, den Reißverschluss des Zeltes ein Stück aufzuziehen und den Kopf ins Freie zu stecken.

Er drehte sich zurück in den Innenraum und sagte: »Das ist ein wunderbarer Morgen. Ganz blauer Himmel.«

»Kein Gewitter?«

Daniel boxte Brigitte leicht in die Seite. Kaum wach, schon frech. »Nee, aber ein paar andere sind auch schon zugange. Komm, wir gucken mal raus.« Daniel zog sich in der Enge des Zeltes umständlich die Wanderhose über und trat in seinem zerknitterten Schlafshirt barfuß auf den feuchten Rasen.

Marlies schüttelte vor ihrem Zelt gerade Wäsche aus und winkte ihm zu, Mo bändigte mit nacktem Oberkörper seinen Pferdeschwanz, Sven saß mit Tordis auf dem Baumstamm, von dem aus Daniel und Brigitte gestern noch die Sterne beobachtet hatten, und starrte in die Landschaft. Auch an Utes Zelt ging jetzt der Reißverschluss auf.

»Na, ihr müden Krieger, wie ist euch die Nacht am Moor bekommen?«

»Also, mich wundert, dat hier überhaupt noch Bäume stehen, für mich klang dat, als hätte Walter die heute Nacht alle umgesächt. Aber dat hat mit dem Zelt nix zu tun, der schnarcht auffer Luftmatratze genauso wie im Grang Hotel.«

»Stimmt doch gar nicht«, muffelte der Beschuldigte zurück.

»Musst dir keine Sorgen machen, ich hab nix g'hört und geratzt wie ein Stein«, beruhigte Ute ihn und Daniel bestätigte:»Ja, es war absolut still hier oben, ich konnte auch wunderbar schlafen.«

Sven und Tordis gesellten sich zur Wandergruppe, er schaute griesgrämig drein. Daniel schätzte, dass sein frühes Aufstehen umsonst gewesen und die Birkhuhnsichtung fehlgeschlagen war. Auch Brigitte kam jetzt aus dem Zelt gekrochen.

Mo konstatierte:»Fehlt nur noch Frank.«

»Der hat gestern vier Halbe weg'zischt, da käme ich auch nicht aus den Federn«, sagte Ute und Daniel vermutete, dass zwei Liter Bier für Frank jetzt nicht so außergewöhnlich waren. Er wunderte sich vielmehr, dass Franks Nikotinhunger ihn noch nicht an die frische Luft getrieben hatte.

Mo stand jetzt neben Franks Zelt und klopfte gegen die straff gespannte Plane.»Fränkyboy, auffi geht's! Strühfück wartet, haha, Käffchen und Zigarettchen.«

Nichts rührte sich.

»Frank?«

»Was ist denn los?«, fragte Tordis.

»Ja, ich weiß auch nicht. Der muss doch wach werden bei dem Krach drum rum. Ob ich mal reinschau?«

Ute nickte.

Mo zog den Reißverschluss zu Franks Zelt ein Stück auf und blickte hinein.»Keiner drin.«

»Das kann doch nicht sein«, sagte Tordis.

Alle versammelten sich jetzt um Franks Schlafstatt. Mo öffnete den Eingang komplett und gab den Blick auf den leeren Innenraum frei.

»Sein Gepäck fehlt auch. Und der Schlafsack ebenfalls. Nur noch das Kissen ist da. Wo kann denn der sein?«

Die gesamte Wandertruppe stand ratlos vor dem verwaisten Zelt.

Plötzlich fing Mo an zu lachen. »Aaach, jetzt verstehe ich, das ist eure Rache für meine Gruselgeschichte gestern. Na, ihr seid mir vielleicht ein paar Bazis! Frank!«, rief er. »Kannst rauskommen, ich hab mich g'scheit erschreckt, Retourkutsche gelungen!«

»Alsooo«, sagte Sven gedehnt, »ich weiß nichts von einer Retourkutsche. Oder hattet ihr da was geplant?« Er schaute die anderen fragend an. Alle schüttelten den Kopf.

»Gestehen Sie, Commissario!«, sagte Mo zu Daniel. »Sie haben einen perfiden Plan ausgearbeitet, um den Wanderguide hinter die Fichte zu führen. Leugnen zwecklos.«

»Nee, Mo, wirklich nicht. Ich habe keine Ahnung, wo Frank ist. Und ich versichere dir, dass wir nichts ausgeheckt haben.«

Das Wort von Kommissar Rohde hatte für Mo offenbar Gewicht. »Na gut, dann will ich euch das mal glauben. Aber wo kann der denn hin sein?«

»Vielleicht ist er schon vorgegangen zu dem Haus, wo es Frühstück geben soll«, vermutete Ute. »Oder er wollte dort sein G'schäft verrichten ohne die roten Tütchen ...«

»Das kann natürlich sein. Ich hab ja seine Handynummer, ich bimmel einfach g'schwind durch.« Mo ging schnellen Schrittes zu seinem Zelt und holte sein Mobiltelefon aus dem Rucksack.

Als er zu den anderen zurückkehrte, studierte er konzentriert das Display. »Okay, also Entwarnung, Leute. Frank hat mir eine Nachricht geschrieben. Er ist wohl mitten in der Nacht nach Osnabrück aufgebrochen, weil es seiner Frau schlecht geht. Um fünf Uhr vierzig war er schon in Fulda am Bahnhof. In den Schlafsack hat er sich eingehüllt, weil ihm kalt war. Er wünscht uns allen noch viel Spaß.«

Mo ließ das Handy sinken und legte die Stirn in nachdenkliche Falten. Nach einer kleinen Pause sagte er: »Ich frage mich, woher Frank gewusst hat, wo er von hier aus hinmuss. Mitten in der Nacht, stockdunkel, wie es war.«

»Du hast uns doch gestern gezeigt, in welche Richtung es zu diesem Haus geht«, antwortete Sven leichthin. »Das wird er sich gemerkt haben. Und wenn es meiner Frau schlecht ginge, würde ich mich auch durch die finstre Nacht schlagen.« Er sah Tordis heldenhaft an.

»Tut mir auf jeden Fall total leid«, sagte Ute mitleidsvoll. »Gerade, wo er ein bisschen aufgetaut ist. Hoffentlich ist es nichts Ernstes mit seiner Frau. Aber dann würde ich ihn jetzt nicht anrufen, der schläft bestimmt im Zug, wenn er so früh aufgebrochen ist.«

»Is ja auch 'n Stück bis Osnabrück«, pflichtete Walter bei.

»Hömma, dat reimt sich ja!« Marlies war begeistert. »Dann könn wa jetzt auch frühstücken gehen, wenn sich alles geklärt hat.«

»Gut, dann pack mer's, ich muss eh mal für kleine Königstiger, haha, räumt einfach alles aus den Zelten, der Bayram baut später alles ab.«

Die dezimierte Wandergruppe strebte über den Waldweg der Hütte entgegen. Beim Überqueren der Landstraße schaute sich Brigitte in alle Richtungen um und sagte leise zu Daniel:

»Die Frage ist tatsächlich, wie Frank hier weggekommen ist. Weit und breit keine Haltestelle, und selbst wenn, würde hier nachts ganz bestimmt kein Bus vorbeikommen.«

»Vielleicht hat er sich ein Taxi gerufen? Wenn seine Frau wirklich irgendetwas Ernsthaftes hat …«

»Das kann natürlich sein. Ich bin heute Nacht auch mal von einem Geräusch wach geworden. Um drei Uhr siebzehn. Das war vielleicht Frank.«

»Könnte hinkommen. Bis der ein Taxi bekommen hat und damit nach Fulda gefahren ist, passt der Eingang der SMS um zwanzig vor sechs. Aber das tut mir echt leid. Wie

Ute gesagt hat, ich hatte auch den Eindruck, dass er gerade Spaß an der Sache hier bekommen hat.«

Ein paar Minuten später saßen die Wanderer an einer reichlich gedeckten Frühstückstafel, ein verlockender Kaffeeduft schwebte durch den Raum – und Franks Verschwinden war schnell vergessen.

✳✳✳

Reinhard Frenzel war in aller Herrgottsfrühe aufgestanden, um von seinem Wohnort in Freigericht-Somborn zur Wasserkuppe zu fahren. In Linsengericht sammelte er noch seinen Sohn Marcus ein, die beiden Männer wollten die perfekte Thermik des späten Augusttags nutzen, um mit dem Segelflieger eine ausführliche Runde über die Rhön zu drehen. Die Wasserkuppe galt als Wiege des unmotorisierten Luftsports, Hessens höchster Berg durfte sich als Heimat der ältesten Segelflugschule der Welt bezeichnen.

Frenzel war begeisterter Flieger und scheute die lange Anfahrt nicht. Zwar gab es auch in der näheren Umgebung ein paar Flugplätze, in Langenselbold oder Gelnhausen zum Beispiel, aber die Tradition und die spektakulären Aussichten trieben ihn immer wieder in die Rhön. Als sich das passende Wetter abzeichnete, hatte er beim Club eine Maschine reserviert und seinen Sohn überredet, an diesem Mittwoch Überstunden abzufeiern.

Um Punkt neun Uhr sechsunddreißig hob die zweisitzige Schleicher per Windenstart von der Graslandebahn 08/26 auf der Wasserkuppe in westlicher Richtung ab.

Reinhard Frenzel hatte das richtige Gespür gehabt: Der gutmütige Mitteldecker mit seinen siebzehn Metern Spannweite wurde vom Aufwind in kürzester Zeit in eine Höhe von knapp sechstausend Fuß getragen. Der Himmel war nahezu wolkenlos, das Panorama spektakulär. Die Sicht reichte im Süden bis zum AKW Grafenrheinfeld, im Westen war der

Große Feldberg im Taunus zu erkennen, im Osten der Thüringer Wald und im Norden der Meißner, ganz schemenhaft dahinter sogar noch der Harz. Vater und Sohn jubilierten unter ihrer Plexiglashaube und stiegen höher und höher. Die Häuser, die Straßen und Autos wurden immer kleiner, und mit jedem Meter Höhe schien auch der Alltag immer weiter weg.

Frenzel machte einen großen Bogen über Bad Brückenau an den Main bei Hammelburg, weiter über die A 7 nach Bad Kissingen in Richtung Grabfeld, um dann über Bad Neustadt wieder auf die höchsten Berge der Rhön zuzufliegen. Im nördlichsten Zipfel Bayerns erkannten die beiden Piloten die berühmten Golgota-Kruzifixe auf dem Kreuzberg und drehten über die Hochfläche der Langen Rhön nach einigen Stunden in der Luft zum Sinkflug ein.

Frenzel machte eine waghalsige Kurve um den Sendemast am Heidelstein und peilte hinter Ulsterquelle und Bundesstraße den kleinen Stausee am Roten Moor an. Es war nicht mehr sehr weit zurück zum Segelflugplatz, als Marcus von hinten rief: »Vadder, guck mal, was ist denn da auf dem Wasser?«

»Was meinst du?«

»Na, da unten auf dem See am Moor. Da schwimmt doch was Rotes. Geh mal tiefer.«

Das war bei einem Segler nicht ganz so einfach wie bei einem Motorflugzeug, trotzdem gelang es Reinhard Frenzel, die Maschine abzusenken und fast positionstreu zu halten.

»Ja, jetzt seh ich's auch. Könnte eine Luftmatratze sein.«

»Aber da ist Baden doch strengstens verboten. Außerdem sehe ich niemand, der schwimmt. Könnte auch ein Müllsack sein.«

»Auf jeden Fall nichts, was ins Moor gehört. Ich schlage vor, wir gehen runter und melden uns später beim Haus vom Naturschutzbund dahinten. Der See ist vom Boden aus nur zu einem kleinen Teil einsehbar. Kann sein, dass man dieses rote Ding wirklich nur von oben erkennt. Aber die vom NABU werden schon rausfinden, was das ist.«

***

Die Stimmung in der Wandergruppe war ausgezeichnet. Die Sonne strahlte vom Himmel, das gestrige Gewitter hatte die Feuchtigkeit in der Luft ausgeräumt, der Weg war bequem und verlief höhehaltend durch Wälder und Wiesen. Und Marlies schien ihre Blasen und Hühneraugen in den Griff bekommen zu haben, jedenfalls jammerte sie ausnahmsweise nicht.

Mo hatte Frank eine Message geschrieben und ihm sowie seiner Frau alles Gute gewünscht. Kurz nach dem Frühstück war eine Antwort eingegangen, Frank sei schon kurz vor Osnabrück, seine Frau nach einem Sturz von der Treppe zwar im Krankenhaus, es habe sich aber als nicht so schlimm herausgestellt wie zunächst befürchtet.

Die nächste Übernachtung war im Kloster Kreuzberg geplant, zur Belohnung für die rund vierzehn Kilometer wurde das berühmte Bier in Aussicht gestellt, das die Franziskaner auf dem heiligen Berg der Franken seit fast dreihundert Jahren brauten. Hinter der bayrischen Landesgrenze senkte sich der Hochrhöner hinab nach Oberweißenbrunn, bevor der Weg am Fuß von Arnsberg und Kreuzberg wieder steiler bergauf führte.

Daniel und Brigitte genossen die Etappe, zumal sie nun durch eine Gegend ging, die sie von früheren Ausflügen in die Rhön noch nicht kannten.

Bis Daniels Mobiltelefon klingelte.

Er spürte die Vibration des stumm geschalteten Geräts in seiner Hosentasche und zog es heraus. »Wolli ist dran«, sagte er überrascht zu Brigitte und war unschlüssig, ob er das Gespräch annehmen sollte. Wolfgang Angerstein, genannt Wolli, war Lokalreporter bei der »Osthessischen Landeszeitung« in Bad Hersfeld – und wenn er sich meldete, lief in der Heimat meist irgendetwas schief.

»Der weiß doch, dass wir im Urlaub sind. Könnte wichtig sein.«

»Okay«, sagte Daniel und ging dran. Er ließ die anderen Wanderer an sich vorbeiziehen, um in Ruhe mit Wolli sprechen zu können.

»Daniel, gut, dass du abhebst. Ist alles klar bei euch auf der Wanderung?« Wolli klang aufgeregt.

»Absolut, danke, alles bestens. Hast du angerufen, um mich das zu fragen?«

»Nein, hör mal, es hat da vielleicht einen Vorfall am Roten Moor gegeben. Christian, mein Kollege aus der Redaktion in Fulda, hat das auf der Mittagskonferenz erzählt. Und du hattest doch gesagt, dass ihr da eine Nacht im Zelt pennt.«

»Jaja, das war letzte Nacht. Was denn für einen Vorfall, Wolli?«

»Zwei Segelflieger haben einen verdächtigen Gegenstand in dem kleinen Stausee am Moor gesichtet. Aus der Luft. Die haben dann bei den Naturschützern angerufen. Von denen sind sofort zwei Ranger dahin – und haben einen roten Schlafsack aus dem Wasser gefischt.«

Daniel war wie elektrisiert. Die Schlafsäcke in den Zelten waren rot gewesen. Und Franks war nicht mehr da.

»Jetzt ist wohl schon die Polizei oben mit Tauchern und so. Habt ihr irgendwas mitbekommen?«

»Wir … ich … also, mitbekommen nicht. Aber ein Wanderer aus unserer Gruppe hat sich heute Nacht abgeseilt. Dessen Frau ging es wohl schlecht, und da ist der mitten in der Nacht los nach Osnabrück. Den Schlafsack hat er angeblich mitgenommen, weil ihm kalt war. Und der war rot.«

»Scheiße.«

»Ja, aber Frank kann eigentlich nichts passiert sein. So heißt der. Er hat unserem Wanderführer eine Nachricht geschrieben und ein bisschen später kam dann noch mal eine von ihm. Was ich mir höchstens vorstellen könnte, ist, dass der den Schlafsack verloren hat, als er ins Taxi gestiegen ist, und der ist dann in den See geweht worden.«

»Das kann natürlich sein. Oder es gibt eine ganz andere Erklärung. Du, ich wollte dich auch nicht beunruhigen. Ich war halt nur alarmiert, weil ich wusste, dass ihr irgendwann die Tage da oben am Moor sein musstet. Aber dann hat es wahrscheinlich gar nichts mit euch zu tun.«

»Halt mich aber trotzdem auf dem Laufenden, Wolli. Wenn die Kollegen am Moor irgendwas entdecken, ruf mich an, ja?«

»Klar wie Kloßbrühe, mache ich.«

»Wolli. Bitte keine schlechten Sprüche. Davon habe ich seit vier Tagen eine Überdosis.«

»Okäse, lasse ich weg, bis Danzig, Ciao Cescu.«

»Ich bringe dich um!« Daniel legte auf. Er hatte ein seltsames Gefühl.

Während er der Gruppe hinterhertrabte, beschloss er, Brigitte mit einem möglichen falschen Alarm erst einmal nicht zu belasten. Konnte ja wirklich alles ein blöder Zufall sein, und damit wollte er ihr nicht den Urlaub vermiesen.

»Und, was wollte Wolli?«, fragte Brigitte, als er die anderen Wanderer wieder erreicht hatte.

»Ach, der hat sich nur erkundigt, ob wir das Gewitter gestern gut überstanden haben. Es gab wohl ein paar Schäden und vollgelaufene Keller in der Nähe, und da hatte er sich Gedanken gemacht.«

»Na, das ist ja nett«, sagte Brigitte leichthin und zeigte Daniel ein Eichhörnchen, das mit einer Nuss im Maul den Stamm einer Eiche hinaufhastete.

Daniel tat, als fände er das niedlich, konnte die kreisenden Gedanken aber nicht stoppen, die Wollis Anruf ausgelöst hatte. Ein Mann verschwindet samt Schlafsack in auffälliger Farbe – und genau so einer wird am nächsten Morgen gefunden. War es vielleicht ein ganz anderer, der schon länger auf der Wasseroberfläche trieb?

Daniel rief sich das Bild der Wiese in den Kopf zurück, sie war von dem kleinen Stausee am Moor durch einen dicht bewachsenen Wall getrennt. Er konnte sich nicht daran erinnern, dass irgendjemand aus der Gruppe einen Blick auf den See geworfen hatte. Ein Stück weiter gab es zwar eine Vogelbeobachtungshütte, aber die hatten sie auf dem Weg zum Frühstück nur kurz passiert und nicht betreten.

Er beruhigte sich mit der Möglichkeit, dass dieser rote Gegenstand möglicherweise schon viel länger auf dem See schwamm und einfach noch nicht entdeckt worden war. Aber wenn es tatsächlich ein Schlafsack war, müsste sich das Ding dann nicht mit Wasser vollsaugen und untergehen? Oder waren die wasserdicht? Mo könnte das wissen.

Der Wanderführer hatte gerade eine Sitzgruppe unter einem schattenspendenden Baum als Pausenplatz auserkoren und zog seine knallrote Bayern-München-Getränkeflasche aus dem Rucksack. Wundervolle Gelegenheit für einen unverfänglichen Gesprächseinstieg, fand Daniel.

»Du, wo ich eben die rote Flasche sehe, die Schlafsäcke heute Nacht, die waren ja saugemütlich. Was passiert eigentlich, wenn die nass werden? Also, wenn man zum Beispiel mal komplett im Freien übernachten würde?«

»Aha, hast Lust dran g'funden, des g'freit mi! Das sind ›Leitner Hill Top four seasons‹. Eigengewicht gerade mal hundertsiebzig Gramm, imprägnierte Daune, da perlt jeder Tropfen dran ab. Die sind aber fei net billig, gute dreihundert Euro musst da schon rechnen. Aber wenn du wirklich einen kaufen magst, kann ich mal fragen, ob wir da als Großkunde was tun können. Wir haben alle Expeditionen damit ausgestattet.«

Daniel gefiel, dass er offenbar auf einer Expedition war, und redete sich ein, dass der gefundene Schlafsack auch so ein wasserabweisendes Modell war und da wahrscheinlich schon tagelang trieb. Er setzte sich neben Brigitte, die seine Frage mitbekommen und daraufhin Redebedarf hatte.

»Du willst im Freien übernachten?«

»Nein, nein, nein, nicht ich. Jonathan vielleicht, der, äh, der hat doch nächstes Jahr Konfirmation, da wäre das ein tolles Geschenk ...«

»Du willst dem Sohn deiner Schwester, der den ganzen Tag vor seiner Spielkonsole hängt und mit dem du nicht besonders viel zu tun hast, zu einem Fest, für das wir noch keine Einladung bekommen haben, ein Geschenk im Wert von dreihundert Euro kaufen?« Brigitte hatte plötzlich diese krause Stirn. Die bekam sie nur, wenn ihr etwas faul vorkam.

»Nein, auf keinen Fall. Jetzt, wo ich den Preis kenne.«

Daniel fand seine Beschwichtigung sehr glaubhaft. Brigittes Stirn entkräuselte sich ein wenig. Trotzdem hatte er den Eindruck, als müsse er die innerpartnerschaftliche Flunkerei nach seinem jahrelangen Singledasein erst wieder üben. Als er gerade darüber nachdachte, ob er Brigitte den wahren Grund des Telefonats sagen sollte, vibrierte sein Handy erneut. Wieder Wolli.

»Ja?«, sagte er kurz angebunden, stand auf und entfernte sich ein paar Schritte von der Gruppe. Er beobachtete Brigitte. Sehr krause Stirn.

»Daniel, schlechte Nachrichten. Die haben tatsächlich jemanden gefunden am Moor. Also, eine Leiche.«

»Fuck.«

»Christian sagte, es ist ein Mann. Er kann noch nicht lange im Wasser gewesen sein. Keine Anzeichen von Fäulnis.«

»Wie sieht der aus?«

»Keine Ahnung, ich habe kein Foto.«

»Verdammt. Gibt es Hinweise auf Fremdeinwirkung? Ist der Tod im Wasser eingetreten oder an Land? Wenn er ertrunken ist, lässt sich das über Flüssigkeit in den Atemwegen nachweisen. Aspiration. Suizid ist auch möglich, allerdings kompliziert. Bei Bewusstsein verschließt sich sofort der Kehldeckel, wenn Wasser in die Atemwege –«

»Daniel!« Wolli bremste seinen aufgeregten Freund unsanft aus. »Ich weiß exakt das, was ich dir gesagt habe. Mann, kürzlich verstorben. Mehr nicht.«

»Alles klar, schon gut, hast ja recht, danke. Dann muss ich Brigitte davon erzählen.«

»Das hast du noch nicht?«

»Nein, ich wollte sie ... also, ich dachte, wenn doch vielleicht gar nichts passiert ist ...«

»Blödmann.«

»Jaja. Ich weiß. Egal jetzt. Du musst mich informieren, sobald du was Neues weißt. Am besten per SMS oder WhatsApp. Ideal wäre natürlich ein Foto. Wenn du eins hast, einfach schicken, ja? Ich kann nicht dauernd telefonieren, da werden die anderen aus der Gruppe misstrauisch. Denn ich glaube, irgendwas stimmt hier nicht.«

»Das glaube ich auch. Ich melde mich.«

»Jedes einzelne Detail.«

»Jedes einzelne Detail, versprochen.« Wolli legte auf.

Daniel atmete einmal tief durch und wagte einen Blick zu Brigitte, nachdem er sich während des Gesprächs von den Wanderern weggedreht hatte. Die Kräuselstirn war verschwunden, stattdessen stand Besorgnis in ihrem Gesicht.

Mo plärrte in diesem Moment: »Auf geht's, sonst wachs mer da fest! Haha. Daniel, alles klar?«

»Wie? Ja, alles klar. Äh, Mo, geht doch schon mal vor, es gibt bei uns auf dem Revier Probleme mit dem Dienstplan. Für die kommende Woche. Das müsste ich kurz mit Brigitte besprechen, ein Kollege hat Mumps.«

»Passt scho, den Weg findet ihr eh, immer der Nase nach, bis später, Übeltäter!«

Als alle außer Hörweite waren, fragte Brigitte mit hochgezogener Augenbraue: »Wer hat Mumps?«

»Niemand.« Daniel setzte seine Freundin über den Fund

in Kenntnis, sie wurde blass und wirkte schockiert. Trotzdem war sie galant genug, über das erste Telefonat hinwegzugehen, obwohl sie wahrscheinlich ahnte, dass es da auch schon um die rätselhaften Vorgänge am Roten Moor gegangen war.

»Aber es kann sich ja eigentlich nicht um Frank handeln. Der hat Mo schon zwei Nachrichten geschrieben«, schlussfolgerte sie.

»Richtig. Das beruhigt mich auch. Wobei es nur Textnachrichten waren – und keine Anrufe, so eine Message kann jeder geschrieben haben. Und ganz abgesehen davon, sind mir das eigentlich ein paar Zufälle zu viel.«

»Wir müssen abwarten. Wir brauchen mehr Informationen über den Toten. Wer leitet die Ermittlungen?«

»Fulda vermutlich.«

»Lass uns da anrufen, die müssen uns alles sagen, was sie bisher rausgefunden haben.«

»Genau, wir rufen da an und sagen: ›Hi, Brigitte und Daniel hier, ihr kennt uns zwar nicht, aber erzählt doch mal ein bisschen was über die Wasserleiche in der Rhön.‹ Das bringt nix. Das müssten die Kollegen aus Hersfeld über den offiziellen Weg machen. Aber …«

»Aber was?«

»Wenn die wissen, dass es ein Wanderer aus unserer Gruppe ist und möglicherweise ein Verbrechen dahintersteckt, reißt Burns die Ermittlungen an sich und dirigiert, was wir tun sollen. Und dann wird das nichts. Außerdem, jetzt nur mal ganz hypothetisch: Wenn es wirklich ein Verbrechen war, ist die Wahrscheinlichkeit groß, dass es jemand aus der Gruppe war. Und dann sind wir im Vorteil, wenn wir wissen, was derjenige noch nicht weiß. Oder diejenige. Lass uns lieber auf Wollis Infos warten.«

»Du meinst wirklich, irgendjemand von unseren Leuten könnte Frank …? Aber wer sollte das denn tun? Es gab doch keinerlei Streitereien oder so.« Brigitte machte eine kurze

Pause und setzte dann nach: »Und wer sagt, dass nicht noch mal etwas passiert?«

»In den Hotelzimmern sind wir zumindest sicherer als im Zelt. Aber noch mal: Wir haben einen Wissensvorsprung. Der wäre sofort hin, wenn hier andere Polizisten aufkreuzen würden oder wir nicht mehr selbst entscheiden könnten, was wir tun wollen. Lass uns auf jeden Fall den Chef da raushalten, bitte.«

Brigitte dachte kurz nach. Daniels Argument war nicht von der Hand zu weisen. Der Bad Hersfelder Dienststellenleiter Burns war in letzter Zeit selten durch zielführende Kriminalistik aufgefallen, durch selbst gelöste Fälle schon gleich gar nicht. Und wenn er seine Finger im Spiel hatte, mussten sie zwangsläufig seinen Anweisungen Folge leisten. Also sagte sie: »Dann unkonventionell?«

»Ich liebe unkonventionell. Denn wenn Frank die Nachrichten nicht selbst geschrieben hat, gibt es nicht so sehr viele schöne Möglichkeiten, wer das sonst getan haben könnte.«

✳✳✳

Die beiden Kommissare beeilten sich, wieder Anschluss an die Wandergruppe zu bekommen. Sie hätten zwar noch einiges zu besprechen gehabt, fürchteten aber, dass es auffallen könnte, wenn sie zu lange wegblieben. Denn wenn es sich bei dem Toten vom Moor tatsächlich um Frank handelte, der Mo nach seinem Ableben fröhlich Textnachrichten schickte, war die Sache mehr als faul.

Daniel und Brigitte keuchten an den Arnsberg-Schleppliften den Hang hinauf und schwiegen. Beide waren damit beschäftigt, ihre Gedanken zu sortieren.

Brigitte rief aus ihrem Kopf alle Situationen der vergangenen Tage ab, in denen Frank eine Rolle gespielt hatte. Er hatte keine Lust auf die Wanderung gehabt und war am Anfang sehr wortkarg gewesen. Später hatte sich seine Laune gebessert, zum Schluss war er fast gesellig. Am meisten hatte er sich mit Ute unterhalten. Ute. Die war immer gut drauf und eigentlich unverdächtig. Außerdem – sofern Frank nicht freiwillig in den See gestiegen war, musste ihn jemand dorthin befördert haben. Das traute Brigitte Ute nicht zu. Auch Tordis schied aus, vermutlich zu schwach, Walter und Marlies ebenfalls, vermutlich zu alt. Blieben Sven oder Mo. Wobei die Reputation eines Wanderreisenanbieters schwer leiden dürfte, wenn Guides ihre Gäste ertränkten. Dann also Sven. Der war ja nun seltsam genug. Vielleicht hatte er nicht nur versucht, Brigitte und Daniel einzuschüchtern, sondern auch Frank. Hatte der womöglich ein Auge auf Tordis geworfen und musste deswegen baden gehen?

Brigitte kramte in ihrer Erinnerung, ihr fiel aber keine Interaktion zwischen dem blassen Mädel und dem verschwundenen Bürohengst ein. Und überhaupt, Stichwort Büro. Was machte Frank eigentlich beruflich? Sie wusste das von allen aus der Gruppe, nur von ihm nicht.

Die beiden Abtrünnigen hatten die anderen Wandernden wieder erreicht.

Ute fragte: »Und, hat sich's klären können mit dem Dienstplan?«

»Ja, gar kein Problem, Daniel und ich hätten nächste Woche eh ein Seminar gehabt, das sagen wir dann einfach ab und schieben normalen Dienst.« Um die anschließende Frage belangloser klingen zu lassen, machte Brigitte eine kleine Pause. »Hauptsache ist doch, dass wir die Reise nicht abbrechen müssen, so wie Frank. Weißt du eigentlich, was der beruflich macht?«

»Keine Ahnung, ich hab ihn das mal gefragt, ›Schreibtischjob‹, hat er gesagt. Mei, er hat wohl nicht genauer drüber sprechen wollen. Ist ja auch wurscht. Wichtig ist, dass es seiner Frau wieder besser geht. Aber die ist wohl ein ganzes Stück jünger als er, die ist bestimmt bald wieder pumperlg'sund.«

»Na dann.«

Nach einer kurzen Passage durch ein Wäldchen zog sich der Weg durch offene Wiesen den Hang hinauf zum dritthöchsten Gipfel der Rhön. Die berühmte Kreuzigungsgruppe war in der Ferne schon zu sehen, das Etappenziel dürfte nach Brigittes Einschätzung bereits am frühen Nachmittag erreicht sein. Sie hoffte, dass sie mit Daniel schnell aufs Zimmer kam, weil sie mit ihm jede Menge Gedanken austauschen wollte. Natürlich kam grundsätzlich auch ein Suizid in Frage. Wenn es aber wirklich ein Freitod gewesen sein sollte, war sie sich nicht so ganz sicher, wie einfach ein beabsichtigt herbeigeführtes Ertrinken überhaupt war. Andererseits hatte das bei König Ludwig im Starnberger See ja offenbar auch geklappt. Allerdings ohne Schlafsack.

Daniel unterhielt sich mit Walter über Fußballvereine im Ruhrgebiet und bekam, vermutlich detaillierter als gewünscht, die grundlegenden Mentalitätsunterschiede zwischen BVB, Schalke und dem VfL Bochum erläutert, wobei Marlies auch die glorreiche Vergangenheit von Wattenscheid 09 ins Feld führte. Brigitte beschloss, nicht weiter über Frank nachzudenken und lieber Daniels Schilderung zu lauschen, wie er seinerzeit vor dem Fernseher den Durchmarsch von Eintracht Frankfurt in der Europa League miterlebt hatte.

»Dreißigtausend hessische Fans waren da in Barcelona, das müsst ihr euch mal vorstellen. Und dann beschweren sich die Spanier darüber, dass die Frankfurter im Stadion zu laut waren!«

Hatte Frank eigentlich einen Ehering getragen? Brigitte konnte sich nicht daran erinnern.

»Und wenn Leipzig im Halbfinale gegen Glasgow gewonnen hätte, wären zwei deutsche Mannschaften im letzten Spiel gegeneinander angetreten!«

Wo hatte der mitten in der Nacht ein Taxi herbekommen?

»Und dann im Finale dieses krasse Elfmeterschießen!«

Die Geräusche! Brigitte erinnerte sich wieder an die Geräusche in der Nacht am Moor. War das Frank gewesen, wie er sein Zelt verließ? Oder der Mörder?

»Trapp hält gegen Ramsey, und Borré macht kurz darauf das fünf zu vier. Irre!«

Brigitte hatte den Eindruck, dass es Daniel irgendwie besser gelang, sich von der mysteriösen Nummer mit Frank abzulenken. Aber im Prinzip war das ja auch richtig. Es hatte wirklich keinen Sinn, noch mehr nachzudenken. Nur Wolli könnte mit neuen Informationen Klarheit in die Sache bringen.

Weil sie nichts anderes zu tun hatte, beobachtete Brigitte Sven. Sie konnte an seiner Art, zu wandern und Tordis immerfort Dinge zu erklären, nichts Verdächtiges feststellen. Er benahm sich so wie immer. Allerdings wäre er nach ihrer Einschätzung kräftig genug gebaut, um einen erwachsenen Menschen in einen See zu befördern. Und vielleicht hatte es mit Eifersucht gar nichts zu tun, sondern tatsächlich mit Franks Beruf. Genau! Er tat irgendetwas, das Mensch und Natur schädigte. Und nachdem er wusste, dass Sven Umweltschützer mit einer Prise Militanz war, verschwieg er vorsichtshalber, was er tat. Das würde passen. Aber der Lobbyist für die gute Sache hatte es trotzdem herausgefunden und den Weltzerstörer auf den morastigen Grund des Tümpels befördert. Das war von allen bisherigen Theorien bisher die plausibelste!

Brigitte war noch völlig in ihre Gedanken versunken und bemerkte erst spät, dass Daniel wieder zu ihr aufgeschlossen hatte. Sein Blick war ernst, er hatte das Handy in der Hand. Leise sagte er:»Das Seminar kommende Woche ist definitiv abgesagt.«

Brigitte hatte einen Kloß im Hals und konnte sich im Nachhinein nicht mehr daran erinnern, wie sie den letzten Kilometer auf den Kreuzberg gekommen war.

***

Die Wandergruppe bezog im klostereigenen Beherbergungsbetrieb ihre Zimmer im sogenannten Antoniusbau. Die Räumlichkeiten waren schlicht, aber modern, eigentlich erinnerte nur ein prominent angebrachtes Holzkreuz daran, dass es sich um kein gewöhnliches Hotel handelte.

Während sich alle anderen für kurz nach vier im Biergarten verabredet hatten, täuschten Daniel und Brigitte das dringende Bedürfnis nach einem Nickerchen vor. Allerdings hätten beide kein Auge zugetan, so aufgewühlt waren sie. Außerdem musste Daniel seinen Wissensvorsprung dringend weitergeben. Er setzte sich auf einen Stuhl, weil er es wohl unpassend fand, im Bett fläzend über einen Toten zu sprechen.

»Also, Wolli hat mir geschrieben, ich lese dir vor: ›Männliche Leiche, geschätztes Alter 50 bis 60, schlanke Statur, leicht schütteres Haar. Würgemale am Hals. Wird zunächst in ein Bestattungsinstitut nach Fulda gebracht. Trifft das auf den Mann aus eurer Gruppe zu?‹«

»Verdammt«, sagte Brigitte leise, »ja, verdammt, das trifft zu.« Sie hatte sich mittlerweile auf den anderen Stuhl gesetzt und starrte vor sich hin. Das klang alles nach Frank.

»Ich habe mich gefragt …«, fing Daniel im selben Moment wie Brigitte einen Satz an, sie sagte: »Wir müssen …«

»Du zuerst.«

»Okay, danke«, sagte Brigitte. »Ich habe schon die ganze Zeit darüber nachgedacht, ob es in der Gruppe irgendwelche Animositäten gegeben hat, besonders in Bezug auf Frank. Mir ist da nichts eingefallen. Deswegen denke ich, wir müssen herausfinden, was er beruflich macht. Oder gemacht hat. Ob daraus für irgendeinen von den Leuten um uns herum ein Motiv entstehen könnte. Vielleicht hat er seinen Job auch absichtlich geheim gehalten.«

»Ich weiß ja nicht mal, wie der mit Nachnamen heißt. Frank aus Osnabrück, wie sollen wir das rausfinden?«

»Frank Stumpf aus Osnabrück!«, sagte Brigitte triumphierend. »Mo hatte im Bus mal die Teilnehmerliste auf dem Armaturenbrett liegen, da standen die Nachnamen mit drauf. Und du weißt ja, eine gute Kriminalistin …«

Daniel hörte Brigitte schon gar nicht mehr zu, er suchte in seinem Handy bereits nach dem Namen.

»Hey, vielleicht mal ein kleines Lob für Frau Adlerauge und Elefantengedächtnis?«

»Ja, toll gemacht«, murmelte Daniel unkonzentriert. »Immobilien! Hier, guck. Konfidenz Immo-Invest, Geschäftsführer Diplom-Kaufmann Frank Stumpf. Und hier, auf dem Foto: unser Frank!« Daniel hielt Brigitte eine Aufnahme unter die Nase, die Frank vor ein paar Roll-up-Aufstellern beim Spatenstich auf einer grünen Wiese zeigte. Er lächelte tatendurstig in die Kamera. Das Neubauprojekt hieß »Residenz Weserblick« und lag in Bremen. »Und an dieser Stelle ein Lob für Findefuchs Daniel!«

»Wow, du hast den Namen fehlerfrei in eine Suchmaschine eingegeben. Vielleicht können die dich im investigativen Rechercheteam beim Landeskriminalamt gebrauchen. Spaß beiseite. Immobilien. Das könnte der Schlüssel sein. Würgemale. Ich muss meine Gedanken ordnen. Also: Wenn Frank erwürgt wurde, von mir aus in seinem Zelt, dann muss er anschließend in den See transportiert worden sein.«

»Vielleicht noch direkt in seinem Schlafsack, damit lässt sich eine Leiche viel einfacher über den Rasen ziehen. Ich habe zwar keine Schleifspuren gesehen, aber die lassen sich ja auch nachträglich verwischen.«

»Ja, klingt gut. Es muss aber jemand gewesen sein, der dazu körperlich in der Lage ist. Da scheiden für mich Walter, Marlies, Ute und Tordis aus. Bleiben nur Sven und Mo. Und jetzt stell dir vor, diese komische Immo-Invest-Firma baut auf einer Wiese, wo irgendeine Ralle oder Schnepfe brütet. Sven kriegt mit, dass Frank der große Lebensraumvernichter ist, und geht davon aus, dass seine Projekte gestoppt werden, wenn der Chef tot ist.«

»Ist ein Ansatz. Aber bevor wir uns schon in konkrete Theorien verrennen: Es steht immer noch nicht zweifelsfrei fest, ob es sich bei der Moorleiche wirklich um Frank handelt. Auch wenn die Wahrscheinlichkeit sehr groß ist, er muss erst identifiziert werden.«

»Könnte einer von uns machen, aber dann würde die Wandergruppe misstrauisch, wenn plötzlich jemand für einen halben Tag weg wäre. Anderes Problem: Wenn seine Frau nach Fulda kommt und ihn tatsächlich erkennt, erzählt die von seiner Reise, die Kollegen machen unsere Wandergruppe ausfindig, übernehmen die Ermittlungen und müssen ganz von vorn anfangen.« Brigitte überlegte. »Wir dürfen unseren Vorsprung nicht einbüßen.« Kurz darauf grinste sie. »Ich hätte da eine Idee. Muss nicht klappen, könnte aber. Und ist halt auch nicht ganz regelkonform.«

»Wir hatten uns doch auf unkonventionell geeinigt, oder? Also dann …« Daniel legte den Kopf schief und schaute wie ein gutmütiger Vogel.

Brigitte wusste, dass die Nummer Ärger bringen konnte, aber mit Daniels Unterstützung würde sie sie durchziehen. Allerdings musste sie sich bis morgen gedulden. Heute war es zu spät, außerdem musste jeder Schritt mit Daniel noch mal genau abgesprochen werden.

TAG 5

»Konfidenz Immo-Invest, Sie sprechen mit Nesrin Cengiz, was kann ich für Sie tun?«

»Dönhoff, Kriminalpolizei. Frau Cengiz, ich müsste bitte mit Ihrem Geschäftsführer, Herrn Frank Stumpf sprechen.«

Brigitte räusperte sich. Sie war nervös. Außerdem hatte sie am gestrigen Abend zur Beruhigung vielleicht ein Kreuzberg-Bier zu viel getrunken und daraufhin ein bisschen zu viel gelacht. Jetzt war ihre Stimme belegt, das konnte aber auch an der Aufregung liegen.

»Oh, das tut mir leid, Herr Stumpf ist diese Woche nicht zu erreichen, ich kann Sie aber mit seiner Sekretärin verbinden.«

Das lief ja wie geplant!

»Sehr gut, danke.«

Brigitte landete in der Warteschleife, die den Anrufer mit einem beschwingten Walzer beschallte. Nach ein paar Augenblicken nahm am anderen Ende jemand ab.

»Konfidenz Immo-Invest, Hainisch-Raabe?«

»Frau Hainisch-Raabe, ich grüße Sie, Dönhoff hier von der Kriminalpolizei. Haben Sie einen Moment Zeit, um mit mir in Ruhe zu sprechen?«

Aus dem Hörer kam ein eingeschüchtertes »Ja«.

»Gut. Wissen Sie, wo sich Ihr Chef, Frank Stumpf, momentan aufhält?«

»Herr Stumpf ist im Urlaub, er wollte wohl wandern gehen, aber wo genau, kann ich Ihnen leider nicht sagen.«

BINGO!!!

»Frau Hainisch-Raabe, Folgendes: Es hat bei uns im Zuständigkeitsbereich einen Unfall oder ein Tötungsdelikt gegeben. Taucher haben gestern aus einem See in der Rhön eine Leiche geborgen, die Ihrem Vorgesetzten sehr ähnlich sieht. Erschrecken Sie bitte nicht, es kann in solchen Fällen immer Verwechslungen geben, und genau deswegen möchten wir Herrn Stumpfs Ehefrau nicht unnötig beunruhigen. Wir bräuchten aber jemanden, der die Leiche identifiziert. Das muss nicht zwingend ein Verwandter sein, und möglicherweise ist schließlich auch alles nur falscher Alarm. Aber würden Sie sich in der Lage sehen, heute noch nach Fulda zu kommen? Die Bahnanbindung ist ja sehr gut.«

Die Frau am anderen Ende der Leitung klang ernsthaft schockiert. »Ach, du lieber Gott, das ist ja schrecklich. Ja, das kann ich natürlich machen. Also, ich muss quasi, es gibt ohnehin keine Ehefrau. Herr Stumpf ist Junggeselle. Wie … Was muss ich denn da mitbringen? Ich habe so etwas doch noch nie … Das ist ja alles ganz furchtbar.«

»Das geht völlig unkompliziert, Ihr Personalausweis genügt, und Sie melden sich bitte am Haupteingang des Polizeipräsidiums Osthessen, Severingstraße 1–7 in Fulda, das geht auch außerhalb der üblichen Geschäftszeiten, da ist immer jemand da. Mein Name ist Britta Dönhoff, ich werde Sie aber nicht persönlich empfangen können, weil ich später auf eine Fortbildung muss. Denken Sie, das ist für Sie verkraftbar und heute noch zu schaffen?«

»Ja … muss ja. Oje, wie soll denn das hier weitergehen, wenn Herr Stumpf nicht mehr da ist?«

»Gehen Sie nicht vom Schlimmsten aus, Frau Hainisch-Raabe. Ich bin Ihnen sehr dankbar, dass Sie es tun. Ich wünsche Ihnen viel Kraft, die Kollegen wissen Bescheid, dass Sie irgendwann im Lauf des Tages eintreffen werden. Herzlichen Dank noch mal und alles Gute.«

»Ja, bitte, danke …«

Brigitte legte auf. Ihr Kalkül war voll aufgegangen, in allen Punkten. Die Doppelnamen-Frau hatte in der Aufregung nicht danach gefragt, wie die Polizei überhaupt auf die Idee gekommen war, dass es sich bei der Leiche um ihren Vorgesetzten handeln könnte. Und weswegen der Anruf mit unterdrückter Nummer eingegangen war. So schockiert, wie die Chefsekretärin am Telefon gewirkt hatte, konnte sie sich wahrscheinlich noch nicht einmal an Brigittes Decknamen erinnern. Und selbst wenn, sie würde ihn an der Pforte nennen, alle wären ratlos, würden aber eine Frau nicht wegschicken, die extra aus Osnabrück gekommen war, um einen Toten zu identifizieren. Wollis Reporterkollege aus Fulda würde von der Pressestelle die Meldung erhalten, dass der Name der rätselhaften Moorleiche nun bekannt sei – und sie und Daniel konnten unbehelligt in der Gruppe ermitteln, weil niemand wusste, wo und mit wem Frank eigentlich unterwegs gewesen war.

Brigitte zitterte noch ein wenig, als Daniel nach dem Telefonat das Gepäck auf dem Hotelzimmer zusammenräumte. Sie wusste, dass sie mit der Aktion gleich gegen mehrere Regeln verstoßen hatte, aber sie war sich mit Daniel einig: Diesen Fall würden sie am ehesten ohne fremde Hilfe lösen.

Die beiden Polizisten erschienen pünktlich zum vereinbarten Abmarsch um halb zehn auf dem Klosterhof. Während alle ihre Taschen und Koffer in Bayrams Bus luden, erzählte Mo fröhlich, dass nach dem Frühstück eine weitere Nachricht von Frank auf seinem Mobiltelefon eingegangen sei. Es gehe seiner Frau schon wieder ziemlich gut, man habe sie von der Intensivstation auf eine normale verlegt und wolle sie nur noch zur Beobachtung der Prellungen nach dem Treppensturz dabehalten. Innere Verletzungen habe man ausgeschlossen.

Das war alles so gespenstisch. Und es blieben nur noch knapp zwei Tage, um herauszufinden, wer diese Messages verschickte.

Die heutige Etappe bis Frauenroth war mit knapp zwanzig Kilometern zwar recht lang, es ging aber fast immer bergab. Die Gegend südlich des Kreuzbergs war eine der einsamsten und waldreichsten in der Rhön. Und so führte der Weg zunächst kilometerweit durch stille Forstabschnitte und Wiesen, bevor mit Langenleiten das erste Dorf passiert wurde.

Brigitte konnte sich auf die Schönheit der Landschaft kaum konzentrieren. Sie musterte die Taschen und Rucksäcke der Wanderkollegen. Irgendwo da drin musste das Telefon von Frank sein. Sie hatte rekonstruiert, dass die Nachrichten bisher immer zu einem Zeitpunkt eingegangen waren, als die Gruppe nicht zusammen gewesen war. Das bestärkte sie in ihrer Vermutung, dass niemand Fremdes hinter Franks Verschwinden stecken konnte. Außerdem war in der ersten Message die Rede von Osnabrück gewesen, wenn Mo sie richtig rezitiert hatte. Wer außerhalb der Wandergruppe hätte das wissen können?

Mit einem Mal durchfuhr es Brigitte wie ein Blitz. Frank hatte keine Frau! So weit kein Ding, das konnte der geheime Nachrichtenverfasser ja nicht wissen. Aber was hatte Ute gestern gesagt? Die Frau sei ein ganzes Stück jünger als er. Wie kam die da drauf? Hatte sie sich das in ihrer Phantasie so zurechtgelegt? Oder wollte sie Brigitte gegenüber damit prahlen, dass sie zu Frank ein besonders vertrautes Verhältnis gehabt hatte? Das war ja sehr suspekt.

Natürlich kam auch in Frage, dass es Frank selbst gewesen war, der eine junge Frau in sein Leben hineinerfunden hatte. Gepasst hätte es zu ihm. Dennoch schalt sich Brigitte, Ute zu früh aus dem Verdächtigenkreis gestrichen zu haben. Vielleicht wäre sie doch kräftig genug, um Frank im Schlafsack über die Wiese zu ziehen und in den See zu befördern. Aber was könnte ihr Motiv sein? Was hatte sie als erfolgreiche Boutiquenbesitzerin aus München mit einem Osnabrücker Immobilienunternehmen zu tun? Na gut, immerhin war Wohnraum in München teuer. Aber das war's auch schon.

Zu gern hätte sich Brigitte jetzt mit Daniel beratschlagt, aber der unterhielt sich mit Sven gerade über klimaneutrale Urlaube. Hach, manchmal war die fehlende Privatsphäre in so einer Gruppe wirklich ein Problem!

Die Strecke war einfach wunderschön, Brigitte versuchte, Mo zuzuhören, der Walter und Marlies gerade erklärte, dass die Rhön ein Biosphärenreservat war – und was der Unterschied dieser Modellregionen zu einem Naturpark oder einem Nationalpark sei. In einem Biosphärenreservat nämlich gehe es nicht allein um den Umweltschutz, sondern um die nachhaltige Entwicklung des Systems »Mensch – Wirtschaft – Natur«. Dazu habe man die Reservate in Kernzone, Pflegezone und Entwicklungszone gegliedert, je nach Schutzbereich seien mehr oder weniger Eingriffe des Menschen erlaubt. Brigitte fand das interessant und musste Mo bescheinigen, dass er seinen Job wirklich gut machte. Grundsätzlich würde sie die gesamte Reise mit einer Fünf-Sterne-Bewertung auszeichnen. Wenn es da nicht diesen Schönheitsfehler mit der Leiche gegeben hätte.

✳✳✳

Gerlinde Hainisch-Raabe verstand sich als Chefsekretärin vom alten Schlag. Adrett, diskret, pflichtbewusst. Deswegen bestand für sie überhaupt kein Zweifel daran, der Anweisung der Polizei Folge zu leisten und schnellstmöglich nach Fulda zu reisen. So gut wie möglich unterdrückte sie ihre Emotionen und fuhr direkt nach dem Telefonat mit dem Bus zum Osnabrücker Hauptbahnhof. Dort stellte sie fest, dass die Fahrt mit Umstieg in Hannover nicht einmal drei Stunden dauerte. Auf dem Weg recherchierte die disziplinierte Assistentin der Geschäftsführung, wo sich das Polizeipräsidium befand, und entschloss sich aufgrund der dezentralen Lage, ein Taxi zu nehmen.

Hinter Kassel-Wilhelmshöhe hatte Gerlinde Hainisch-Raabe einmal kurz den Impuls, ein bisschen zu weinen, rief sich aber zur Ordnung und starrte mit wässrigen Augen aus dem Fenster. Eine Frau mit knapp sechzig, die in alle Angelegenheiten eines bundesweit agierenden Unternehmens mit mehreren Dutzend Angestellten eingeweiht war, saß nicht flennend im Zug.

Es war kurz nach zwei, als der Taxifahrer die elegante Frau im Hosenanzug an ihrem Ziel absetzte. Gerlinde zupfte sich kurz die Frisur zurecht und steuerte auf den Eingang zu. Der Pförtner konnte sie nicht kommen sehen, da er in eine Zeitschrift vertieft war. Nach ein paar Sekunden klopfte sie gegen die Glasscheibe.

»Ja, bidde?«

»Guten Tag, Gerlinde Hainisch-Raabe von der Konfidenz Immo-Invest Osnabrück. Sie hatten mich zur Identifizierung einer Leiche herbestellt.«

»Also, isch scho mal gar net. Mit wem habbe Sie da gesproche?«

Frau Hainisch-Raabe konnte nicht ahnen, dass sie es mit Harry Bügler zu tun hatte, dem unmotiviertesten Kollegen des gesamten Präsidiums. Er war von seinem Job als Streifenpolizist in Bad Orb abgezogen und an die Pforte in Fulda strafversetzt worden. Harry Bügler hatte sich das eine oder andere Mal auf ein Bierchen oder einen Döner einladen lassen und im Gegenzug bei Bagatelldelikten ein Auge zugedrückt. Das reichte nicht für eine komplette Suspendierung, aber so hübsche Arbeitsplätze wie der hinter der Panzerglasscheibe mussten ja auch mit kompetentem Personal besetzt werden. Allerdings mochte Harry keine Frauen mit Doppelnamen.

»Die Dame hieß Dönhoff.«

»Nie gehört. Welsche Dienststelle soll das sein?«

»Guter Mann, das kann ich Ihnen nicht sagen. Sie rief heute Morgen an und teilte mir mit, dass hier wohl jemand liegt, der meinem Chef sehr ähnlich sieht.«

»Des is ja net schee.«

»Und nun bin ich extra aus Osnabrück hergekommen«, betonte Gerlinde ein weiteres Mal, damit ihre Reise nicht bei diesem Rüpel an der Pforte endete.

»Ei, die reiße auch nix mehr, gelle?«

»Wer?«

»Na, euern VfL. Zweite Liga, dritte Liga, als enuff und enunner. Na, dann komme Se mal rein, Frau Haschrabe.« Bügler betätigte einen Summer und ließ die Dame in den Vorraum eintreten. Dann suchte er in der Telefonliste noch mal nach dem genannten Namen. Er blätterte und blätterte und murmelte:»Dönhoff, habbe Sie gesagt, gell?« Gerlinde nickte.

»Gut, Sie müsse wisse, wir sinn hier verandwoddlisch für drei Landkreise und jede Menge Unnerorganisatione. Da kenn isch net jeden. Aber der Name taucht hier werklisch nirgends uff.«

»Und wie würde Ihr Lösungsansatz jetzt aussehen?«

»Lösungsansatz? Na, Sie sinn ja lusdisch. Isch ruf am besten mal beim KDD an, denne werd schon was eifalle.«

Während Harry Bügler telefonierte, blätterte Gerlinde eine Broschüre durch, die Werbung für eine Karriere bei der Polizei machte. Überall gut aussehende junge Menschen. Die Sekretärin warf einen Blick auf den zauseligen Pförtner und fragte sich, ob er auch mal so motiviert gewesen war wie die Kollegen in dem Flyer.

»Kommt gleich jemand Sie abholle.«

»Schön, dass Sie es möglich gemacht haben.« Diese kleine Spitze konnte sich Gerlinde nicht verkneifen. Harry Bügler nahm aber keine Notiz davon, weil er sich schon wieder in sein Magazin vertieft hatte.

Ein paar Minuten später erschien eine junge Frau in Dienstkleidung und bat den Gast, auf einem der Sessel in der Lobby Platz zu nehmen.»Mein Name ist Wenzel, Polizeioberkommissarin. Sie sind gekommen, um einen Toten zu identifizieren?«

»Ja, es soll hier eine Leiche geben, die meinem Chef, Frank Stumpf, ähnlich sieht. Wobei ich mich frage, wer eigentlich auf die Idee gekommen ist, dass es da eine Ähnlichkeit geben könnte.«

»Und ich frage mich, wer Sie kontaktiert hat. Eine Frau Dönhoff haben wir hier nicht. Aber gut, Sie haben extra eine lange Reise auf sich genommen, dann wollen wir mal sehen, was wir tun können. Die Kollegen von der Polizeistation Hilders haben gestern eine Leiche am Roten Moor in der Rhön gefunden. Könnte es sich um diesen Verstorbenen handeln?«

»Möglicherweise. Ich weiß nicht, wo mein Chef sich aufgehalten hat. Nur dass er wandern gehen wollte. Und das geht in der Rhön ja wohl.«

»Sogar sehr gut. Normalerweise bringen wir Tote zur Obduktion immer direkt ins Präsidium Mittelhessen nach Gießen. Aber der Verstorbene vom Roten Moor liegt gerade noch beim Bestatter, da haben Sie Glück.«

»Wenn Sie das Glück nennen wollen …«

»Ja, äh, tut mir leid. Aber zumindest können wir das vor Ort dann klären. Das Bestattungsinstitut ist ein Stück weg, ich würde Sie begleiten und mit dem Wagen hinfahren, wenn das okay ist.«

»Das wäre unter den gegebenen Umständen wohl am zielführendsten.«

»Auf Blaulicht müssen wir allerdings verzichten, ganz so dringend ist es ja nicht.«

Gerlinde Hainisch-Raabe legte den Prospekt mit den motivierten Polizeianwärtern wieder zurück. Das schienen in diesem Landstrich hier ja alles seltsame Spaßvögel zu sein.

✳✳✳

Dass es mit dem kleinen Ort Frauenroth in der fränkischen Rhön etwas Besonderes auf sich haben musste, ging schon aus der Tatsache hervor, dass die Hauptstraße des Dorfes den hochtrabenden Namen »Minnesängerstraße« trug. Deswegen lotste Mo seine Wandergruppe zunächst auch am Kleinbus des wartenden Bayram vorbei und betrat mit ihnen ein kleines Kirchlein. Er blieb im Eingangsbereich stehen und erklärte mit gedämpfter Stimme: »Wir sind hier in der ehemaligen Kirche eines Zisterzienserinnen-Klosters. Gegründet 1231 vom Minnesänger und Kreuzritter Otto von Botenlauben. Der Sage nach wurde seiner Frau auf der gleichnamigen Burg bei Bad Kissingen von einem Windstoß der Schleier vom Kopf geweht. Und dieses Kloster wurde genau an der Stelle gegründet, wo der Schleier gelandet war.«

Die Sache schien dem Wanderführer ernst zu sein, wie Daniel registrierte, hatte er bisher doch auf jegliches alberne Wortspiel verzichtet.

»Dort vorn ist das Hochgrab, wo Otto und seine Gemahlin beerdigt wurden. Und sogar der Schleier existiert noch. Dahinten in einer Nische im Chor könnt ihr ihn sehen.«

Die Wanderer schritten leise durch das Gotteshaus und bewunderten die fein gearbeitete Grabplatte, die das Paar als Hochrelief in Lebensgröße zeigte.

»Fast tausend Jahre alt, unglaublich«, sagte Walter andächtig.

Statt einer Antwort platzte der durchdringende Klingelton von Daniels Handy in den andächtigen Moment und zerschnitt jäh die kontemplative Ergriffenheit in der Gruppe. Der Kommissar hastete zum Ausgang, unter den bösen Blicken von Mo und Ute.

Draußen im Freien blaffte er den Anrufer an: »Wolli, das ist gerade echt unpassend, wir stehen in einer Kirche vor einer mittelalterlichen Grabplatte.«

»Sorry, konnte ich ja nicht wissen. Wobei Grabplatte so unpassend dann auch wieder nicht ist. Frank Stumpf wurde identifiziert.«

»Scheiße.«

»Ja, tut mir leid. Ich wollte dir das auch persönlich sagen und nicht per Nachricht schreiben. Im Polizeipräsidium ist eine Frau aufgetaucht, die für Stumpf arbeitet. Woher kann die nur davon gewusst haben?«

»Ja, woher kann die nur davon gewusst haben?«

»Ihr Schlitzohren. Na, geht mich auch nichts an. Aber jetzt habt ihr zumindest Klarheit. Der Leichnam wird als Nächstes zur Obduktion nach Gießen gebracht. Ich werde mal sehen, was ich dann zur Todesursache genau herausfinden kann.«

»Sehr gut. Vielen Dank schon mal. Und entschuldige, dass ich dich eben so angefahren habe.«

»Schon vergessen.«

Daniel schärfte Wolli noch ein, dass er auf keinen Fall irgendjemandem von der Polizei verraten durfte, wo sich die Wandergruppe befand. Er wollte den Fall allein mit Brigitte klären, nur mit einem Ermittlungserfolg ließ sich legitimieren, dass die Beamten in Wanderschuhen die zuständigen Kollegen nicht ordnungsgemäß verständigt hatten. Und dafür blieben ab jetzt nur noch rund vierundzwanzig Stunden Zeit.

Brigitte kam kurz nach dem Telefonat auch aus der Kirche, Daniel warf ihr einen vielsagenden Blick zu, den sie sofort zu verstehen schien. Als auch die anderen Wanderer das Gotteshaus verlassen hatten, entschuldigte sich Daniel für die Störung und verwies auf eine wichtige Frage in einer laufenden Ermittlung.

»Mei, als Polizist ist man halt nie richtig im Urlaub, gell?«, sagte Ute verständnisvoll und konnte nicht ahnen, wie sehr recht sie damit hatte.

Bayram hatte die Tür des Busses geöffnet, er brachte die Wanderer in einen Nachbarort, wo die nächste Übernachtungsmöglichkeit auf sie wartete. Brigitte tippte eine Nachricht in ihr Handy ein, die allerdings nicht für den Versand gedacht war. Stattdessen zeigte sie Daniel die Message. Der nickte kurz und setzte beim Aussteigen Brigittes Plan in die Tat um. Die beiden ließen allen anderen den Vortritt, dann verwickelte Daniel Bayram auf seinem Fahrersitz in ein kurzes Gespräch. In diesem Augenblick schoss Brigitte ein Foto der Teilnehmerliste, die mit allen Adressen und Telefonnummern abermals offen auf dem Armaturenbrett vor dem Reiseleiterklappsessel lag. Fünf-Sterne-Wanderung mit kleinen Abstrichen in puncto Datenschutz, dachte sie.

Im Landgasthof mit dem schönen Namen »Zum weißen Rössl« bezogen die Kommissare ein hübsches Zimmer mit rot-weiß karierten Bettdecken und waren froh, endlich in Ruhe über die Ereignisse sprechen zu können. Daniel gab das Telefonat mit Wolli wieder, Brigitte weihte ihren Partner in ihre Gedanken ein.

»Ute hat gestern in einem Nebensatz fallen lassen, dass Frank eine deutlich jüngere Frau habe. Und nun hat er gar keine. Warum sagt sie so was?«

»Keine Ahnung. Vielleicht wollte sie dir gegenüber dadurch eine Vertrautheit zu Frank demonstrieren, quasi, dass sie sich angefreundet haben, und einen Freund bringt man nicht um. Oder Frank hat geflunkert und wollte sich mit einer Jüngeren interessant machen. Aber auf jeden Fall mysteriös.«

»Finde ich auch. Aber kannst du dir vorstellen, dass Ute es schafft, einen erwachsenen Mann von seinem Zelt zum See zu ziehen? Ich weiß aus unseren Erste-Hilfe-Kursen, wie schwer so was ist.«

»Ja, das stört mich an dieser Theorie auch. Wahrscheinlich wollte die mit den Informationen über Franks Frau nur angeben. Ich finde, wir sollten uns weiterhin auf Sven konzentrieren. Der ist für mich neben Mo der Einzige, der die nötige Physis mitbringt. Und seltsam ist er auch.«

Daniel bemerkte, dass Brigitte ihm bei den letzten Sätzen nicht mehr zugehört hatte. Ihr Blick war auf einen unbestimmten Punkt im Zimmer gerichtet, über der Nasenwurzel hatte sich eine strenge Längsfalte gebildet. Diese Furche kannte Daniel. Wenn Brigitte die bekam, hatte sie meistens einen Einfall, der entweder genial war – oder die Ermittlungen noch mal komplett auf den Kopf stellte.

»Bayram«, sagte sie plötzlich. »Wir haben noch gar nicht über Bayram nachgedacht. Der wusste, wo die Zelte stehen, und ist kräftig genug. Außerdem ist er den ganzen Tag unbeobachtet und kann in Franks Namen Nachrichten verfassen. Weißt du, wo er übernachtet hat, als wir am Moor waren?«

»Ich meine, Mo hätte was von Gersfeld gesagt.«

»Okay, angenommen, Bayram hätte mit Frank eine Rechnung offen gehabt, welche auch immer ... Ich spinne jetzt mal ein bisschen rum: Er hat die Zelte aufgebaut, ist nach Gersfeld gefahren, hat so getan, als würde er schlafen gehen, ist in der Nacht aber noch mal zum Moor zurückgekommen, erwürgt Frank und schleift ihn in den See. Danach geht's wieder runter in die Stadt – und am nächsten Morgen sitzt er ganz brav beim Frühstück. Keiner merkt was, alles völlig unverdächtig.«

»Aber was könnte sein Motiv sein?«

»Keine Ahnung, aber das sehen wir bei den anderen ja auch nicht.«

Jetzt war es Daniel, der nachdenklich vor sich hin starrte. Und schließlich sagte: »Ich glaube, ich habe eine Idee, wie wir herausfinden können, ob unser freundlicher Fahrer verdächtig ist. Ich muss nur noch mal kurz zum Bus.«

»Fühlen, ob die Motorhaube noch warm ist? So machen es die Polizisten im Fernsehen immer.«

»Besser!«

Daniel huschte aus dem Zimmer und erschien kurz darauf in Brigittes Blickfeld, die aus dem Fenster verfolgte, was ihr Freund tat. Er schlich um den Bus herum und machte durch die Seitenscheibe ein Foto vom Fahrerplatz. Er prüfte die Aufnahme auf seinem Display und lief zufrieden zum Hotel zurück. Kurz darauf stand er strahlend im Zimmer.

»Hier!« Stolz hielt Daniel Brigitte sein Handy vor die Nase. »Siehst du den Kilometerstand? 333.408. Wir haben Glück, dass der Bus so eine alte Laube ist, die noch einen mechanischen Zähler hat, die digitalen leuchten oft nur, wenn die Zündung an ist. Und jetzt pass auf. Kriegen wir noch rekonstruiert, wo Bayram die Runde Raki auf die Schnapszahl geschmissen hat?«

Brigitte dämmerte, was er vorhatte, und warf direkt den Routenplaner in ihrem Smartphone an. Sie wischte ein paarmal auf dem Bildschirm herum, bis sie die Route von Tann zum Parkplatz Milseburg gefunden hatte. Sie setzte die Markierung kurz hinter Eckweisbach.

Daniel schaute sich die Standortauswahl prüfend an. »Das könnte hinkommen. Dann heißt es jetzt: rechnen. Gibst du mir mal Stift und Zettel?«

Brigitte klaubte die Utensilien aus ihrem Rucksack. »Das wird wohl ein bisschen dauern. Ich gehe solange duschen.«

Daniel tippte und notierte, zog den Bildschirm groß, gab Start- und Zielpunkte ein, addierte, prüfte, rechnete alles noch mal von vorn und platzte dann ins Badezimmer, in dem seine Freundin – nur mit einem Handtuch bekleidet – gerade mit dem Föhn gegen einen beschlagenen Spiegel kämpfte. »Tataaa! Ich habe unserem netten Chauffeur ohne sein Wissen mal schnell ein Alibi verschafft.«

Brigitte machte den Föhn aus und schaute neugierig auf Daniels Notizen.

»Schau: Von Gersfeld hoch zum Roten Moor sind es rund zwölf Kilometer, einfacher Weg. Er müsste also zusätzlich vierundzwanzig Kilometer gefahren sein, aber das kommt nicht hin. Die Strecke zusammengerechnet reicht gerade mal vom Raki-Feldweg bis hierher, mit den verschiedenen Zwischenstationen. Ist ein bisschen Pi mal Daumen, aber die vierundzwanzig Kilometer bringe ich auf jeden Fall nicht mehr unter.«

Brigitte schaute Daniel anerkennend an. »Nicht schlecht. Da hat Bayram aber Glück gehabt, dass er an seinem freien Tag nicht mit dem Bus zum Shoppen in Fulda war.«

»Oder nachts zum Morden am Moor.«

»Tja.« Brigitte versenkte den Haartrockner wieder in der dafür vorgesehenen Halterung. »Dann doch Sven, oder?«

Daniel zuckte mit den Schultern. »Ich habe zumindest keine bessere Idee.«

»Aber wie wollen wir es angehen?«

»Also, da wiederum hätte ich eine Idee. Und nachdem du schon die Frau Dönhoff gegeben hast, bin ich jetzt wohl mal dran, eine Dienstpflichtverletzung zu riskieren …«

***

Die junge Kellnerin servierte Daniel ein knusprig paniertes Schnitzel mit goldgelben Spätzle und einer aromatisch duftenden Soße aus frischen Champignons. Just in diesem Moment klingelte sein Telefon.

»Das kann doch wohl nicht wahr sein«, fluchte Daniel und nestelte das Handy genervt aus seiner Hosentasche. »Ja?«

Er hörte eine Weile zu und stellte dann die Nachfrage: »Können das nicht die Kollegen aus Rotenburg bearbeiten? Das liegt doch in deren Zuständigkeitsbereich. Außerdem bin ich im Urlaub.« Dann folgte wieder ein längerer Part des Gesprächspartners, bis Daniel entsetzt sagte: »Und das muss jetzt gleich sein? Vor mir steht das schönste Schnitzel der Welt.« Dieses Argument schien nicht zu verfangen, denn ein paar Sekunden später antwortete er resigniert: »Okay, gut, wenn es denn gar nicht anders geht. Vielleicht können die mir das nachher noch mal aufwärmen.«

Alle anderen aus der Wandergruppe schauten den Kommissar mitleidig an. Der entschuldigte sich für die Störung und erklärte Brigitte: »Der Fall Geismar. Du erinnerst dich? Die planen heute Nacht eine Operation, Zugriff vielleicht, und brauchen noch Informationen.« Er blickte betroffen in die Runde. »Tut mir echt leid, Leute, ich muss kurz aufs Zimmer, ich habe die Unterlagen oben auf meinem Laptop. Bin so schnell wie möglich wieder da.«

»Das schöne Schnitzel«, sagte Tordis leise, die einen farblosen Dinkelbratling auf dem Teller hatte.

Daniel stand auf und konnte sich ein Grinsen nicht verkneifen, als er außer Sichtweite war. Die Goldene Himbeere würde er als Schauspieler auf jeden Fall nicht bekommen. Und Wolli war als Gegenpart des fingierten Telefonats auch großartig.

Hinter der Rezeption außerhalb der Gaststube stand der Wirt schon parat und reichte ihm mit Verschwörermiene den Generalschlüssel. Daniel hatte den freundlichen Hausherrn vor dem Essen mit Dienstausweis in seinem Büro besucht und ihm klargemacht, dass ein verdeckter Einsatz zu erfolgen hatte. Der Gastwirt war sofort kooperativ und verriet, dass Sven und Tordis in Zimmer 12 wohnten.

Daniel wusste, dass die Mission heikel war. Aus dem Zimmer würde es kein Entkommen geben, sollte einer der beiden eigentlichen Bewohner dort unerwartet auftauchen. Aber die Zeit drängte, und es gab keine andere Möglichkeit. Er musste in den Raum und im Gepäck nach Franks Handy suchen. Morgen Nachmittag würde sich die Gruppe in Bad Kissingen auflösen, danach war es praktisch unmöglich, den Mörder zu stellen. Wenn es denn tatsächlich einer der Mitwanderer gewesen sein sollte und nicht der große Unbekannte, der sich des Nachts mordlüstern am Roten Moor herumgetrieben hatte.

Der Kommissar führte den Generalschlüssel ins Schloss ein, drehte ihn um und öffnete die Tür. Es war gerade noch hell genug draußen, dass er kein Licht anmachen musste. Tordis' Gepäck lag auf einer ausklappbaren Kofferablage, Svens Reisetasche auf seinem Bett. Daniel zog den Reißverschluss auf und fing an, sich durch müffelnde Socken und gebrauchte Unterhosen zu wühlen. In einem normalen Einsatz hätte er das nicht ohne Handschuhe gemacht, aber was war hier schon normal? Er war froh, dass in der Tasche kurz vor Ende der Reise keine große Ordnung mehr herrschte, so würde Sven nicht bemerken, dass jemand sein Gepäck durchsucht hatte.

Daniel wurde immer hektischer, er fühlte nur weiche Sachen in der Tasche. Alles Klamotten, kein Mobiltelefon. Da stieß er plötzlich auf einen kleinen, eckigen Gegenstand. Das könnte ... Nein, nur das Ladegerät für die Akkus im Fotoapparat. Er riss die Seitentaschen auf, ein Wanderführer über die Rhön, ein Fläschchen mit Desinfektionsgel, Sonnenspray, kein Telefon.

Er schaute kurz zur Tür, weil er ein Geräusch auf dem Flur gehört hatte, und machte das Gepäckstück wieder zu. Dann vielleicht in Svens Rucksack, der auf dem Tisch lag. Der war klein und schnell durchsucht. Geldbeutel, Wasserflasche, ein paar zerkrümelte Schokoriegel, Handy. Handy! Aber nicht Franks, sondern Svens eigenes, Daniel erkannte die grüne Schutzhülle wieder. Mist. Er schwitzte. Dann konnte der Apparat nur in der Tasche von Tordis sein, oder sie hatten ihn tatsächlich zum Abendessen mitgenommen.

Der Kulturbeutel!

Daniel lief ins Badezimmer und fand eine kleine Tasche aus recyceltem Material, die aufgeklappt an einem Haken hing. Durch die Netze an den einzelnen Fächern war der Inhalt schon von außen zu sehen. Alles Ökoprodukte, sogar das Aftershave, aber wieder kein Telefon.

In diesem Moment brummte es in Daniels Hosentasche. Nachricht von Brigitte: »Sven kommt!!!«

Scheiße!

Daniel sprang aus dem Bad und wurde sich innerhalb von Sekunden gewahr, dass er es nicht mehr aus dem Zimmer herausschaffen würde, ohne Sven direkt in die Arme zu laufen. Der Weg vom Essensraum zu den Gästezimmern war in dem kleinen Haus einfach zu kurz. Er sah den Schrank aus weißem Schleiflack, nicht groß, aber groß genug für einen einzelnen Kommissar. Daniel riss die Tür auf, kletterte in das Möbelstück und zog die Öffnung hinter sich zu. Als er den Schlüssel von außen im Schloss hörte, merkte er, dass er sie nicht ganz würde verschließen können, weil von innen ein Griff fehlte.

Sven betrat das Zimmer. Daniel betete, dass er den offenen Spalt am Kleiderschrank nicht bemerken würde. Er konnte nicht sehen, wo Sven hinsteuerte, hörte aber, wie nach ein paar Schritten die Tür zum Badezimmer geschlossen wurde. Das war perfekt! Der musste nur aufs Klo. Dann könnte er sich ja unbemerkt aus dem Zimmer schleichen oder einfach abwarten, bis das Geschäft verrichtet war.

Allerdings hatte Daniel seine Rechnung ohne einen holzverarbeitenden Betrieb im Osten der Slowakei gemacht. Dieser wurde von einem schwedischen Möbelkonzern bei den Produktionskosten derart unter Druck gesetzt, dass sich der slowakische Geschäftsführer im Gegenzug erlaubte, etwas instabilere Bodenplatten zu verarbeiten als vereinbart. Er konnte schließlich nicht ahnen, dass sich eines Tages knapp tausend Kilometer westlich von der Produktionsstätte ein Polizeibeamter klischeehaft in einem seiner liederlich hergestellten Kleiderschränke verstecken und trotz des stehen gelassenen Champignonrahmschnitzels als zu schwer für die nur millimeterdicke Pressspanlatte erweisen sollte.

Das Herausbrechen wurde von einem gewaltigen Rumms begleitet.

Dummerweise brachte der Verlust der Bodenplatte die gesamte Statik des Schranks durcheinander. Die nachlässig verschraubte Seitenwand löste sich von der oberen Abdeckung, in diesem Zusammenhang knallte Daniel die Kleiderstange auf den Kopf. Den Bruchteil einer Sekunde später kippte die Schranktür nach vorn und begrub den Nachttisch unter sich.

Der Kommissar im Sperrmüllhaufen analysierte seine Situation blitzschnell und trat die Flucht an. Er brauchte fünf große Schritte bis zur Tür, die er aufriss. Er witschte hinaus und warf sie synchron zur Toilettenspülung im Bad wieder ins Schloss. Daniel rannte den Gang hinab, vorbei an den nummerierten Gästezimmern, bis er schließlich eine Tür ohne Zahl fand. Er schickte ein kurzes Stoßgebet zum Himmel: Was auch immer sich dahinter befindet, bitte lass sie offen sein.

Er drückte die Klinke herunter, am anderen Ende des Flures flog im selben Moment die Tür von Svens Zimmer auf. In letzter Sekunde stolperte Daniel in eine kleine Kammer, blieb am Fuß eines Regals hängen und fiel kopfüber in einen Berg gebrauchter Handtücher.

»Ist hier jemand? Hallo?« Sven rief in den dunklen Gang hinein.

Daniel bemerkte, dass die Tür zur Wäschekammer noch offen stand, und grub sich tiefer in den Frotteeberg hinein.

»Hallo?« Svens Stimme schien näher zu kommen.

Daniel atmete flach. Er vermutete, dass die Handtücher nicht ausreichten, um ihn komplett zu bedecken. Der Holzboden knarzte, schwere Schritte waren jetzt ganz in seiner Nähe. Es klang, als stünde Sven nun genau vor der Kammer. Sicherheitshalber setzte Daniel die Atmung vorübergehend ganz aus.

Nach ein paar Sekunden drang wieder das Knarzen der Dielen an sein Ohr, er konnte aber nicht eruieren, in welche Richtung sein Verfolger schritt.

»Ist hier jemand?«, rief Sven ein weiteres Mal. Jetzt klang es so, als entferne er sich wieder. Auch die Schritte schienen schon etwas weiter weg zu sein. Daniel japste nach Luft.

»Sehr seltsam«, knurrte Sven und rumpelte die Treppe zur Gaststube hinunter.

Daniel blieb noch eine Weile unter den Handtüchern liegen, um sicherzugehen, dass er auf keine Finte hereinfiel. Als er eine knappe Minute überhaupt nichts mehr gehört hatte, traute er sich aus der Deckung. Er kletterte aus dem Flauschberg heraus und wagte einen vorsichtigen Blick auf den Flur. Alles dunkel, alles still.

Daniel dachte nach. Er hatte den Generalschlüssel. Wann, wenn nicht jetzt? Wo konnte Franks Handy sein? Bei Ute, Mo – oder doch bei Marlies und Walter? Ute hatte ein Zimmer auf der linken Seite des Ganges bezogen. Daniel wusste nicht genau, welches, entschied sich aus dem Bauch heraus für die Nummer acht.

Er öffnete mit dem Generalschlüssel das Nachbarzimmer. Am Kleiderhaken hing Utes Jacke. Immerhin war er richtig. Sie war zwar nicht auf dem Spitzenplatz der Verdächtigenhitparade, aber wenn er nun schon mal diesen praktischen Access-all-areas-Schlüssel hatte, musste er das doch ausnutzen.

Der Kommissar tastete das Kleidungsstück ab, ohne Erfolg. Auch in Utes kleinem Koffer war kein Mobiltelefon zu finden, der Schrank war leer.

Daniel betrat das Bad. Auf der Ablage vor dem Spiegel befand sich der Waschbeutel. Er durchwühlte ihn und stand nach einem weiteren Misserfolg schon kurz vor der Resignation. Da fiel sein Blick auf einen edelstahlummantelten Taschentuchspender, der neben dem Waschbecken auf der Fensterbank stand. Die silberne Hülle saß schief auf der Kleenex-Schachtel. In diesem Hotel war alles so ordentlich, dass Daniel sich nicht vorstellen konnte, die Putzfrau würde das Zimmer so an den nächsten Gast übergeben.

Er pirschte zur Fensterbank und hob das Gehäuse hoch. Zwischen der rechteckigen Taschentuchpappbox und der Edelstahlhülle klemmten: ein Mobiltelefon und eine zusammengewickelte, mit grünem Plastik ummantelte Wäscheleine. Schätzungsweise kein Zufall, dass diese beiden Utensilien gemeinsam versteckt worden waren.

Daniel zupfte aus dem Spender für Damenhygiene ein kleines Tütchen, griff damit die zwei Gegenstände und ließ sie in seine Hosentasche gleiten. Auf leisen Sohlen schlich er sich aus dem Zimmer. Bevor er die Tür wieder zuzog, versicherte er sich mit einem Blick zurück, dass nichts von seinem Besuch zu bemerken war.

Grinsend lief er die Treppe hinunter und tauschte diesen Gesichtsausdruck bei Betreten der Gaststube gegen eine gestresste Miene.

Brigitte spielte sofort mit: »Ach Gott, du Armer, das hat gedauert. Die nette Kellnerin hat dein Schnitzel mitgenommen, aber sie macht es dir noch mal warm. War doch komplizierter als gedacht mit den Unterlagen, oder?«

»Absolut, komplizierter als gedacht«, antwortete Daniel zweideutig und bemerkte Svens misstrauischen Blick.

»Sag mal, hast du mitbekommen, ob da oben irgendeiner durch die Zimmer geschlichen ist? Bei uns ist der Kleiderschrank zusammengebrochen. Das macht der doch nicht einfach so ...«

»Waaas? Der ganze Schrank zusammengebrochen? Das ist ja krass. Nee, ich habe niemanden gesehen.«

»Und auch nichts gehört? Das hat einen Riesenwumms gemacht.«

»Und auch nichts gehört, ich war aber auch total vertieft in meinen Fall. Das tut mir echt leid.« Dackelblick. »Wirklich schade um den Schrank.«

TAG 6

Der Freitag begrüßte die Wanderer mit einem makellos blauen Himmel. Nach einem zunächst recht verregneten August drehte der Spätsommer in den letzten Tagen des Monats noch einmal richtig auf und brachte Temperaturen bis knapp dreißig Grad. Auch heute sollte es wieder warm werden, die Luft war aber trocken und an diesem Morgen im malerischen Dörfchen Stralsbach von Vogelgezwitscher erfüllt.

Daniel und Brigitte hatten schlecht geschlafen und am gestrigen Abend noch allerlei Vorbereitungen getroffen. Sie waren an einem Punkt angekommen, an dem es ohne die Hilfe der anderen Beamten auf dem Revier nicht mehr ging.

Sie hatten in der Nacht noch mit den Kollegen Gerhard Behrendt und Jacqueline Gölz telefoniert und den beiden zunächst gebeichtet, dass sie einen Alleingang mit allerhand Missachtungen der Vorschriften begangen hatten. Gerhard und Jacqueline versicherten den wandernden Kommissaren, dass Dienststellenleiter Burns nichts erfahren würde, bis der Fall gelöst war. Aber nun hingen noch zwei weitere Kollegen in der Sache mit drin, und das verstärkte den Druck umso mehr.

Daniel und Brigitte erschienen mit kleinen Augen beim Frühstück, wirkten aber bei Weitem nicht so übernächtigt wie Ute. Sie hatte versucht, ihre Derangiertheit mit jeder Menge Kosmetik zu übertünchen, es war aber unübersehbar, dass sie eine miserable Nacht gehabt hatte.

Marlies plapperte ahnungslos vor sich hin, Walter lud sich einen gewaltigen Berg Schinken auf sein Brötchen, und Mo trug heute ein blaues Shirt mit dem Aufdruck »Einer von uns beiden ist klüger als du«. Ute balancierte gerade ein Stück Würfelzucker mit einem winzigen Löffelchen aus der Zuckerdose in ihre Teetasse, als Mos Handy piepte.

»Ach, schaut mal, wie nett. Frank wünscht uns einen schönen letzten Tag.«

Ute rutschte der Zucker vom Löffel.

Brigitte sagte:»Der gute Frank. Schreib doch mal zurück und frag, wie es seiner Frau geht. Wenn er schon so nett an uns denkt …«

Ute rührte mit zittrigen Fingern in ihrer Tasse herum.

»Ist wirklich schade, dass Frank dieses schöne Wetter nicht mehr miterlebt«, setzte Daniel nach.»Dem bleibt bestimmt nur das Gewitter an der Wasserkuppe in Erinnerung.«

»Ja, wirklich klasse, also dat muss man echt mal sagen, so getz am letzten Tach, wirklich eine bombige Wanderung, Mo, dat hasse gut hinbekommen, auch mit dem Wetter. Denn der Melvin sachte noch: Marlies, sachte der, dat kann Ende August schon ganz schön kalt werden inne Berge, aber da ham wa wirklich Glück gehabt. Ich sach ja immer: Wenn Engel reisen, ne?«

»Und geschmeckt hat es auch überall«, fügte Walter zufrieden an.

Die Wanderer resümierten noch ein bisschen, an welcher Station es am leckersten gewesen war, dann blies Mo zum Aufbruch.

»So, Freunde, heute sind's nur zehn Kilometer bis zum Ziel, aber ihr wollt ja alle pünktlich am Bahnhof sein, um das Leben in vollen Zügen zu genießen, haha, gell? Ute, ich denk, wir sitzen dann eh im selben Zug nach München, Punkt fünfzehn Uhr mit Umstieg in Würzburg, oder?«

Die Angesprochene nickte stumm, und Brigitte hoffte inständig, dass Ute heute um fünfzehn Uhr in genau gar keinem Zug sitzen würde.

Eine halbe Stunde später luden die Wanderer ihr Gepäck zu Bayram in den Kleinbus, der die Taschen und Koffer zum Bahnhof nach Bad Kissingen fahren würde. Als Mo gerade die Schiebetür zuzog, piepte sein Telefon erneut. Er las den Text und verkündete:»Gute Nachrichten, Franks Frau ist aus dem Krankenhaus entlassen worden. Die Ärzte sagen, sie hätte bei dem Sturz zwar ganz schön einen abbekommen, aber sie sei ja noch sehr jung und in guter Verfassung.«

Ute schwitzte, obwohl es noch gar nicht sehr warm war.

»Soso, ne jüngere Frau hat Frank also!«, rief Walter. »Dat passt zu ihm, wer Geld hat, hat auch jüngere Frauen. Wer keins hat, kricht Marlies!«

»Duuuu! Pass ma schön auf, sonst suche ich mir auch 'nen Jüngeren. Sven, wie wäret? Patente Endsechzigerin mit sicherer Rente?«

»Danke, bin glücklich vergeben. Aber Mo vielleicht, hast du überhaupt eine Freundin?«

»Naa, so a Weltenbummler wie ich hat dafür koa Zeit. Ent oder weder, sag ich immer, haha.«

»Dann such dir doch auch eine Weltenbummlerin«, schlug Tordis vor, »am besten auf einer deiner Wanderungen. Ute zum Beispiel, die ist doch auch gern unterwegs.«

»Geh, was soll denn der Schmarrn, ich bin doch viel zu alt für den Mo. Kann's jetzt mal losgehen, ich mag nicht den Zug verpassen.«

»Bisse schlecht drauf heute, Ute?«, fragte Marlies unbedarft.

»Schlecht g'schlafen hab ich, mehr nicht«, antwortete sie schnakig.

Die Wanderroute führte über eine Straße mit dem malerischen Namen »Silberdistelweg« in den Wald hinein. Unter den Wanderern bildeten sich Grüppchen, Marlies und Walter liefen mit Mo vorneweg, Daniel marschierte neben Sven und Tordis, und Brigitte bildete mit Ute den Schluss. Die Kommissarin hatte den Vorsatz, Ute in ein Gespräch zu verwickeln und in die Ecke zu treiben. Der Augenblick musste schrecklich gewesen sein, als sie gestern Abend oder heute in der Früh festgestellt hatte, dass sich Franks Handy nicht mehr in seinem Versteck befand. Und ständig gingen neue Nachrichten ein.

Brigitte konnte sich immer noch nicht erklären, was Ute dazu gebracht haben könnte, Frank umzubringen. Sie hatte gestern im Bett noch lange mit Daniel darüber spekuliert. Um einen Menschen auf diese brutale Weise zu ermorden, musste sich großer Hass aufgestaut haben. Davon hatten die beiden Polizisten nichts bemerkt, Ute hatte immer fröhlich und aufgeräumt gewirkt. Nur als es oben am Bubenbad mal kurz ums Thema Kinder ging, war sie für einen Augenblick verstimmt gewesen. Wie das allerdings mit dem Mord an Frank zusammenhängen könnte, war Daniel und Brigitte absolut schleierhaft. Deswegen war es umso wichtiger, dass sie das Handy gesichert hatten und mit der Wäscheleine möglicherweise den Tatgegenstand, im Idealfall sogar mit Franks DNA. Dieses Beweismaterial konnte noch von Bedeutung sein, falls sie die Tatverdächtige in den nächsten Stunden nicht zum Reden bringen würden.

Brigitte fragte sich, warum Ute nicht einfach abgehauen war, als sie das fehlende Mobiltelefon und die Wäscheleine bemerkt hatte. Aber einerseits war das aus einem verschlafenen Nest wie Stralsbach nicht so einfach, andererseits wäre eine Flucht einem Geständnis gleichgekommen.

»Freust du dich, wieder heimzufahren?«, fragte Brigitte mit dem unverdächtigsten Tonfall, der ihr zur Verfügung stand.

»Freilich, es gibt ja viel zu erzählen.«

»Absolut. Hast du es weit vom Bahnhof nach Hause?«

»Ein paar Stationen mit der U-Bahn nur.«

»München ist eine tolle Stadt, ich hatte da mal eine Woche ein Seminar. Aber teuer. Und wenn du so zentral wohnst, ist das bestimmt auch nicht günstig.«

»Ich hab Glück mit meinem Vermieter.«

»Wusstest du eigentlich, dass Frank auch in der Immobilienbranche ist?«

»Nein.«

»Ja, ja, und er muss ein ganz schöner Hai sein. Der kauft

überall renovierungsbedürftige Häuser und verwandelt alles in Luxuswohnungen. Ohne Rücksicht auf die Bestandsmieter. In München ist er wohl auch schwer aktiv.« Es war ein Schuss ins Blaue, den sich Brigitte aus der Internetpräsenz von Franks Unternehmen zusammenreimte. Aber einen anderen Anhaltspunkt, was einen schwerwiegenden Konflikt zwischen Ute und Frank verursacht haben könnte, hatten Daniel und sie nicht.

»So.«

»Läuft das eigentlich noch mit so einer Boutique? Ich meine, heute wird doch alles im Internet bestellt.«

»Ich hab viele Stammkunden.«

»Die würden dich bestimmt vermissen, wenn du plötzlich nicht mehr da wärst …«

»Was soll denn das jetzt heißen? Ich bin ab Montag ja wieder da. Und wenn ich im Urlaub bin, habe ich eine sehr kompetente Vertretung.«

»Och, nur so. Du, ich muss mal vor zu Daniel, der hat heute ja noch gar nichts von mir gehabt.« Sagte es und schloss eiligen Schrittes zu ihrem Partner und dem norddeutschen Pärchen auf. Ohne dass Ute es sehen konnte, tippte sie einen einzigen Buchstaben in ihr Handy, der Sekunden später seinen Empfänger in Bad Hersfeld erreichte. Dort saß Jacqueline Gölz, die sich schon früh am Morgen per polizeilicher Anordnung beim Provider Zugriff auf Franks Nummer verschafft hatte.

Nach einer knappen Minute traf eine Textnachricht auf Mos Handy ein. Der Wanderführer zog den Apparat aus der Hosentasche, las und blieb stehen, bis alle anderen Wanderer bei ihm waren.

»Also, das müsst ihr euch anhören, damit hätte ich wirklich nicht gerechnet. Frank schon wieder. Er fragt, ob wir Lust hätten, in den nächsten Wochen zu einem Nachtreffen zu ihm nach Osnabrück zu kommen. Er würde uns gern einladen in ein Landhotel. Er schreibt, als Wiedergutmachung für den Schreck, den er uns eingejagt hat.«

Brigitte stand neben Ute und flüsterte ihr zu: »Wie praktisch, dann kannst du ihm ja sein Handy zurückgeben.« Ute ging von ihr weg und zitterte.

Marlies und Walter waren begeistert von Franks Einladung, Sven sagte: »Dass wir Frank so ans Herz gewachsen sind, hätte ich überhaupt nicht gedacht. Osnabrück, nicht schlecht. Da waren wir noch nie, Leefke.« Tordis nickte.

Ute hatte sich auf einen Baumstumpf gesetzt. Ihr Kopf war puterrot, sie schwitzte stark. An den Rändern ihres Tops hatten sich unter den Achseln feuchte Flecken gebildet.

Mo erkannte ihren desolaten Zustand und fragte: »Ist alles okay bei dir, Ute?«

»Jaja«, sagte sie leise. »Ich glaub nur, nach Osnabrück ist es mir zu weit.«

»Gut, primstens, dann kann es ja weitergehen. Da vorn kommt gleich das Kaskadental, ein ganz ein schönes Wegstück. Dutzende kleine Wasserfälle, die aber alle künstlich angelegt worden sind. Der Fürstbischof wollte es den Kurgästen von Bad Kissingen schön machen. Genießt es, danach samma quasi aus der Rhön draußen.«

Der Weg führte bei einem alten Forsthaus aus dem Wald heraus und passierte das Hirschgehege eines Wildparks. Hirsche wollten sich heute keine blicken lassen, ein paar schlanke Rehe grasten aber malerisch auf der Wiese. Es hätte alles so schön und friedlich sein können, wenn Brigitte und Daniel nicht auf heißen Kohlen gesessen hätten. Das angekündigte Tal konnte der ideale Ort sein, um Ute den letzten Stoß zu versetzen. Wenn die Hänge steil genug waren, konnte sie nicht abhauen. Denn die Gefahr bestand auch immer noch: Wer es geschafft hatte, einen frisch getöteten Erwachsenen aus dem Zelt in den See zu schleifen, musste drahtig und einigermaßen sportlich sein.

Hinter der sonnigen Lichtung bog der Weg wieder in den Wald ein und verlief zunächst recht eben neben einer Straße. Dann grub der Bach einen immer steileren Einschnitt in die Landschaft und plätscherte die ersten angekündigten Wasserfälle hinab. Es wurde immer dunkler, die dicht bewachsenen Baumkronen ließen die Sonnenstrahlen kaum auf den Talgrund fallen. In der Wandergruppe herrschte eine andächtige Ruhe, die Ahnungslosen genossen die schöne Landschaft, Ute litt, und die Kommissare warteten die ideale Stelle für die finale Operation ab.

In einer engen Kurve führte der Weg direkt am Bach entlang. Links ein kleiner Felsen, rechts ein Geländer, dazwischen der schmale Pfad, auf dem gerade mal zwei Personen nebeneinanderlaufen konnten.

Besser konnte es nicht werden. Mo war ganz vorn, Brigitte lief mit Daniel am Ende der Gruppe genau hinter Ute her. Unbeobachtet schickte die Kommissarin über ihr Handy abermals einen Buchstaben ins heimatliche Revier.

Sekunden später bimmelte und vibrierte es erneut, diesmal aber auf den Telefonen von Mo, Walter, Sven, Tordis, Daniel, Brigitte und Ute simultan. Nur Marlies hatte keinen eigenen Apparat. Jeder bekam die Nachricht mit demselben Text: »GRÜSSE AUS DEM JENSEITS, FRANK.«

Alle blieben stehen, in der Gruppe entstand eine große Aufregung, die Wanderer zeigten sich gegenseitig die Message auf ihren Handys und konnten sich keinen Reim darauf machen. Marlies wollte ihrem Mann gerade über die Schulter schauen, um die Nachricht auch zu lesen, als Ute plötzlich von hinten auf sie zusprang und sie mit dem Arm um ihren Hals von Walter wegzerrte. In ihrer rechten Hand hatte sie urplötzlich ein Brotmesser mit langer Klinge.

Ute drückte ihr Opfer gegen den Felsen und hielt ihr das silberfunkelnde Messer an den Hals. Die Augen der völlig überrumpelten Marlies waren schreckgeweitet.

Daniel und Brigitte befanden sich etwa zwei Meter von den beiden Frauen entfernt und waren komplett schockiert. Sie hatten nicht damit gerechnet, dass Ute sich bewaffnen würde. Das Messer musste sie aus dem Frühstücksraum mitgenommen haben. Verdammt, dieser Fehler hätte ihnen nicht passieren dürfen!

Alle aus der Gruppe standen wie angewurzelt da und mussten mit ansehen, wie die Angreiferin die scharfe Klinge an Marlies' Hals ein Stück Richtung Hauptschlagader justierte.

Ute hatte Tränen in den Augen, knallrot war ihr Kopf, Schweiß tropfte vom Haaransatz. Sie schrie:»Haut alle ab, alle! Ihr geht jetzt dieses Scheißtal da runter, und ich nehme Marlies mit nach oben zum Wildpark. Kommt bloß nicht auf die Idee, die Polizei zu rufen, ich habe eine Geisel!«

Marlies schluchzte. Auch Ute brach in Tränen aus, ihr Geschrei wurde immer tränenerstickter.

»Ja, verdammt, ihr könnt es alle wissen, ich hab Frank umgebracht! Dieses Dreckschwein, der will uns alle aus dem Haus ekeln. Alle sollen raus! Und mein Nachbar …«, Ute zog den Rotz hoch, »… mein Nachbar hat sich umgebracht! Erwin Kreidler, so ein feiner Mann. Ihr könnt euch das gar nicht vorstellen. Der wusste nicht mehr, wohin, wegen dieser …«, sie spuckte das nächste Wort hasserfüllt aus, »… Sau! Wegen dieser dreckigen Sau, die nicht genug kriegen konnte. Aus dem Fenster ist er gesprungen, der Erwin, vor ein paar Tagen!« Das Messer an Marlies' Hals zitterte. »Tot ist er, der arme alte Mann, weil er bald auf der Straße gesessen hätte, stellt euch das mal vor!« Ihre Augen verengten sich zu feindseligen Schlitzen. »Frank war so blöd, dass er mir erzählt hat, wo er genau herkommt und was er beruflich macht. Und dann war mir alles klar! Ganz stolz war er, wie er diese kleinen Scheißmieter alle vertreibt. Konnte ja nicht wissen, dass ich eine davon bin. Und Erwin!« Wieder heulte Ute auf. Das Messer hatte an Marlies' Hals bereits eine kleine Wunde verursacht, aus der ein paar Tropfen Blut auf die Klinge geflossen waren. Kurz entspannten sich Utes Gesichtszüge und wurden dann zu einer diabolischen Fratze. »Aber jetzt ist er weg. Und damit geht sein Drecksladen hoffentlich den Bach runter, seine verkackten Projekte werden gestoppt, und alle haben wieder ihre Ruhe. Weil ich dafür gesorgt habe, ich! Und jetzt haut endlich ab, da runter, Marlies passiert nichts, wenn ihr macht, was ich sage. Los! Abmarsch!«

Mo, Sven und Tordis wollten sich schon talabwärts in Bewegung setzen, als Walter plötzlich rief: »Stopp! Ihr bleibt hier! Und Ute, du lässt Marlies jetzt sofort los! Sie kann nichts dafür, du machst doch alles nur noch schlimmer.« Er wurde leiser. »Das lässt sich bestimmt alles klären. Es war ein Unfall, was da oben am Moor passiert ist, Daniel und Brigitte können das bezeugen, nicht wahr?«

Die Kommissare nickten. Was blieb ihnen in dieser Situation auch anderes übrig?

»Einfach nur ein Unfall, verstehst du, Ute? Wir halten alle zusammen, keiner sagt was, und niemand erfährt, was wirklich geschehen ist. Aber dafür lässt du meine Frau gehen, ja?«

Ute schien kurz über das Angebot nachzudenken. Daniel nestelte in seiner Hosentasche herum.

Marlies wimmerte: »Komm, Ute, Walter hat recht, so kommen wir alle aus der Sache raus. Bitte.«

Ute musterte ihr Opfer. Walter schlich sich in diesem Moment etwas näher an die beiden Frauen heran, Daniel ertastete einen Baum hinter sich.

»Nix da!«, jaulte Ute plötzlich auf. »Verarschen wollt ihr mich, alle. Und ihr müsst gar nicht so tun, als wäre es um dieses blöde Weib schade, die den ganzen Tag nur Müll quatscht und alle nervt. Auf jetzt, Marlies, da hoch!«

In diesem Moment setzte Walter zum Sprung an. Er wollte Ute mit der Faust das Messer aus der Hand schlagen, kam aber nicht weit genug. Er verfehlte sein Ziel um knapp zwanzig Zentimeter und landete auf der Erde.

Daniel reichte Brigitte hinter dem Rücken etwas, sie machte einen Schritt auf das Holzgeländer zu.

Walter lag am Boden, eine knappe Schrittlänge von seiner Frau und Ute entfernt. Deren Stimme klang nun noch schriller und entschlossener als zuvor.

»Ihr bleibt alle verdammt noch mal stehen, mir reicht's! Los jetzt!« Sie drückte ihr Opfer auf den Weg bergauf. »Und ihr zwei nichtsnutzigen Bullentrottel verschwindet und lasst uns durch«, herrschte sie Daniel und Brigitte an, die ein Stück oberhalb von ihr standen.

Daniel nickte und signalisierte Ute, dass sie den Fluchtweg frei machen würden. Sie schaute talwärts zu Walter, der mittlerweile weinend auf dem Boden kniete, und zu Sven, Tordis und Mo, die regungslos verfolgten, wie sie Marlies den Pfad hinaufbugsierte, das Messer immer noch an der Kehle.

Die Kommissare hatten sich ein Stück abseits des Weges postiert, gleich würden die beiden Frauen an ihnen vorbei sein, und dann konnte sie niemand mehr aufhalten.

Ute ging rückwärts in kleinen Schritten mit Marlies den Hang hinauf und schrie den anderen zu: »Und ihr müsst mich gar nicht suchen! Ich habe sehr gute Kontakte überall, in der ganzen Welt, ich weiß schon, wo ich unterkommen …«

In diesem Moment stolperte Ute über eine Wäscheleine, die auf Kniehöhe in dem sattgrünen Tal kaum zu erkennen und zwischen einer jungen Buche und dem Geländer des Weges stramm gespannt worden war. Ute fiel auf den Rücken, Marlies landete auf ihrem Bauch, und Daniel kickte Ute mit einem beherzten Stoß das Messer aus der Hand.

»Auuuu!«

Brigitte sprang auf die beiden Frauen, schob Marlies unsanft beiseite und rammte Ute das Knie in den Solarplexus. Ute leistete keine Gegenwehr. Sie hatte erkannt, dass sie ohne Messer, unter einer erfahrenen Kriminalbeamtin liegend, keine Chance mehr hatte.

Daniel fummelte in Windeseile die Wäscheleine vom Baum und vom Geländer und schnürte Utes Handgelenke über dem Kopf zusammen. Er zog fest zu, was Ute wiederum mit einem vorwurfsvollen »Auuuu!« quittierte. Daniel grinste ihr ins Gesicht und sagte: »Sorry. Das war für die ›nichtsnutzigen Bullentrottel‹.«

✳ ✳ ✳

Walter hatte immer noch Tränen in den Augen, als die Wandergruppe ins Tal hinablief. Daniel führte die gefesselte Ute wenig zimperlich am Arm die Stufen hinunter, Mo, Sven und Tordis schwiegen, Marlies stand unter Schock und wollte für einen Moment allein sein, dafür hörte ihr Mann gar nicht auf, sich bei Brigitte zu bedanken.

»Was für eine geniale Idee mit der Wäscheleine. Ich dachte schon, die haut mit meiner Marlies ab über alle Berge. Aber dann, zack, im letzten Moment gestellt. Da zeigt sich, was ein guter Polizist ist.«

Brigitte fand den Einsatz, schmeichelhaft ausgedrückt, nicht ganz so gelungen wie Walter. Sie hätten damit rechnen müssen, dass sich Ute bewaffnen würde. Sie waren naiv gewesen und hatten das Ding unbedingt ohne fremde Hilfe durchziehen wollen. Und hatten während der Geiselnahme die Zügel völlig aus der Hand verloren. Rumgestanden wie zwei Unbeteiligte hatten sie, obwohl es für solche Vorfälle Schulungen gab. Um ein Haar wäre es schiefgegangen.

Trotzdem tat Brigitte Walters Lob gut. »Mit der eigenen Waffe geschlagen«, sagte sie. »Wahrscheinlich hat sie Frank genau mit dieser Wäscheleine stranguliert. Das wird die Obduktion dann ergeben. Und wir hätten eigentlich viel früher drauf kommen können. Kommen müssen. Ute hat mir schon nach der ersten Übernachtung erzählt, dass sie immer so eine Leine zum Trocknen ihrer Wäsche dabeihat.«

»Ist doch egal, ihr habt den Fall gelöst, darauf kommt es an. Und …«, Walter machte eine kleine Pause und sprach danach leiser weiter, »… ganz ehrlich, dieser schreckliche

Augenblick eben hat mir etwas gezeigt.« Er schaute sich um, ob die Distanz zu den anderen Wanderern groß genug war. Er wollte offenbar, dass nur Brigitte hörte, was er zu sagen hatte. »Die Situation hat mir klargemacht, dass ich Marlies immer noch liebe. Weißt du, Brigitte, wenn man zum ersten Mal in seinem Leben das Gefühl hat, es könnte vorbei sein mit der Frau, die man vor so vielen Jahren geheiratet hat ... und man dann merkt, dass man einfach wahnsinnige Angst um sie hat, dann muss es wohl Liebe sein, oder? Auch wenn sie mir oft tierisch auf den Zeiger geht, aber ohne sie kann ich nicht. Das ist mir eben klar geworden. Und dafür danke ich euch. Wirklich von ganzem Herzen.« Er straffte sich im Gehen und schloss mit den Worten: »So, und nu is gut mit den Sentimentalitäten, jetzt werd ich mich mal um mein holdes Weib kümmern.« Mit diesem Vorsatz löste er sich von Brigitte und steuerte auf Marlies zu.

Am Ausgang des Kaskadenbachs im Tal der Fränkischen Saale hatten sich zwei Polizeiautos mit eingeschaltetem Blaulicht neben dem Kleinbus und dem ahnungslosen Bayram postiert. Daniel hatte direkt nach Utes Überwältigung die bayrischen Kollegen verständigt und zum Ziel der Wanderetappe bestellt. Ab jetzt waren sie für die mutmaßliche Mörderin zuständig, wobei Daniel in seinen Gedanken das Wort »mutmaßlich« schon wegließ. Er hatte nach Utes Geständnis keinerlei Zweifel an ihrer Schuld. Aber Festnahmen in anderen Bundesländern fielen ohne entsprechenden Auftrag nicht in den Zuständigkeitsbereich hessischer Polizisten, und nach allen Regelmissachtungen konnte man nun ja langsam mal wieder anfangen, sich an die Vorschriften zu halten.

Die Kollegen aus Bad Kissingen hatten jede Menge Fragen an Daniel und Brigitte, weswegen die beiden vorschlugen, sich hier von den Mitwanderern zu verabschieden, damit Bayram alle anderen noch halbwegs pünktlich zum Bahnhof bringen konnte.

Marlies hatte auf den angebotenen psychologischen Beistand nach der Geiselnahme verzichtet und wollte schon auf den Vorschlag eingehen. Die Leupolds hatten schließlich Tickets mit Zugbindung, aber ihr Mann rief: »Wat? Hier einfach so Tschüss sagen, nach allem, was passiert ist? Auf einem Parkplatz, ohne den Rettern meiner Frau wat spendiert zu haben? Kommt gar nicht inne Tüte. Wir warten auf euch, und dann gehen wir in der Stadt einen trinken oder ein Eis essen.«

»Aber die Fahrkarten, Walter. Dat is doch so teuer, wenn man die spontan kauft.«

»Jetz lass ma gut sein, Marlies. Vielleicht hat dein Männeken ja ein kleines Polster, von dem du nix weißt. Und dat brechen wa jetz ma an. Wann denn sonst?«

Marlies guckte ihren Mann verliebt an und sagte leicht anzüglich: »Und ich dachte, ich kenn alle deine Polster. Ja, dann warten wir, und du schmeißt ʼne schöne Runde Spaghettieis nachher. Also, wenn ich dat dem Melvin erzähle, dass mein Walter –« Weiter kam sie nicht, weil ihr Mann sie mit einem zärtlichen Kuss auf den Mund zum Schweigen brachte und sanft von der Gruppe wegzog.

In diesem Moment meldete sich Sven. »Äh, Daniel …«

»Ja?«

»Könnten wir vielleicht auch einen Augenblick …? Also vielleicht kann genauso gut auch Brigitte allein die Fragen der Kollegen beantworten, ich würde da … also, ich …«

Daniel bemerkte, dass Sven offensichtlich dringenden Gesprächsbedarf hatte, und verständigte sich mit Brigitte mit einem schnellen Blick. Die beiden Männer gingen ein paar Meter zum Fluss und setzten sich am Ufer auf eine große Wurzel. Daniel sah Sven an, dass er um Worte rang, und nickte ihm mit offener Miene mutmachend zu.

»Also …« Sven knetete seine Hände, es schien ihm alles sehr unangenehm zu sein. »Ich wollte mich dafür entschuldigen, dass ich euch am ersten Abend so angeblafft habe, im Hotel, weißt du?«

»Ich kann mich gut erinnern.«

»Es ist eben so … Als ich gehört habe, dass ihr Polizisten seid, da ist bei mir gleich … Also, sagen wir so: Ich habe nicht das beste Verhältnis zu eurem Berufsstand. In der Vergangenheit war ich bei ein paar Aktionen dabei, die sich in einer rechtlichen Grauzone bewegt haben, bevor ich bei ›Influence Check‹ angefangen habe, verstehst du? Also, nichts krass Illegales, aber halt 1. Mai, Schanzenviertel, Rote Flora und so. Und später dann bei der ›Letzten Generation‹ bei den Klimaprotesten. Auf jeden Fall sind da ein paar Sachen dabei, von denen Tordis besser nichts wissen sollte. Es ist eh alles nicht so ganz einfach zwischen uns, weil wir vielleicht nicht hundertprozentig die gleichen Lebensentwürfe haben. Das ist mir hier auf der Wanderung immer mehr aufgefallen. Aber egal, das sind Probleme, die wir selbst lösen müssen. Jedenfalls, um aufs Thema zurückzukommen, waren Polizisten für mich immer Handlanger eines Staats, der auf dem rechten Auge blind ist. Der die Großen laufen lässt und die Kleinen mit aller Härte verfolgt. Verstehst du?«

»Verstehe ich, kann ich aber nicht nachvollziehen.«

»*All cops are bastards*, ACAB, die Graffitis kennste, ne?«

»Kenne ich, finde ich nicht so besonders schön.«

»Na ja. Ein paar davon in Hamburg sind von mir. Ist aber alles lange her. Jedenfalls dachte ich am Anfang, dass ihr beiden vielleicht auf mich angesetzt seid. Dass ihr in unserem Privatleben herumschnüffeln sollt, um mich dann irgendwann dranzukriegen. Deswegen habe ich erst mal so allergisch auf euch und die ganzen Fragen reagiert, auch an Tordis.«

»Ach je. Glaubst du wirklich, wir hätten bei unserer dünnen Personaldecke die Manpower, zwei Leute eine Woche lang auf einen kleinen Sprayer anzusetzen, der sich vielleicht mal auf einer Straße festgeklebt hat?«

»Nee, das habe ich ja dann auch irgendwann gecheckt. Außerdem habe ich festgestellt, dass ihr beiden ganz nett seid. Das hatte nur nicht so in mein Weltbild gepasst.«

»Das tut mir leid«, sagte Daniel süffisant.

»Ja, jedenfalls wollte ich dir das noch gesagt haben, bevor wir uns verabschieden. Und dass ihr bei eurer Ermittlung ganz offensichtlich auf einige Regeln gepfiffen habt, dafür meinen Respekt. Nun reicht's aber mit dem Bullenlob, ich erkenne mich ja gar nicht mehr wieder.«

»Nee, finde ich auch, untreu werden sollste dir nicht«, antwortete Daniel kumpelhaft, stand auf und bot Sven die Hand an, um ihn aus seiner niedrigen Sitzposition hochzuziehen. Die beiden gingen über die Wiese auf Bayrams Bus und die Polizeiautos zu.

In diesem Augenblick lief nur ein kleines Stück hinter ihnen ein Birkhuhn durchs Gras. Wirklich nur ein ganz kleines Stück hinter den zwei Männern. Völlig unbemerkt. Mitten im Tal der Fränkischen Saale, wohin sich diese seltenen Tiere so gut wie nie verirren.

NACHWIRKUNGEN

Lars Grohmann fuhr seinen Computer hoch. Unter der Woche missachtete er meist die offizielle Energiesparempfehlung, ließ das Gerät über Nacht an und schaltete nur den Bildschirm aus. Übers Wochenende gönnte er seinem PC dann aber doch eine längere Pause und verbrachte montags die ersten zehn Arbeitsminuten damit, den Kasten wieder in Betrieb zu nehmen. Nachdem er sein Passwort eingegeben hatte, blieb genügend Zeit, sich in der Teeküche ein Heißgetränk zu holen, bis das Gerät vollständig einsatzbereit war.

Grohmann wusste, dass auch heute wieder nicht allzu viel Arbeit auf ihn warten würde. Er war beim Nordhessischen Verkehrsverbund für das einwandfreie Erscheinungsbild der Haltestellen verantwortlich und nahm für sich in Anspruch, dass der Zustand der ÖPNV-Wartebereiche zwischen Bad Karlshafen und Schwalmstadt durch sein Zutun im Großen und Ganzen zufriedenstellend war. Übers Wochenende waren ganze drei Klagen bei ihm aufgelaufen: eine ausgefallene Leuchte am Bahnhof Bad Wildungen-Wega, ein verschmierter Fahrplan an der Station Großenritte Friedhof und ein ausgebrannter Mülleimer in Witzenhausen-Unterrieden. Er würde die Mängel an die zuständigen Mitarbeiter im Außendienst weitergeben und danach warten, ob Fahrgäste oder Angestellte weitere Probleme melden würden. Meist kam nicht viel.

Lars Grohmann nippte an seinem Kaffee und blickte aus dem Fenster. In seiner Jugend hatte er von einer Karriere als Profifußballer geträumt. Oder Pilot. Oder zumindest Lokführer im ICE. Auf keinen Fall von einem Job als Haltestellenbeauftragter am Standort Kassel. Aber dann war dieser vermaledeite Fußballunfall dazwischengekommen, der sein ganzes Leben durcheinandergebracht hatte. Wobei der Wadenbeinbruch an sich nicht das Problem gewesen war, sondern die bis heute rätselhaften Vorgänge im Klinikum Bad Hersfeld.

Siebzehn Jahre alt war er Anfang 1996 gewesen, hoffnungsvoller Mittelfeldspieler, kraftstrotzend, frisch verliebt. Und eigentlich konnte er dem Gegenspieler bis heute keinen Vorwurf machen, der hatte einfach nur einen Angriff verteidigt, aber irgendwie fiel Lars so unglücklich über dessen ausgestrecktes Bein, dass die Fibula sofort durch war. Die Erstversorgung, der Krankentransport und die Operation verliefen problemlos, aber kurz nach dem Aufwachen aus der Narkose war es losgegangen: Lars konnte sich nur noch daran erinnern, dass ihm unglaublich heiß gewesen war und er seinen Körper nicht mehr unter Kontrolle gehabt hatte. Zuckungen, Krämpfe, Herzrasen – und dann irgendwann der Blackout. Vorübergehender Herzstillstand, hieß es später in den Berichten, sehr seltene Komplikation nach einer Vollnarkose. Kurzzeitig mangelhafte Durchblutung einiger Hirnareale mit Auswirkungen auf das motorische Zentrum. Seitdem konnte Lars seinen linken Arm nur noch mit Mühe bewegen, die anfänglichen Sprachstörungen konnten durch eine langwierige Therapie glücklicherweise behoben werden.

Aber der Traum von einer Fußballerkarriere war futsch, auch als Pilot oder Lokführer wurde kein Bewerber mit seiner Vorgeschichte eingestellt.

Lars hatte sich im Lauf der Jahre mit seiner Beeinträchtigung arrangiert und führte sich immer wieder vor Augen, dass er im Prinzip noch fast alles konnte. Nur eben nicht so gut Kisten schleppen, Wurststücke abschneiden oder Karten mischen, Dinge, für die man zwei gesunde Arme und Hände brauchte. Trotz seines kleinen Handicaps war er immer noch ein schmucker Kerl, der bei den Frauen gut ankam. Er lebte seit sechs Jahren mit einer Steuerberaterin zusammen, die ein bisschen mehr Geld in die Beziehung einbrachte als er. Aber das stellte für Lars kein Problem dar. Er hatte sich nach seinem Unfall zum Motto gemacht, nicht zu leben, um zu arbeiten, sondern umgekehrt, und genoss seinen lauen Job, der wenig Verantwortung und noch weniger Stress mit sich brachte.

In seiner Freizeit kümmerte er sich um eine Fußballjugendmannschaft in Fuldabrück und ging voll darin auf, aus den Kleinen Torjäger und Abwehrbollwerke zu formen. Er freute sich schon an diesem Montagmorgen auf die Trainingseinheiten am Dienstag und Donnerstag und vor allem auf das Spitzenspiel seiner E-Jugend-Mannschaft am Samstag. Das waren die Momente, in denen er an seinen Unfall und den lahmen Arm nicht dachte und mit sich und der Welt zufrieden war.

Er konnte zu diesem Zeitpunkt ja noch nicht ahnen, dass das Schicksal vorhatte, in dieser Woche eine alte Wunde aufzureißen.

※ ※ ※

Ungefähr zur selben Uhrzeit wie in Kassel wurden auch bei der Kriminalpolizei Bad Hersfeld die Computer von Daniel Rohde und Brigitte Schilling hochgefahren. Die beiden Kommissare hatten davor eine strenge Zurechtweisung von Dienststellenleiter Burns über sich ergehen lassen müssen, der von massiven Regelverstößen und Missachtung der Richtlinien sprach, wegen des Erfolgs der unkonventionellen Ermittlung aber noch mal beide Augen zudrücken wollte.

Brigitte hatte ins Feld geführt, dass Gefahr im Verzug gewesen sei – dieses Argument heiligte ganz gern mal solche Alleingänge –, und Daniel betonte, wie schwierig es durch die mangelhafte Netzabdeckung in der Rhön gewesen sei, dauerhaften Kontakt zu den Kollegen zu halten.

Burns nahm diese Argumente mit vorwurfsvoll hochgezogener Augenbraue zur Kenntnis, blieb aber bei seiner deutlichen Rüge. Trotzdem waren Daniel und Brigitte ganz froh, dass die Burns'sche Schurigelei nicht härter ausgefallen war und disziplinarische Maßnahmen offenbar nicht zur Debatte standen.

Brigitte hatte sich bereit erklärt, den Fall Ute Gregory in Schriftform zu bringen, Daniel hatte noch anderen Schreibkram zu erledigen, der über den Urlaub liegen geblieben war. Er entschied sich allerdings dafür, diese Arbeit noch ein bisschen auf die lange Bank zu schieben und zunächst die Vernehmungsprotokolle der Kollegen aus Bad Kissingen anzufordern. Eigentlich war der Fall zwar klar, trotzdem wollten die hessischen Kommissare natürlich wissen, wie es mit der Mörderin vom Moor weitergegangen war.

Der fränkische Kollege am Telefon klang freundlich und versicherte, die Dateien so schnell wie möglich zuzuschicken. In der Zwischenzeit gab Daniel den Namen von Ute Gregory ins Fahndungssystem POLAS ein. Geburtsort und -datum fehlten ihm zwar, diese Daten hätten aber eh nur eine Rolle gespielt, wenn es mehrere Personen desselben Namens gegeben hätte. Stattdessen spuckte der Computer überhaupt keinen Treffer aus.

Daniel stand auf, holte Brigitte und sich einen Kaffee und stellte beim Zurückkommen die Tassen auf dem Schreibtisch seiner Freundin ab. Er blieb neben ihr stehen und sagte: »Weißt du, was mir im Nachhinein aufgefallen ist?«

Brigitte schüttelte den Kopf.

»Führ dir noch mal die Ereignisse im Kaskadental vor Augen, als Ute Marlies mit dem Messer bedroht hat. Wie hat sie da gesprochen?«

»Aufgebracht. Zornig. Zum Teil undeutlich, weil sie währenddessen geheult hat.«

»Stimmt, aber darum ging's mir nicht. Eher sprachlich. Die hatte doch sonst immer so einen leicht bayrischen Akzent. Wie Uschi Glas, wenn sie bei Dallmayr eine Tasse Kaffee bestellt.«

»Sehr treffend beschrieben.«

»Aber der war plötzlich völlig weg. Als Ute da rumgegiftet hat, klang sie komplett hochdeutsch, kannst du dich erinnern?«

»Jetzt, wo du es sagst … könntest du recht haben.«

»Ich meine, in einer solchen Stresssituation denkst du ja nicht mehr über deine Sprache nach. Da redest du so, wie dir der Schnabel gewachsen ist, wie du es irgendwann mal gelernt hast.«

»Ja, kann schon sein, dass ihr Bayrisch sonst etwas gespielt war. Vielleicht findet sie das schick, das ist auch wirklich eine feine Gegend da unten. Und möglicherweise wollen die Kundinnen in ihrer Edelboutique a bissl so ang'sprochen werden.« Brigitte grinste.

»Das ist der nächste Punkt. Ute war jeden Tag sehr pragmatisch gekleidet, so möchte ich es mal nennen. Hättest du von einer Frau aus der Welt der Haute Couture erwartet, dass sie fast immer dieselben Klamotten anhat und die mit einem Waschmittel aus der Tube auswäscht?«

Brigitte wiegte den Kopf. »Na ja, schau mal, es gibt auch Leute, die auf der Arbeit jeden Tag einen Anzug anhaben müssen und es deswegen besonders genießen, in ihrer Freizeit nur in Unterhemd und Adiletten rumzulaufen.«

»Okay, stimmt auch wieder. Vielleicht steigere ich mich da in etwas rein.«

Daniel nahm eine der Kaffeetassen und ging zu seinem Schreibtisch. Er öffnete den Ordner mit den unerledigten Aufgaben, konnte sich aber nicht richtig auf die Arbeit konzentrieren. Seine Gedanken kreisten um Ute. Hatte diese Frau allen anderen auf der Wanderung nur etwas vorgespielt? War sie vielleicht sogar von vornherein mit dem Ziel angereist, Frank Stumpf um die Ecke zu bringen? Bei ihrer bisherigen Darstellung würde eine pfiffige Verteidigung wahrscheinlich auf Totschlag im Affekt plädieren. Wenn es allerdings den Vorsatz gegeben hatte, den unliebsamen Immobilienhai aus dem Weg zu räumen, wäre es ein lupenreiner Mord gewesen. Anderseits: Woher hätte Ute wissen sollen, dass der Investor, der im Begriff gewesen war, ihr Lebensumfeld zu zerstören, gerade an dieser Reise teilnehmen würde? Mit einem leisen Pfeifton unterbrach eine eingehende Mail aus Bad Kissingen Daniels Überlegungen. Nervös öffnete er das Schriftstück und klickte auf das Dokument im Anhang. Er war extrem gespannt, wie Ute die Vorgänge am Roten Moor in ihrer Vernehmung geschildert hatte.

Er wollte die Aufnahme der Personalien am Anfang schon achtlos überlesen, als ihm zwei Wörter ins Auge fielen. Das konnte doch nicht wahr sein! »Bad Hersfeld«, stand da! Ute war in Bad Hersfeld geboren worden.

»Brigitte, komm mal bitte ganz schnell her!«

Mit zwei großen Sätzen war sie um den Schreibtisch herum und glotzte auf die Stelle auf Daniels Monitor, auf die er mit dem Zeigefinger deutete.

»Das gibt's doch nicht!«, sagte sie sprachlos. Und nach einem ganz kurzen Moment des Überlegens: »Wieso hat die uns das nicht erzählt? Also, ich meine, wir haben uns doch beide direkt zu Beginn als Hersfelder vorgestellt. Das ist doch ein riesiger Zufall bei so einer kleinen Stadt. Da sagst du doch irgendwas.«

»Es sei denn, du hast etwas zu verbergen, das mit dieser Stadt zusammenhängt.«

»Ja, es sei denn, du hast etwas zu verbergen«, wiederholte Brigitte nachdenklich und starrte auf den Bildschirm. »Aber was könnte das sein? Der Rest der Angaben kommt ja hin, Wohnort Comeniusstraße 23, 81667 München, geboren 1961. Da hat sie die Wahrheit gesagt. Aber unser schönes Bad Hersfeld hat sie verschwiegen. Warum, warum?«

»POLAS kennt Ute Gregory nicht.«

»Wäre ja auch zu einfach gewesen. Was sagt das Internet?«

»Noch nicht probiert.« Daniel holte die Recherche nach und gab den Namen bei einer Suchmaschine ein.

Es gab offenbar eine weitere Ute Gregory, die in Kaltenkirchen bei Hamburg einen Hundesalon betrieb, deswegen erschienen jede Menge Treffer und Bewertungen von zufriedenen Herrchen und Frauchen. Außerdem eine Philippa Gregory, die in den USA wohnte und Hexenromane schrieb. Ansonsten blieb die Suche erfolglos.

»Aber das ist doch auch seltsam«, sinnierte Brigitte. »Wenn Ute eine Boutique hat, müsste das doch im Internet irgendwie zu finden sein. Zumindest ihr Name im Impressum auf irgendeiner Homepage oder bei so einer schrecklichen Gala der Bussibussi-Gesellschaft, irgendwas.«

»Das ist richtig. Vielleicht stimmt die Nummer einfach nicht ...«

»... und du hattest mit deiner Vermutung recht, was Utes Klamotten angeht«, vollendete Brigitte den Satz. »Ob die wirklich einen Laden hat, müssten wir über das Handelsregister oder beim Gewerbeamt doch herausfinden, oder?«

»Du suchst die genaue Nummer, ich wähle schon mal 089 vor.«

✳✳✳

Die zuständigen Stellen in München waren leider nicht so schnell wie die Kollegen in Bad Kissingen. Daniel und Brigitte saßen auf heißen Kohlen, sie hatten das Gefühl, dass der Fall mit dem Mord an Frank Stumpf noch nicht abgeschlossen sein könnte.

In der Zwischenzeit beschäftigten sie sich mit dem Verhörprotokoll, das aber eigentlich keine Neuigkeiten zu bieten hatte. Ute gab an, im Lauf der Wanderung von Franks Beruf und seinem Unternehmen erfahren zu haben und wie geschockt sie habe feststellen müssen, dass genau dieser Mensch dabei war, ihre Nachbarschaft zu zerstören, und Erwin Kreidler auf dem Gewissen hatte. Ihr sei dann die Idee gekommen, die »Krake«, wie sie Frank nannte, auszuschalten, und zwar direkt in der Nacht am Roten Moor. Sie habe sich nachts aus dem Zelt geschlichen, bewaffnet mit ihrer Wäscheleine, habe Frank im Schlaf überrumpelt, ihn stranguliert und dann schließlich mit dem Schlafsack zum See gezogen.

Daniel schüttelte ungläubig den Kopf. »Ich frage mich immer noch, wo sie diese Kraft nur hergenommen hat.«

»Wer aus tiefstem Herzen hasst, kann manchmal über sich hinauswachsen«, gab Brigitte zu bedenken.

»Jaja, das stimmt. Und grundsätzlich drahtig ist Ute. Über sechzig und keine Anzeichen von Winkearmen, wenn ich mich da richtig erinnere.«

»Und die habe selbst ich mit knapp über vierzig schon, zumindest in Ansätzen«, jammerte Brigitte.

»Das ist mir an dir noch nie aufgefallen«, log Daniel.

Brigitte zog die linke Augenbraue hoch, die ein bisschen die Form einer Tilde über dem spanischen »n« annahm. Diesen Blick hatte Daniel an ihr schon immer ungeheuer reizvoll gefunden. Er wollte seiner Freundin eben einen schnellen Kuss verpassen, als das Telefon klingelte. Münchner Nummer! Daniel hob hastig ab und stellte auf laut.

»Eberl, Gewerbeamt München«, meldete sich eine gemütliche Stimme. »Grüß Gott, wir hatten vorhin kurz telefoniert, Herr Rohde?«

»Genau. Wegen Frau Ute Gregory.«

»Passt. Ja, also, das kann ich schnell machen, die Frau Gregory hat kein G'schäft da bei uns in München und auch im Landkreis München nicht, das habe ich gleich mit überprüft für Sie. Was halt sein kann, dass sie vielleicht im Kreis Dachau oder Fürstenfeldbruck verzeichnet ist oder Ebersberg, das müssten Sie dann aber mit den dortigen Behörden klären. Aber bei uns ist da nichts, so viel ist fix. Das einzige Gewerbe einer Ute Gregory ist ein Hundesalon bei Hamburg. ›Für alle Felle‹ heißt der, gar nicht schlecht, wenn S' mich fragen. Das hat aber nicht mein Handelsverzeichnis g'sagt, sondern das Internet.«

»Sie sind ja klasse, Herr Eberl. Ganz herzlichen Dank für Ihre Hilfe.«

»Da nicht für, so sagt man doch bei Ihnen, oder?«

»Weiter nördlich.«

»Nördlich von Frankfurt ist für uns Skandinavien. Haha, machen S' es guat, viel Erfolg.« Eberl hatte aufgelegt.

Brigitte und Daniel schauten sich einen Moment schweigend an. Dann sagte die Kommissarin: »Gut, die Nummer mit der Boutique war also gelogen. Sie sagt uns nicht, dass sie in Hersfeld geboren wurde, und tischt uns einen falschen Beruf auf. Und zwar noch während wir uns Svens albernes Wollknäuel zugeworfen haben, also ganz am Anfang der Wanderung. Als sie angeblich noch nicht gewusst hat, wer Frank ist. Jetzt gibt es zwei Möglichkeiten …«

Diesmal trat Daniel als Satzvollender auf. »… entweder sie ist doch mit einem Mordvorsatz angereist, oder es ist in der Vergangenheit irgendetwas passiert, das sie den Geburtsort und ihre eigentliche Tätigkeit verschweigen lässt.«

»Könnte ein Cold Case sein.«

Daniel nickte. »Davon gibt es bei jeder Kripo mehr als genug. Und diese ungelösten alten Fälle sind so beliebt wie die Suche nach der Nadel im Heuhaufen. Aber wenn es denn so sein soll … Nur brauchen wir natürlich einen Anhaltspunkt. Ich rufe jetzt noch mal in Bad Kissingen an, die sollen aus Ute ihren wahren Job herausquetschen.«

»Und ich lasse mir die Akten aller unerledigten Fälle aus den letzten dreißig Jahren kommen.«

»Besser vierzig.«

Brigitte verdrehte die Augen.

✳✳✳

»Ey, Kanaille!« Michi ließ seine verhornte Bodybuilderpranke auf Daniels Schulter segeln. »Schön, dass ihr wieder da seid. Wie war euer Spießertrip?«

»Ja, genau«, sekundierte Matze, »hat euch kein Rentner mit seinem Nordic-Walking-Stängel erdolcht?«

Die beiden hatten Daniel jetzt gerade noch gefehlt. Michi und Matze komplettierten neben Gerhard Behrendt und Jacqueline Gölz die Mordkommission der Hersfelder Kripo, waren bei der Ermittlungsarbeit aber selten eine wirkliche Stütze. Daniel fragte sich immer wieder, wie zwei Vögel, die nichts anderes als Fitnessstudio, getunte Autos und schöne Frauen im Kopf hatten, eigentlich auf dieser Position hatten landen können. Trotzdem mochte er die beiden aber irgendwie, denn sie waren im Grunde keine wirklich schlechten Typen, nur eben ein bisschen schlicht.

»Alles überlebt«, antwortete Daniel, der sich mit Brigitte, Gerhard und Jacqueline darauf verständigt hatte, den kleinen Alleingang auf der Wanderreise vor Michi und Matze geheim zu halten. Je weniger Kollegen von der großzügigen Auslegung der Dienstvorschriften wussten, desto besser. Und bei den beiden Flachzangen standen die Aktien wirklich hervorragend, dass sie sich bei der erstbesten Gelegenheit verplapperten.

»Gude Farbe haste bekommen, Brigitte.«

»Kannste mal sehen, Michi, das geht auch ohne Solarium, wenn man mal ein bisschen rausgeht.«

»Oh nä, ey, mit Wandern kannste mich jagen. Stundenlang durch den Wald, alles sieht gleich aus. Voll *boring*. Nur im Büro hocken ist noch schlimmer.«

»Wald mag Michi nur auf der Playstation, gell? ›Forbidden Horizon‹.«

»Ja, geil, Matze, Megaspiel. Aber da lauern hinter den Bäumen auch Drachen und so, Flugsaurier, Riesenechsen, so krass, Digga.«

Daniel schaute Brigitte über seinen Bildschirm an. Das wurde tatsächlich immer schlimmer mit den beiden.

In diesem Moment klingelte das Telefon. Diesmal Vorwahl Bad Kissingen.

Michi und Matze hatten sich zwischenzeitlich mit zwei Kugelschreibern bewaffnet, mit denen sie sich wie mit Leuchtschwertern duellierten. Ein Mülleimer fiel dabei um, Daniel konnte sich kaum auf das Gespräch konzentrieren. Es gab allerdings aus Unterfranken auch nicht viel zu vermelden: Ute beharrte darauf, dass sie eine Boutique führe, und verweigerte ansonsten auf anwaltliches Anraten jede weitere Aussage. Die zwei Jedi-Ritter hatten ihren Kampf auf den Flur verlagert, was Daniel sehr recht war. Denn Michi und Matze hätten sicher Fragen gehabt, um welchen Fall es ging. Sofern sie das überhaupt interessierte.

»Also, die Lady will uns ihren Beruf partout nicht verraten. Gut. Spätestens bei der Gerichtsverhandlung wird sie dazu eine Aussage machen müssen, aber das ist mir zu spät.«

»Möglicherweise ist es einfach nur ein Job, der ihr peinlich ist. Was weiß ich, Klofrau, Sexshopbesitzerin, Puffmutter? Das sieht man den Leuten ja nicht an. Und deswegen legt sich Ute für Anlässe wie unsere Reise eine zweite Berufsidentität zu.«

»Das kann schon sein. Und es heißt vor allem nicht, dass sie hier in Bad Hersfeld denselben Beruf ausgeübt haben muss. Was sie jetzt in München tatsächlich macht, das würden wir über irgendwelche Ämter schon herauskriegen. Aber wenn sie hier bei uns Dreck am Stecken hat, müssten wir rausfinden, was sie damals gemacht hat.«

»Wenn sie überhaupt längerfristig hier gelebt hat«, gab Brigitte zu bedenken. »Kann ja sein, dass sie nur in Hersfeld geboren wurde und dann mit ihren Eltern sofort weggezogen ist. Oder sie wurde adoptiert. Ich hatte eine Klassenkameradin, die in Tuttlingen geboren wurde – und sich das nie erklären konnte. Bis ihre Eltern ihr zum sechzehnten Geburtstag verraten haben, dass sie nicht deren leibliche Tochter war. Warum grinst du, Daniel?«

»Weil ich eine ganz hervorragende Idee habe.« Der Kommissar rollte mit seinem Stuhl zur Tür, öffnete sie und rief in den Gang: »Michi, Matze, kommt mal her, wir brauchen euch.«

Die beiden waren von ihrem Fight noch außer Atem und leicht verschwitzt.

»Ihr zwei hübschen Kerlchen, ihr habt doch im Augenblick nicht so viel zu tun?«, sagte Daniel mit zuckersüßer Stimme.

Michi nickte, Matze schüttelte den Kopf.

»Und ihr habt einen Schlag bei älteren Damen. Das wollen wir heute mal ausnutzen. Passt auf, wir suchen Frauen – oder auch Männer –, die eine Ute Gregory kennen. Die ist um die sechzig und hat wahrscheinlich mal in Bad Hersfeld gewohnt. Zwei Aufgaben: Ihr kriegt über das Einwohnermeldeamt raus, wie lange sie hier gelebt hat. Und wenn sie noch hier war, als sie so langsam erwachsen wurde, sucht ihr jemanden, der sie von damals noch kennt. Diese Stadt hat gerade mal dreißigtausend Einwohner, da kann das ja nicht so schwer sein.«

»Hä? Wie soll das denn gehen?«

»Na ja, ihr treibt euch da rum, wo Sechzigjährige auch unterwegs sind. Rund um die Stiftsruine, Kurpark, Orthopädiefachgeschäft, Arztpraxen, seid mal ein bisschen kreativ.«

»Net dein Ernst!«

»Mein voller Ernst. Diese Frau Gregory will unbedingt geheim halten, womit sie ihre Brötchen verdient. Und wir müssen unbedingt wissen, was sie früher gemacht hat, als sie möglicherweise noch hier wohnte. Der Hintergrund ist jetzt zu kompliziert, aber das wäre doch eine schöne Aufgabe.«

Michi und Matze guckten so, als würden sie das ein klein wenig anders sehen.

Brigitte setzte ebenfalls ein liebliches Lächeln auf und flötete: »Wer von euch beiden hat vorhin gesagt ›Nur im Büro hocken ist noch schlimmer‹? Jetzt gibt es frische Luft und einen echt wichtigen Auftrag. Also, viel Erfolg, ihr zwei. Und sobald ihr jemanden habt, bringt ihr den oder die sofort hierher. Oder zumindest die Telefonnummer.«

»Ohne Zahlendreher!«, rief Daniel Michi und Matze noch hinterher, die sich murrend trollten.

✳✳✳

Brigitte und Daniel beschlossen, die Wartezeit mit ihrer Mittagspause zu überbrücken. Die zweckmäßige Polizeistation von Bad Hersfeld lag am Rande der Innenstadt in einem gesichtslosen Gewerbegebiet, in dem man Autos, Küchen und Zubehör für E-Zigaretten kaufen konnte, aber nichts Ordentliches zu essen fand. Deswegen entschieden sie sich für einen Bummel Richtung Bahnhof, Ziel »Alibaba«, eine alteingesessene Imbissstube mit gutem Ruf. Nach einer Woche Rhöner Deftigkeiten stand den beiden der Sinn nach einer orientalischen Abwechslung.

Sie bestellten zwei Falafel-Sandwiches und spekulierten darüber, welcher Beruf zu Ute passen würde. Brigitte hielt es für möglich, dass sie Friseurin war, Daniel tippte auf Steuerfachangestellte. Er konstruierte eine wilde Geschichte, in der sich Ute um mehrere Millionen verrechnet hatte, eine Firma damit in den Ruin trieb und nun versteckt in München lebte. Brigitte konnte sich vorstellen, dass Ute einem Kunden das Ohr abgeschnitten hatte und wegen einer deftigen Schmerzensgeldklage in die Anonymität der Großstadt geflüchtet war.

Nach ein paar weiteren erfundenen Räuberpistolen und einem überaus befriedigenden Mittagsmahl traten die beiden Ermittler über eine hässliche Hochstraße den Rückweg zum Revier an. Mitten auf der Brücke klingelte Daniels Telefon. Matze!

»Ja?«

»Daniel, ich glaub's net, aber wir haben wohl tatsächlich eine Frau gefunden, die diese Ute noch kennt. Voll schnell, oder? Wir sind im medizinischen Versorgungszentrum an der Frankfurter Straße. Wir dachten, beim Arzt sitzen ja immer viele Alte rum, ne? Aber es war gar niemand von den Patienten, sondern eine Sprechstundenhilfe. Die sagt, sie hätte früher mit Ute zusammengearbeitet.«

Klang nach: VOLLTREFFER!

»Frankfurter Straße? Da sind wir auch gerade, wir waren in der Stadt was essen. Bleibt da, wir kommen gleich vorbei.«

»Roger, Chef.«

Daniel legte auf und musste schmunzeln. Er war nicht der Chef von Michi und Matze, streng genommen hatten sie denselben Dienstgrad. Aber um nicht so schrecklich viel nachdenken und ermitteln zu müssen, hatten sich die beiden im Team quasi selbst downgegradet und übernahmen gern die Aufgaben, die sonst eher den Streifenpolizisten zugefallen wären.

Das medizinische Versorgungszentrum bot verschiedene Facharztrichtungen gebündelt unter einem Dach und lag nur ein paar hundert Meter von der Polizeistation entfernt. Als Daniel und Brigitte die Räumlichkeiten betraten, herrschte große Betriebsamkeit. Überall saßen Patienten, die auf ihren Termin warteten, mehrere Assistentinnen waren dabei, Krankenakten durch die Gegend zu tragen und die Wartenden auf die passenden Behandlungszimmer zu verteilen. Nur eine ältere Dame in einem weißen Kittel saß etwas eingeschüchtert an der hintersten Ecke des Empfangstresens und wurde von Michi und Matze bewacht.

»Hier!«, rief Michi, als Daniel ihn schon längst entdeckt hatte.

»Das ist Renate Mischkat«, erklärte Matze. »Sie sagt, sie hätte vor knapp dreißig Jahren mit Ute Gregory im Klinikum zusammengearbeitet.«

»Super Arbeit, ihr beiden. Ich hätte nicht gedacht, dass wir so fix erfolgreich sein würden.«

Daniel wandte sich an die Frau, die neugierig schaute. Sie trug einen schmucklosen Bürstenhaarschnitt, sah etwas abgearbeitet aus und hatte vor ihrem Erscheinen am Arbeitsplatz ganz offensichtlich auch nicht versucht, diesen Zustand mit Make-up zu kaschieren.

»Frau Mischkat, wir hätten einige Fragen an Sie. Gibt es hier einen Raum, in dem wir ungestört sprechen können, oder möchten Sie uns kurz aufs Revier begleiten? Ist ja nicht weit.«

»Ich hatte noch keine Mittagspause. Die kann ich jetzt gern nehmen und mit Ihnen kommen. Hier ist es schwierig, überall Patienten. Außerdem war ich noch nie auf der Polizeistation.« Renate Mischkat grinste schwach und packte ein paar Sachen in ihre Handtasche, die sie unter der Anmeldungstheke stehen hatte. Als sie aufstand, sagte sie: »Es wundert mich übrigens nicht, dass Sie nach Ute fragen. Um ehrlich zu sein, hatte ich damit schon viel früher gerechnet.«

Daniel platzte fast vor Neugier, wartete mit Fragen aber ab, bis er mit Brigitte und Renate Mischkat nach einem kurzen Marsch zum Revier zurück in ihrem Büro war. Er schloss die Tür, ging zu seinem Schreibtisch und sagte: »Dann erzählen Sie uns mal, was Sie über Ute Gregory wissen.«

»Ja, also, das muss Mitte der neunziger Jahre gewesen sein. Ute und ich waren Krankenschwestern oben am Klinikum, auf der Inneren. Wir waren auch so ein bisschen befreundet, ich weiß noch ziemlich genau, dass sie es mit ihren Eltern nicht leicht hatte. Sie war schon über dreißig, wohnte aber immer noch zu Hause. Vater und Mutter, beide waren krank. Ich kann mich nicht mehr genau erinnern, was sie hatten, aber Ute musste sich um sie kümmern. Sie war kein sehr fröhlicher Mensch damals.« Renate Mischkat machte eine kleine Pause und schien in ihrer Erinnerung zu kramen. »Jedenfalls«, setzte sie ihre Schilderung fort, »hatten wir damals einige unerklärliche Notfälle. Patienten, die plötzlich krampften, schwitzten, Lähmungserscheinungen hatten, Durchfall, alles Mögliche. Einmal war ich mit im Raum, als Ute einen stark erhöhten Kaliumwert vermutete, Hyperkaliämie ist der Fachausdruck dafür. Der Arzt lobte sie, denn das war tatsächlich der Grund. Ich habe mich damals schon gefragt, wie sie so schnell darauf gekommen war. Aber gut ... ich gönnte ihr den Erfolg, sie hatte es wirklich schwer genug. Aber dann gab es einen weiteren Fall, der wesentlich dramatischer war. Ein junger Kerl, der einen Tag nach seiner OP plötzlich schlimme Herzbeschwerden hatte. Völlig untypisch zu diesem Zeitpunkt. Und er war auch gar kein Risikopatient. Zunächst piepte der Vitaldatenmonitor wie verrückt, der Junge hatte eine unglaubliche Herzfrequenz, dann Rhythmusstörungen und schließlich einen Stillstand. Wir konnten ihn recht schnell revitalisieren. Er hatte allerdings ...« Renate Mischkat schluckte trocken.

»Möchten Sie ein Glas Wasser?«, fragte Brigitte.

»Nein, danke, es geht schon. Also, der junge Mann hat wohl ein paar Schäden durch die unterbrochene Sauerstoffzufuhr zurückbehalten. Ich weiß nicht mehr genau, was, ich habe das nicht verfolgt damals. Aber er musste in eine lange Reha. Ja, und dann kam Richard Budesheim. Wissen Sie, ich kann mich normalerweise nicht an den Namen von jedem einzelnen Patienten erinnern, gerade wenn alles so lange her ist. Aber das war wirklich schlimm. Ach, könnte ich jetzt doch einen Schluck Wasser bekommen?«

Brigitte stand auf und füllte Renate Mischkat ein Glas aus dem Wasserspender. Sie trank es gierig aus und stellte das leere Glas auf Daniels Schreibtisch.

»Richard Budesheim war nicht ganz unbekannt, er führte mit seiner Frau eine große Gärtnerei in Untergeis. Er kam wegen einem akuten Blinddarm zu uns, alles noch rechtzeitig entdeckt, im Prinzip eine Routinegeschichte. Die OP war erfolgreich, er sollte noch ein paar Tage zur Beobachtung bei uns bleiben. Völlig unauffälliger Heilungsprozess, aber eines Morgens war er tot. Über Nacht gestorben. Das wurde uns einfach so in der Frühbesprechung mitgeteilt. Wir wollten natürlich alle wissen, was da los war. ›Spätfolgen der Narkose‹ hieß es dann damals, weiß ich noch ganz genau. Das konnte sich keiner erklären, aber irgendwie haben alle gemauert, so kam mir das vor, auch Professor Opitz. Und wer war in der betreffenden Nacht im Dienst? Ute Gregory.«

»Puh«, sagte Brigitte, »das ist ja harter Tobak. Sie meinen also, Frau Gregory könnte mit dem Tod etwas zu tun haben und wurde von den Vorgesetzten gedeckt?«

Renate Mischkat zuckte mit den Schultern. »Das kann ich nicht sagen. Ich habe mit Ute auch nie darüber gesprochen. Oder sagen wir, ich habe mit ihr nicht sprechen können, denn Ende der Woche war sie weg.«

»Wie, weg?«, fragte Daniel.

»Ja, weg, ich weiß es nicht. Ich habe seitdem nie wieder etwas von ihr gehört. Sie war einfach verschwunden, von heute auf morgen. Ich war dann mal ein paar Wochen später gucken, an dem Haus, wo sie mit ihren Eltern gewohnt hatte. Das stand plötzlich zum Verkauf.«

»Okay. Vielen Dank für diese Informationen, Frau Mischkat, das ist alles neu und sehr wichtig für uns. Was mich aber wundert«, Brigitte beugte sich über den Tisch nach vorn, »warum sollte die Klinikleitung eine Mitarbeiterin decken, die möglicherweise für den Tod eines Patienten verantwortlich ist?«

Die ehemalige Krankenschwester ließ sich mit der Antwort etwas Zeit und wiegte nachdenklich den Kopf. »Das habe ich mich seinerzeit auch gefragt. Ich kann nur sagen, wir standen damals unter einem gewissen Druck. Wissen Sie, da kam eine Gesundheitsreform nach der anderen, das Geld wurde immer knapper – und dann ging gerade die Diskussion los, ob wir hier im Kreis überhaupt zwei Krankenhäuser brauchen, in Rotenburg und Hersfeld.«

»Aha, und da könnten Sie sich vorstellen, dass ein Skandal lieber unter den Tisch gekehrt wurde, als eine Angriffsfläche zu bieten?«

Renate Mischkat nickte.

»Und Sie selbst sind aber nie auf die Idee gekommen, diese Vorgänge bei der Polizei zu melden?«, fragte Daniel.

»Ich? Nein, warum? Auf keinen Fall. Nachher war da nichts, und dann bin ich die Nestbeschmutzerin. Nein, nein, wir waren damals alle froh, dass wir einen Job hatten. Da kamen scharenweise gut ausgebildete Krankenschwestern aus Ostdeutschland, müssen Sie wissen, das war nicht so wie heute. Da herrschte ein echter Wettbewerb. Ich habe das bis 2012 noch mitgemacht im Klinikum, dann habe ich mich als Sprechstundenhilfe ins Versorgungszentrum versetzen lassen. Ist ja derselbe Träger. Aber mit geregelten Arbeitszeiten, keine Nachtdienste, viel weniger Stress.«

»Ich wollte Ihnen auch keinen Vorwurf machen, war nur eine Frage«, rechtfertigte sich Daniel.

»Dann hätte ich im Gegenzug auch eine«, antwortete Mischkat. »Gibt es einen aktuellen Anlass, weswegen Sie mich zu Ute befragen? Wie geht es ihr, wissen Sie, wo sie steckt?«

»Das wissen wir, darüber dürfen wir Ihnen aber leider keine Auskunft geben«, sagte Brigitte freundlich.

»Aber sie hat was ausgefressen?«, hakte die Befragte nach.

Daniel warf ihr einen Blick zu, der mehr verriet, als er eigentlich durfte, und bedankte sich vor der Verabschiedung noch einmal ganz herzlich für die Informationen.

*　*　*

Professor Friedhelm Opitz pflegte es sich nach einem leichten Mittagessen mit einer anregenden Tasse Earl Grey First Flush bequem zu machen, am liebsten auf seiner Terrasse, noch lieber mit der »Neuen Zürcher Zeitung«. Er genoss es, dass dieses Blatt im Zeitschriftenladen seines Vertrauens extra für ihn bestellt wurde, und vermutete insgeheim, dass niemand außer ihm in Bad Hersfeld den nötigen Intellekt mitbrachte, um die komplizierten Artikel zu verstehen.

Der Professor hielt die Stadt auch nach mehr als dreißig Jahren immer noch für ein jämmerliches Provinznest, selbst die viel gerühmten Festspiele waren für ihn eher eine Klamaukveranstaltung für schauspielerische Emporkömmlinge. Er war damals aus Düsseldorf nach Osthessen gekommen und wollte nur eine sehr, sehr kurze Zeit bleiben, um seine Karriere anzukurbeln. Ärgerlicherweise waren alle Versuche, wieder in die Großstadt zu kommen, erfolglos gewesen, deswegen hatte sich Opitz irgendwann damit arrangiert, bis zum Renteneintritt am Klinikum der Kreisstadt zu arbeiten, immerhin als leitender Oberarzt. Den Gedanken, zum Ruhestand wieder in irgendeine Metropole zu ziehen, verwarf er schließlich, denn irgendwie hatte er sein sonnenverwöhntes Anwesen an der Sommerseite dann doch so lieb gewonnen, dass er es nicht gegen ein Haus in einer stinkenden Großstadt voller Dönerbuden, Nagelstudios und marodierender Jugendbanden eintauschen wollte.

Opitz war sein Leben lang Junggeselle geblieben, hier und da hatte es mal einen Flirt gegeben, aber etwas Festes war nie daraus geworden. Andere Leute würden es vielleicht damit erklären, dass er sich früher oder später immer als egomanischer Stinkstiefel herausstellte, aber ins Gesicht gesagt hatte das dem Professor noch nie jemand.

Er inhalierte gerade mit Begeisterung einen anklagenden Artikel über den generellen Sittenverfall in Berlin, als es klingelte. Opitz hasste unangemeldete Gäste. Er dachte kurz darüber nach, das Klingeln zu überhören, erhob sich dann aber doch und ging durchs Haus an den kleinen Monitor seiner Gegensprechanlage. Ein Mann und eine Frau mittleren Alters, die er nicht kannte. Möglicherweise Zeugen Jehovas. Der Mann hielt jetzt einen Ausweis in die Kamera. Polizei.

»Ja?«, sagte Opitz unwirsch in einen kleinen Lautsprecher.

»Rohde und Schilling von der Kripo Bad Hersfeld. Können wir einen Augenblick mit Ihnen sprechen, Herr Opitz?«

»*Professor* Opitz!«, bellte er zurechtweisend in die Anlage und betätigte den Öffner fürs Tor.

Er machte dann auch die Haustür auf und beobachtete, wie die Polizisten die Einfahrt hinaufliefen. Man sah ihnen an, dass sie von dem parkartigen Anwesen beeindruckt waren. Das gefiel Opitz. Als die beiden die Haustür erreicht hatten, fragte er ein wenig freundlicher: »Was kann ich für Sie tun?«

»Uns ein paar Fragen beantworten.«

Er nickte und machte keine Anstalten, die Beamten ins Haus zu lassen. Daniel blickte ihn herausfordernd an und schwieg. Opitz beendete das nonverbale Kräftemessen nach einem Weilchen und bat die Gäste mit knapper Geste herein. Er setzte sich auf einen Sessel und deutete auf die Ledercouch.

»Nehmen Sie Platz.«

»Danke«, sagte Brigitte im Setzen. »Herr Professor Opitz, ich möchte gleich darauf zu sprechen kommen, worum es uns geht. Und zwar um einige Vorgänge, die sich Mitte der neunziger Jahre am Klinikum zugetragen haben.«

»Aha.«

Brigitte schilderte den Vorwurf der möglichen Vertuschung einer Straftat, Daniel schaute sich in dem eleganten Wohnraum mit bodentiefen Panoramafenstern um.

Als Brigitte fertig war, sagte Opitz: »Es tut mir leid, aber ich kann Ihnen zu all diesen Bezichtigungen keine Auskunft geben. Ich habe keine Erinnerung an einzelne Patienten oder Mitarbeiter. Schon gar nicht, wenn es um einen Zeitpunkt geht, der fast drei Jahrzehnte zurückliegt.«

»Wir sprechen von drei nachgewiesenen Kaliumüberdosen in kurzer Zeit und möglicherweise noch von einer vierten, tödlichen, und daran wollen Sie sich nicht erinnern?« Daniels Ton war scharf.

»Von wollen kann nicht die Rede sein, lieber Herr Rohde. Aber ich gehe auf die achtzig zu. Da taucht schon mal die eine oder andere Lücke im Gedächtnis auf. Kommen Sie mal in mein Alter, dann können Sie das nachvollziehen.«

»Wir können es auch so machen, Herr Professor: Wir lassen Sie von den Kollegen mit Blaulicht hier abholen und verhören Sie auf dem Revier. In unseren Räumlichkeiten hat die Erinnerung bei vielen schon wie von Zauberhand wieder eingesetzt. So ein Polizeieinsatz spricht sich in der Nachbarschaft nur immer recht schnell rum, gerade in so einer gepflegten Gegend wie hier.«

»Sie wollen mir drohen.« Opitz' Satz klang mehr nach einer Schlussfolgerung als nach einer Frage.

»Keineswegs, Drohen ist etwas ganz Hässliches. Aber wenn Ihnen gar nichts einfällt, müssten wir die Patientenakten im Klinikum eben auch sicherstellen lassen, und so was sieht dann für Unbeteiligte immer schnell wie eine Razzia aus.«

Brigitte liebte Daniel noch ein bisschen mehr, wenn er bei Verhören in Fahrt geriet.

Der Professor atmete tief ein. Er stand auf und goss sich aus einer geschliffenen Kristallglaskaraffe einen Cognac ein. Den Polizisten bot er nichts an. Er nippte und setzte sich wieder.

»Sie werden nichts finden«, sagte er selbstsicher, »ganz gleich, welchen Zinnober Sie auch veranstalten vor meinem Haus oder im Klinikum. Wenn das alles ist, möchte ich Sie bitten, jetzt zu gehen.«

»Nein, einen kleinen Moment müssen Sie uns noch ertragen. Es ist nämlich so, dass nicht alle Kollegen von damals so verschwiegen sind wie Sie. Uns liegt eine sehr detaillierte Zeugenaussage vor.«

»Ach ja, von wem?«

»Ute Gregory.«

Der Name verfehlte seine Wirkung nicht. Der Professor hatte auf einmal zittrige Hände und stellte das Glas mit einem leichten Klirren auf dem Glastisch ab. Er knetete sich die Finger, sein Selbstbewusstsein war wie weggeblasen.

»Was hat Frau Gregory Ihnen erzählt?«, fragte er matt.

»Jetzt erzählen *Sie* uns erst mal was, schlage ich vor«, antwortete Brigitte.

»Nun gut. Sehen Sie, es waren schwierige Zeiten damals. Die Fördermittel für das Zonenrandgebiet waren weggefallen, der Spardruck enorm. Das Klinikum Bad Hersfeld ist ein Haus mit großer Tradition und mehr als eintausend Mitarbeitern. Aber schon fünfzehn Kilometer weiter steht das nächste Krankenhaus, in Rotenburg, selber Landkreis. Kleiner zwar, aber auch ein Vollversorger. Alles war auf dem Prüfstand damals, alles. Da durften wir keine Fehler machen.«

»Und deswegen wurden eventuelle Patzer vertuscht«, resümierte Brigitte.

»Zwei der vier Patienten haben durch die Hyperkaliämie keinerlei Schaden davongetragen.«

»Die zwei anderen aber schon«, betonte Daniel.

»Mein Gott, das ist doch alles längst verjährt. Da ist nicht nur Gras, da sind ganze Wälder drüber gewachsen.«

»Ich glaube nicht, dass für Familie Budesheim der Tod des Ehemanns und Vaters *verjährt* ist. Und für den jungen Mann, der nach dem Herzstillstand wieder zurückgeholt werden konnte, bestimmt auch nicht. Sie sehen, wir sind bestens über alle Vorgänge informiert. Wissen Sie genauer, welche bleibenden Schäden der Patient damals davongetragen hat?«

»Keine Ahnung, ich habe mich danach nicht erkundigt, er ist in eine Spezialklinik verlegt worden.«

»Was steht als Todesursache in der Patientenakte von Richard Budesheim?«, fragte Daniel.

»Herzversagen«, antwortete Opitz kleinlaut.

Brigitte mischte sich ein: »Hatten Sie damals eine Vermutung, wer für die Kaliumgaben verantwortlich war?«

Der Professor wartete einen Moment mit seiner Antwort. Dann sagte er: »Wir haben diese vier Fälle natürlich miteinander in Verbindung gebracht. Und dann die Einsatzpläne abgeglichen. Frau Gregory war jedes Mal im Dienst. Und sie hatte mir bei einem Patienten sogar den Hinweis gegeben, dass sie eine Überdosis Kalium vermutete.« Opitz brach ab.

»Und dann?« Daniels Neugier machte ihn unwirsch.

Der Professor räusperte sich. »Dann habe ich Schwester Ute zum Gespräch gebeten. Sie hat alles abgestritten mir gegenüber, bis zum Schluss übrigens. Ich habe ihr da angeboten … Es durfte einfach kein Fehler nach außen dringen, ich habe Ihnen die Situation doch eben erklärt.«

»Was haben Sie ihr angeboten?«

»Herr Rohde, Sie müssen das wirklich im Lichte der damaligen Umstände sehen. Ich habe ihr dann angeboten, sie aus der Schusslinie zu nehmen. Ich hatte einen guten Kontakt zu einem Studienfreund, der mittlerweile Chefarzt am Klinikum rechts der Isar in München war. Frau Gregory hat sich dort beworben, und ich habe ein gutes Wort für sie eingelegt. Das ging dann auch alles sehr schnell.«

Daniel war fassungslos. »Sie haben wissentlich einem Kollegen eine Mörderin ins Team gesetzt?«

»Bitte, nein«, Opitz rang nun nach Worten, »so dürfen Sie das nicht sehen. Frau Gregory war eine hervorragende Krankenschwester mit profunden Kenntnissen, fast schon wie eine Ärztin. Sie war ein Gewinn für jede Klinik. Und sie hatte mir geschworen, dass sie sich nie wieder etwas zuschulden kommen lassen würde.«

»Hat nicht funktioniert«, sagte Daniel trocken.

»Was soll das denn heißen? Ist sie, wie soll ich es ausdrücken, ist sie rückfällig geworden? In der Klinik? Um Gottes willen, sagen Sie bitte, dass das nicht wahr ist.«

Brigitte übernahm. »Dazu können wir Ihnen leider keine Auskünfte erteilen. Aber es gibt natürlich einen Anlass, weswegen wir ausgerechnet jetzt diese ganze alte Geschichte noch einmal aufrollen. Ich möchte Sie bitten, uns die Namen der drei überlebenden Opfer der Kaliumüberdosierungen zu besorgen. Das können Sie sicherlich diskreter herausfinden als unsere Kollegen, wenn sie dafür ins Klinikum kämen. Wir danken Ihnen bis hierher für Ihre Auskünfte, Herr Professor Opitz. Bitte halten Sie sich zu unserer Verfügung, es könnte durchaus sein, dass wir in den nächsten Tagen noch Fragen an Sie haben.« Sie mochte es, unsympathische Zeitgenossen ein wenig im Unklaren zu lassen. Dem unglücklichen Gesicht des Professors zufolge war es ihr gelungen.

Daniel und Brigitte verabschiedeten sich höflich.

***

Direkt außerhalb der Hörweite zum Grundstück des ehemaligen Arztes legte Daniel los: »Boah, was war das denn für ein blasierter Fatzke? Ich hätte größte Lust, den wegen Beihilfe zum Mord dranzukriegen. Und da verjährt gar nichts.«

»Ich fürchte, das schaffen wir nicht. Selbst wenn ihn die Staatsanwaltschaft deswegen anklagen sollte, daraus macht die Verteidigung die Vertuschung einer Körperverletzung mit Todesfolge, höchstens. Und die ist dann tatsächlich verjährt.«

»Um einen Skandal zu verdecken, schickt der Typ eine Mörderin in eine andere Klinik, ich kann es immer noch nicht fassen.«

»Das geht natürlich gar nicht«, bestätigte Brigitte Daniel in seiner Wut, schränkte dann aber ein: »Andererseits: Wenn die Nummer wirklich dafür gesorgt hätte, dass die den Standort dichtmachen, kann ich seine Beweggründe sogar ein bisschen verstehen. Mehr als tausend Mitarbeiter, überleg mal.«

»Na ja, ein Krankenhaus muss es aber schon geben hier in der Region. Dann wären die tausend Leute halt nach Rotenburg gefahren oder Hünfeld meinetwegen. Das Argument zählt für mich nicht. Ich will nicht, dass alle ohne Strafe aus der Sache rauskommen. Ein Mann ist lebenslänglich beeinträchtigt, einer tot. Ist die weiße Weste dieser Klinik das wert?«

»Nein, natürlich nicht. Aber ich glaube nicht, dass Ute

etwas zugibt, das wir ihr nicht mehr nachweisen können. Auch wenn schon eine andere Mordanklage auf sie wartet.«

»Das wollen wir erst noch mal sehen«, schnaubte Daniel, wartete, bis Brigitte den Wagen aufgeschlossen hatte, und ließ sich in den Beifahrersitz fallen. Die beiden hatten vereinbart, dass sie sich beim Fahren wochenweise abwechselten, weil durch das Lenken der Polizeiautos oft eine ungewollte Hierarchie entstand. Und die wollten sie erst gar nicht aufkommen lassen als Ermittler und Paar in Personalunion.

Bevor Brigitte den Wagen startete, äußerte sie noch einen Gedanken: »Aber mal ganz abgesehen von der Klinik und diesem grässlichen Professor: Jetzt haben wir zumindest eine Erklärung, warum Ute stark genug war, Frank über die Wiese in diesen See zu ziehen. Wer sein Leben lang Patienten umbettet und wendet, hat einerseits die Kraft, andererseits das nötige Wissen, wie man so was anpackt.«

»Stimmt. Und wenn sie tatsächlich so gute medizinische Kenntnisse hatte, wie der Typ behauptet, wusste sie auch, wo sie mit der Wäscheleine ansetzen musste, um Frank möglichst schnell die Luft abzuschnüren. Grausam.«

Brigitte fuhr über die südliche Ringstraße zurück zum Revier, als Daniel plötzlich etwas einfiel. »Weißt du, was mir gerade durch den Kopf geht? Wenn die da in dieser Klinik alle gemauert und sich gegenseitig in Schutz genommen haben, hat dieser arme Kerl mit dem Herzstillstand wahrscheinlich noch nicht einmal Schmerzensgeld bekommen.«

»Dazu müssten wir erst herausfinden, ob es eine Klage gab. Ohne die werden sie ihm freiwillig nichts gezahlt haben. Und um das wiederum in Erfahrung zu bringen, brauchen wir erst mal den Namen. Aber so wie du dem ollen Doc eingeheizt hast, wird das nicht lange dauern.«

»*Professor!*«, äffte Daniel den hochnäsigen Tonfall des Mediziners nach.

Brigitte sollte recht behalten. Eine knappe halbe Stunde nach ihrer Ankunft auf der Polizeistation meldete sich eine piepsige Sekretärin namens Steinhöfel aus dem Klinikum. Diese unangenehme Aufgabe hatte der ehemalige ärztliche Leiter offenbar delegiert.

»Guten Tag, Herr Rohde. Herr Professor Opitz hat mich gebeten, Ihnen vier Namen zu nennen. Von Patienten, die Ende 1995 und Anfang 1996 eine Hyperkaliämie erlitten hatten.«

»Richtig, Frau Steinhöfel, ich bin ganz Ohr und schreibe mit.«

»Ich habe alles in den alten Patientenakten gefunden«, sagte sie mit hörbarem Stolz in der Stimme. »Der erste hieß Siegfried Braun. Dann Frau Loredana Amato, Herr Lars Grohmann und Richard Budesheim. Herr Budesheim ist ja leider bei uns verstorben. Und auch Siegfried Braun lebt nicht mehr, ich habe das überprüft.«

»Aha?«

»Ja, der ist Anfang 2007 ebenfalls hier im Klinikum gestorben. Multiples Organversagen. Er war aber auch schon Ende siebzig und laut Patientenakte stark übergewichtig.«

»Frau Steinhöfel, damit haben Sie uns schon mal sehr geholfen. Haben Sie von Frau Amato und Herrn Grohmann denn auch die Adressen vorliegen?«

»Ja, Augenblick, hier, damit kann ich Ihnen dienen.« Sie nannte Daniel eine Anschrift in Bebra und eine aus Philippsthal. Außerdem hatte sie die Versichertennummern der jeweiligen Krankenkasse parat.

»Wunderbar, ich danke Ihnen ganz herzlich und wünsche noch einen schönen Tag.«

»Ihnen auch.«

Daniel legte auf.

Brigitte hatte mitgehört und schaute nachdenklich vor sich hin. Irgendwann sagte sie: »Ich würde vermuten, wir können das Organversagen von diesem Braun nicht aufs Kalium schieben, oder? Ich bin kein Mediziner, aber eine Spätfolge, die erst nach zwölf Jahren eintritt?«

»Glaube ich auch nicht. Aber weißt du was? Das klären wir morgen ab, und dann suchen wir auch diesen Herrn Grohmann. Jetzt hätte ich Lust auf Feierabend, Bier und Pizza.«

»In dieser Reihenfolge? Enner, zwoon, dräi, ich auch. Abmarsch!«

***

Die Pizzen am Vorabend waren wagenradgroß gewesen und lagen Brigitte und Daniel noch gehörig im Magen. Außerdem hatten die beiden Ermittler eine Flasche Chianti geleert und zwei großzügig eingeschenkte Limoncelli auf Kosten des Hauses nicht abgelehnt. So waren sie in Brigittes Wohnung ein wenig verkatert aufgewacht, disziplinierten sich aber und trafen gegen halb neun am Arbeitsplatz ein. Sofort machten sie sich auf die Spur von Loredana Amato und Lars Grohmann.

Schnell fanden sie heraus, dass Loredana Amato bis zuletzt bei derselben Krankenkasse versichert gewesen und 2019 mit über achtzig Jahren gestorben war. Auch diesen Tod stuften Daniel und Brigitte nicht als Spätfolge der Kaliumgabe ein.

Die Suche nach Lars Grohmann gestaltete sich komplizierter als gedacht. Unter der Adresse in Philippsthal wohnte niemand mehr mit diesem Namen. Und ein Anruf bei seiner Krankenkasse ergab, dass die Versichertennummer nicht mehr gültig war und Grohmann offenbar zu einem anderen Unternehmen gewechselt hatte. Also blieb nur die Netzrecherche.

Die Eingabe im Internet bot jede Menge Treffer, anscheinend war der Name nicht so selten. Mehr Anhaltspunkte als das Alter – Anfang, Mitte vierzig – hatten Daniel und Brigitte nicht. Und auf den Fotos sah ungefähr jeder Lars so aus, als sei er so alt.

»Puh«, sagte Daniel schlapp, »das kann eine ganz schöne Telefoniererei werden.«

»Lass uns mal versuchen, die Sache geografisch ein bisschen einzugrenzen. Versicherungsagentur in Husum: unwahrscheinlich, Konrektor an einer Oberschule in Neubrandenburg ebenfalls. Ich hätte hier …«, Brigitte machte sich Notizen, »… einen Lars Grohmann, Personalberater in Göttingen, einen bei den Stadtwerken in Korbach und einen beim Nordhessischen Verkehrsverbund in Kassel. Das ist ein Radius von etwa hundert Kilometern. Wollen wir mit denen mal anfangen?«

Daniel nickte, weil ihm aktuell auch keine bessere Herangehensweise einfiel.

Der Personalberater war persönlich zu erreichen, gab aber an, in Hameln geboren, noch niemals in Bad Hersfeld gewesen und bei bester Gesundheit zu sein. Grohmann von den Stadtwerken Korbach befand sich im Urlaub, seine Stellvertreterin erteilte aber die Auskunft, nichts von irgendeiner körperlichen Einschränkung zu wissen, und vermutete, dass ihr Kollege nicht die gesuchte Person sei.

Dann wählte Brigitte die Nummer in Kassel.

Eine dynamische Stimme meldete sich. »NVV, Infrastruktur und Instandhaltung, Grohmann?«

»Herr Grohmann, Schilling von der Kriminalpolizei Bad Hersfeld. Erschrecken Sie nicht, es ist nichts passiert, ich hätte nur eine Frage an Sie.«

»Ja?« Er klang gespannt.

»Waren Sie Mitte der neunziger Jahre mal zur Behandlung im Klinikum hier bei uns?«

»Ja.« Jetzt klang er leicht verängstigt.

»Und sind bei Ihnen nach der Operation Komplikationen aufgetreten?«

»Ja, das war bei mir der Fall. Aber wie kommen Sie nach so vielen Jahren auf diese Sache?« Grohmann wirkte so, als wolle er über den Vorfall nicht besonders gern sprechen.

»Das ist eine komplizierte Geschichte. Herr Grohmann, das Klinikum konnte uns keine Angaben über die Spätfolgen bei Ihnen machen. Ich weiß, das ist kein angenehmes Thema, aber können Sie mir schildern, ob Sie heute noch Beeinträchtigungen haben?«

»Eigentlich habe ich damit abgeschlossen. Es lässt sich daran ja nichts mehr ändern. Aber gut, wenn Sie es unbedingt wissen wollen: Ich kann meinen linken Arm kaum bewegen. Eine Gehirnhälfte wurde bei meinem Herzstillstand mit Sauerstoff unterversorgt, und das Areal, das für die linksseitige Motorik zuständig ist, hat wohl einen abbekommen. So hat man mir das damals zumindest erklärt. Ich hatte auch Sprachstörungen direkt danach, aber das hat sich wieder gegeben. Glücklicherweise.«

»Das tut mir sehr leid für Sie. Hat das Klinikum diesen Vorfall aufgeklärt?«

»Was gibt es denn da aufzuklären? Die sagten damals, das sei schon sehr unüblich, ein Herzstillstand einen Tag nach einer OP, und das in meinem Alter. Aber es könne eben vorkommen. Pech gehabt halt.«

»Und Sie oder Ihre Familie haben da nie nachgehakt, ob das wirklich nur Pech war?«

»Nein, wir haben uns darauf konzentriert, dass ich wieder so gesund wie möglich werde. Die haben ja gesagt, dass es keine Behandlungsfehler gegeben habe. Und das haben wir denen natürlich geglaubt.«

Brigitte atmete tief durch und setzte Lars Grohmann über ihre Ermittlungen in Kenntnis. Der zeigte sich zunächst ungläubig und wurde dann immer zorniger.

»Das heißt, die haben einfach alle zusammengehalten, alle kannten die Wahrheit, aber keiner hat die Fresse aufgemacht, und dann haben die mich da in halb verkrüppeltem Zustand ziehen lassen? Das kann doch nicht wahr sein!«

»Nach unseren Erkenntnissen leider doch.«

»Kaliumüberdosis. So einen Scheiß habe ich im Leben

noch nicht gehört.« Nach einer kurzen Pause sagte er: »Aber dann hätte ich doch vielleicht Geld kriegen können, wenn die schuld waren, oder?«

»Ich könnte mir vorstellen, dass Sie das sogar heute noch bekommen könnten, nach allem, was wir jetzt wissen.«

Lars Grohmann stieß hörbar Luft aus.

Brigitte hatte das Gefühl, dass er die ganzen Neuigkeiten zunächst sacken lassen musste. »Herr Grohmann, ich kann mir vorstellen, dass Sie das erst mal alles verarbeiten müssen. Ich garantiere Ihnen aber, wir stehen Ihnen gern zur Seite mit sämtlichen Informationen und Zeugenaussagen, falls Sie in der Sache weitere Schritte planen.«

»Ja, das ist sehr nett. Ich muss jetzt wirklich erst mal darüber nachdenken. Gerade bin ich einfach nur unfassbar wütend. Trotzdem vielen Dank.«

»Nichts zu danken. Ich gebe Ihnen noch meine Kontaktdaten, dann hören wir voneinander. Alles Gute.« Brigitte legte auf.

Daniel hatte das Gespräch mitverfolgt und starrte nachdenklich vor sich hin.

Irgendwann sagte Brigitte: »Mann, der ist richtig geladen.«

»Kann ich verstehen. Umso lieber möchte ich ihm helfen, damit er eine späte Genugtuung erfährt. Und …«

»Und?«

»Und ich hätte da vielleicht schon einen Weg, wie das klappen könnte. Ist wahrscheinlich ein bisschen verwegen. Aber sag nicht gleich Nein, hör's dir erst mal an.«

Daniel erklärte seiner Freundin die Idee, die ihm während des Telefonats gekommen war. Brigitte schaute ihn entgeistert an. »Das wird Burns nie und nimmer erlauben. Erst recht nicht, wo er nach unserem Alleingang nicht so wahnsinnig gut auf unsere unkonventionellen Methoden zu sprechen ist.«

»Wollen wir Ute drankriegen für das, was sie getan hat, oder nicht? In einem freundlichen Verhör mit Anwalt an ihrer Seite wird sie alles abstreiten. Und da bringt uns auch die Aussage von diesem Professor nichts, du hast doch gehört, was er gesagt hat. Dass sie ihm gegenüber bis zum Schluss nichts zugegeben hat. Und über irgendwelche Dienstpläne und Patientenakten werden wir knapp dreißig Jahre später nicht genügend Indizien zusammenbekommen, um sie festzunageln.«

Daniel sah Brigitte an, dass sie von seinem Plan noch nicht überzeugt war. Deswegen schob er sein letztes Argument nach: »Erinnere dich an die Szene im Kaskadental. Es gibt Situationen, in denen Ute auspackt. Wir müssen alles nur sehr gut einfädeln, aber dann schwöre ich dir, dass es klappt. Und dass ich Burns davon überzeugt kriege.«

»Gut, bitte, versuch es. Aber pass auf, dass nicht wieder irgendwo ein Brotmesser in Reichweite liegt.«

***

Ute Gregory saß auf dem Bett ihrer Zelle in der JVA Würzburg und dachte über den Stand der Dinge nach. An diesem Freitagmorgen. Gestern, vorgestern, eigentlich ständig, seit sie nach ihrer Verhaftung und Vernehmung in dieses Gefängnis gebracht worden war. Zeit hatte sie ja. Natürlich war die Situation miserabel. Sie hatte einen Menschen umgebracht und diesen Mord in einem unkontrollierten Gefühlszustand vor mehreren Zeugen zugegeben. Hinzu kam noch eine Geiselnahme, die zwar kurz gewesen war, aber juristisch gesehen eben ein Delikt gegen die Freiheit eines anderen Menschen, da spielte die Dauer nur eine untergeordnete Rolle.

Trotzdem hatte der Anwalt es geschafft, ihr ein wenig Mut zu machen. Sie sei nach dem Anruf ihrer Nachbarin, die ihr während der Wanderung am Bubenbad vom tragischen Freitod Erwin Kreidlers berichtet hatte, eindeutig in einem emotionalen Ausnahmezustand gewesen. Außerdem habe sie ein vollumfängliches Geständnis abgelegt und sei strafrechtlich bisher noch nie auffällig geworden. Der Verteidiger wollte auf Utes Frage hin keine Prognose für ein Strafmaß abgeben, zeigte sich wegen der angesprochenen Umstände aber optimistisch.

Einen Punkt gab es allerdings, in dem sich Ute und ihr Anwalt nicht einig waren. Er hatte ihr dringend geraten, sich im bevorstehenden Prozess so reumütig wie möglich zu verhalten. Natürlich wäre das strategisch am sinnvollsten gewesen, das war ihr auch klar, aber eigentlich war sie dazu nicht bereit. Im tiefsten Herzen hatte sie immer noch das Gefühl, richtig gehandelt zu haben. Wenn sie das Treiben dieser Bande von rücksichtslosen, geldgeilen Widerlingen durch Franks Tod stoppen oder auch nur verlangsamen konnte, hatte sie ihr Ziel erreicht. Wenn Dutzende oder sogar Hunderte Mieter vor der Vertreibung geschützt werden konnten, war es dieses Opfer aus ihrer Sicht allemal wert. Außerdem ging es ihr darum, ihren hochgeschätzten Nachbarn Erwin Kreidler zu rächen. Der hatte ihr vom Himmel aus zugesehen und ihr Handeln mit Genugtuung verfolgt, da war sie sich sicher.

Ute musterte den kleinen Plastikteller, auf dem ihr das Frühstück serviert worden war. Sie hatte es kaum angerührt. Der Bierschinken wellte sich am Rand und wurde schon leicht bräunlich, der Apfel war von Anfang an nicht besonders knackig gewesen. Sie hatte keinen Hunger. Sie wollte Klarheit haben. Das empfand sie in ihrer Lage als das Schlimmste, diese nagende Ungewissheit. Wie lange würde sie sitzen müssen, in welchem Gefängnis, was konnte sie tun, um möglicherweise früher aus der Haft entlassen zu werden? Aber bis all diese Fragen beantwortet werden konnten, würde es eine ganze Weile dauern, darauf hatte der Anwalt sie schon eingestellt. Die Vorbereitung auf einen Strafprozess in Deutschland dauerte, und solange würde sie hier in U-Haft sitzen und einigermaßen untätig der Dinge harren müssen.

In diesem Moment machte sich von draußen jemand an

ihrer Zellentür zu schaffen. Sie hatte zwar noch keine große Routine im Gefängnisalltag, aber die Uhrzeit erschien ihr ungewöhnlich.

Eine kleine, rundliche Vollzugsbeamtin stand in der geöffneten Tür und sagte: »Packen Sie Ihre Sachen zusammen, Frau Gregory, Sie ziehen um.«

Was hatte das zu bedeuten? Würde sich ihre Situation verbessern? Oder gar schlimmer werden? Ute hatte die Wärterin schon ein oder zwei Mal erlebt, da war sie mürrisch und nicht sonderlich gesprächig gewesen. Trotzdem versuchte sie ihr Glück.

»Aha. Und können Sie mir sagen, warum und wohin?«

»Warum? Weil wir überbelegt sind. Wohin? Werden Sie sehen.«

»Ist das mit meinem Anwalt abgesprochen?«

»So was brauchen mir net mit ’m Anwalt absprechen«, kam es in einem muffligen Unterfränkisch zurück.

Ute packte ihre paar Habseligkeiten in einen Beutel, den die Aufseherin mitgebracht hatte, und warf einen Blick zurück in ihre Zelle. Sie konnte sich nicht erklären, warum ausgerechnet sie woanders hinsollte.

Die Mitarbeiterin schnaufte leicht, als sie Ute am Oberarm festhaltend über den Gang führte. Dann ging es eine Etage nach oben, das Schnaufen wurde auf den Treppen lauter und eine weitere Sicherheitspforte aufgeschlossen. Die beiden Frauen betraten den Gang, und Ute stellte fest, dass die Türabstände größer waren. Sie schöpfte Hoffnung.

»Bekomme ich eine größere Zelle?«

»Gewissermaßen«, sagte die Beamtin, es klang zweideutig und nicht nett. Dann schaute sie kurz durch ein Sichtfensterchen einer Tür, schloss die dicke Stahlpforte auf und drückte Ute ins Zelleninnere. »So, Frau Kupka«, rief sie, »hier kommt Ihre neue Mitbewohnerin!«

Ute war entsetzt. Sie sollte sich ganz offensichtlich einen winzigen Raum mit einer weiteren Person teilen! Das konnte doch nur ein Irrtum sein, das musste sie mit ihrem Anwalt ganz dringend besprechen und schnellstmöglich rückgängig machen.

Sie warf einen scheuen Blick in ihr neues Domizil. Die Zelle war tatsächlich etwas größer als ihre bisherige, die Toilette zumindest mit einer Sichtschutzmauer vom Rest des Raumes abgetrennt. Auf der linken Seite war eine Pritsche frei, auf der rechten saß eine Frau mittleren Alters in Armeehose und weißem Tanktop.

»Oh nee, Babsi, muss das sein? Ich hatte bei der Buchung den Einzelzimmerzuschlag doch gezahlt«, schnarrte sie und lachte rau.

»Ja, dud mir leid, Gwen, ich schau, was ich tun kann, damit du bald wieder deine Ruhe hast. Aber etzert geht's grad emal net anderster. Alles voll, verstehst?«

Gwen machte eine lässige Geste, die danach aussah, als würde sie diese Antwort schweren Herzens akzeptieren.

Ute wunderte sich, wie die mit der Vollzugsbeamtin redete. Hatte sie die tatsächlich geduzt?

»Gut, dann macht mir mal keinen Ärcher, ihr zwei«, sagte die dicke Kleine, schob Ute noch ein Stück weiter in die Zelle und schloss von außen ab.

Ute rührte sich nicht vom Fleck. Sie hatte den Kontakt zu den anderen Häftlingen bisher auf das Nötigste beschränkt. Diese ganzen Verbrecher und Verbrecherinnen machten ihr Angst. Sie selbst sah sich so ja nicht.

Gwen deutete auf die Nachbarliege. »Setz dich. Ich beiße nicht.«

Ute ließ sich schweigend nieder und stellte den Beutel mit ihren Utensilien auf den Boden. Sie musterte Gwen. Die Frau musste etwa Mitte vierzig sein, war drahtig und schlecht frisiert. Aus ihren braunen Haaren wuchs im unteren Drittel eine blonde Koloration heraus, gekämmt hatte sie sich anscheinend schon länger nicht. Dafür hatte sie recht gepflegte Hände. Sie trug eine dicke silberne Panzerkette und ein passendes Armband am rechten Handgelenk. Ute dachte, dass sie viel weniger nach Unterschicht aussehen würde, wenn sie diese unweiblichen Accessoires weggelassen hätte.

Sie spürte, dass sie langsam was sagen musste, und stellte sich mit ihrem Vornamen vor. Das wurde mit einem Nicken quittiert.

»Ich bin die Gwendolyne, kannst Gwen sagen.« Die zog unter ihrer Pritsche eine Schachtel Zigaretten hervor und zündete sich eine an. Ute fand das nicht so gut, schwieg aber. Dann beugte sich Gwen leicht vor, stützte ihren linken Arm auf den Oberschenkel und sagte: »Okay, Ute, sieht so aus, als müssten wir eine Weile miteinander klarkommen. Deswegen ein paar Spielregeln, dann haben wir keinen Stress. Erstens: Das ist ein Raucherabteil, siehste ja. Zweitens: Wir erzählen uns gegenseitig die volle Wahrheit, sonst wird das nix mit uns zweien. Und drittens: Wer Gwens Freundin ist, hat es hier drin nicht schlecht. Und damit meine ich nicht nur diese Zelle. Klar?«

»Klar«, antwortete Ute leise.

»Fragen?«

Jede Menge! Und vielleicht etwas Unverfängliches vorneweg. »Also, mich wundert, dass du Schmuck tragen darfst. Mir wurde hier alles abgenommen.«

»Gwen darf ein bisschen mehr als gewöhnliche Knastschwestern.«

»Okay. Auch in der Zelle rauchen.«

»Auch in der Zelle rauchen.«

Ute blickte sich in dem kleinen Raum um. Gwen hatte es sich nach Kräften gemütlich gemacht mit einem Poster von den Chippendales, einem Bücherregal, auf dem ein hässliches Plüschtier mit riesengroßen violetten Augen saß, und sogar ein paar Topfpflanzen. »Bist du schon lang hier drin?«

»Ziemlich.«

»Weil, ich dachte, das ist der Trakt für die U-Haft und da bleibt man nicht so lang.«

»Kommt drauf an, wie viele Prozesse gegen dich vorbereitet werden. Sind ein paar mehr bei mir.«

Für Ute klang es, als sage Gwen das nicht ohne einen gewissen Stolz. »Darf ich denn fragen, wieso du hier bist?«

»Klar darfste. Ich habe doch gesagt, die volle Wahrheit, sonst nichts. Körperverletzung, Nötigung, Unterschlagung, BTM, und wenn die Staatsanwaltschaft einen schlechten Tag hat, könnte noch Erpressung dazukonstruiert werden.«

Ute rückte auf ihrer Liege ein Stück von der gegenübersitzenden Gwen weg. Eine echte Kriminelle, das war ja schrecklich!

»Klingt jetzt wie ein schlimmer Finger, ich weiß. Aber ich hatte meine Gründe. In allen Fällen.«

»Mhm.«

»Und du?«

Außer mit ihrem Anwalt und bei der polizeilichen Vernehmung hatte Ute noch mit niemandem über ihre Tat am Roten Moor gesprochen. Es fiel ihr nicht leicht. Aber nachdem Gwen sich so offen gezeigt hatte, wollte sie ihr nichts verheimlichen.

»Ich habe auf einer Wanderung einen Typen erdrosselt, der sich als Immobilienhai herausgestellt hatte und mich und meine Nachbarn aus den Wohnungen klagen wollte. Ein Mann aus meinem Haus hat sich deswegen umgebracht.«

Gwen pfiff anerkennend durch die Zähne und klopfte Ute kumpelhaft auf den Oberschenkel. »Siehst du, dann hattest du auch einen Grund. Und zwar einen echt guten. Ich finde, das zählt. Kriminell bist du nur, wenn du Verbrechen ohne Grund begehst oder weil du geldgeil bist. Aber wer etwas mit Grund tut, der wehrt sich nur.«

»Ich fürchte, das könnte ein Richter anders sehen.«

»Daran solltest du nicht denken. Sondern erst mal, wie du dir deinen Aufenthalt hier am komfortabelsten gestaltest. Und mit deiner Geschichte hast du gute Karten.«

»Wie meinst du das?«

»Du bist zum ersten Mal im Knast, oder? Okay, dann erkläre ich es dir.« Gwen beugte sich vor und sprach leiser weiter. »Also, es gibt Hierarchien hier drin. Kinderschänder ganz unten, das ist ja klar. Aber je heftiger eine bei ihrer Straftat zugelangt hat, desto mehr Respekt kriegt sie von den anderen. Deswegen mein Tipp: Gar nicht erst verheimlichen, warum du da bist. Das können so Pussys mit Steuerhinterziehung machen oder Diebstahl. Keiner von uns will hier sein, aber wer sich an die Hackordnung hält, kommt gut durch. Und da stehst du als Mörderin echt weit oben. Speziell wenn du einen Typen erlegt hast, der es verdient hat.«

So hatte Ute das noch gar nicht gesehen. Wenn das die Regeln unter den Insassen waren, stand sie möglicherweise unverhofft gut da. Allerdings schaute Gwen kritisch. Was war denn jetzt noch?

»Aber die Sache auf der Wanderung war alles?«

»Reicht das denn nicht?«

»Doch, klar. Aber so was wird von den anderen hier dann oft eher als Ausrutscher angesehen. Weißte, über sechzig Jahre unauffällig und dann plötzlich mal rotgesehen. Da steckt keine Serie hinter.«

»Und eine Serie steigert das Ansehen noch mehr«, schlussfolgerte Ute.

»Absolut korrekt. Schau mal, ich bin jetzt zum vierten Mal hier, so viele Frauenknasts gibt es in der Gegend nicht. Und ich habe mich hochgearbeitet.« Sie zündete sich eine neue Zigarette an. »Ich sage mal, Brandwunde auf dem Unterarm vom Ex, das zieht schon.«

»Aber wissen die Aufseherinnen das denn nicht? Die sind doch bestimmt angehalten, solche Rangkämpfe zu verhindern.«

Gwen lachte heiser auf. »Ach, Schätzchen, da merkt man echt, dass du neu bist. Weißt du, was diese armen Schweine verdienen? Wenn du draußen ein paar Leute mit ein bisschen Kohle hast, geht das alles ganz einfach.«

»Deswegen durftest du zu dem sanften Falter vorhin auch Babsi sagen.«

»Red nicht schlecht über Babsi, die ist Gold wert. Ganz leichtes Opfer, verstehst du? Alleinerziehend mit zwei Kindern, die braucht jeden Cent.« Gwen zog etwas hinter ihrer Pritsche hervor. Es war ein Mobiltelefon. Stolz zeigte sie es Ute. »Das hat mir Babsi höchstpersönlich ausgeliefert, das Porto war halt nur etwas höher als bei der normalen Post.«

Ute kam aus dem Staunen gar nicht mehr raus. Sie hatte sich vor ihrer Tat noch nie besonders konkrete Gedanken über den Alltag in einem Gefängnis gemacht. Aber wenn alles so war, wie Gwen sagte, standen die Dinge vielleicht gar nicht so schlecht für sie.

In diesem Augenblick drang durch die dicke Zellentür das klimpernde Geräusch eines Schlüssels, der an einem großen Schlüsselbund hing. Die Tür öffnete sich, Babsi schickte wortlos eine junge Frau in die Zelle.

Gwen schien für einen Augenblick irritiert. Ute hatte das Gefühl, dass es nicht der Gast war, sondern ihre Anwesenheit, die Gwen kurz überlegen ließ. Und sie schien mit ihrer Vermutung richtigzuliegen, denn ihre Zellengenossin zuckte nach einem Moment der Ruhe kurz mit den Schultern und sagte:

»Okay, wir hatten ja gesagt, keine Geheimnisse. Also, du musst wissen, ich regle hier von der Zelle aus manchmal ein paar Dinge. Das ist Branka.« Gwen blickte die blonde Frau an. »Willst du vielleicht selbst erklären, worum es geht? Du kannst Ute vertrauen.«

»Ja«, sagte Branka mit schüchterner Stimme. »Ich kenne Gwen von der Gruppenarbeit in den Sozialstunden. Da haben wir uns angefreundet. Und sie hat gesagt, wenn ich ein Problem habe, ist sie für mich da.« Dankbar schaute sie die Frau auf der Pritsche an. »Und dann gab es da die Moni. Ein böses Weib, das viele von uns tyrannisiert. Auf mich hatte sie es besonders abgesehen. Ich bin halt noch jung und habe nur

Diebstahl. Mit meinem Freund eine Tankstelle überfallen, sonst nix weiter, nicht mal jemanden verletzt. Moni hat ihren Schwager umgebracht, damit steht sie bei uns auf dem Gang natürlich ziemlich weit oben. Die hat echt großen Einfluss, auch auf die Mitarbeiter hier.«

Branka setzte sich auf einen Stuhl, nachdem sie bisher gestanden hatte. »Irgendwann war ich Monis Opfer, und dann ging der Terror los. Licht an, Licht aus, mitten in der Nacht, die haben gegen die Tür gewummert, von rechts und links gegen die Wände geklopft, die wollten mich fertigmachen. Ich glaube, ich habe eine Woche gar nicht geschlafen. Und eines Morgens hatte jemand auf den Frühstücksteller gespuckt, der mir gebracht wurde. Dann habe ich mich an sie gewandt.« Sie deutete auf Gwen, die die Schilderung mitfühlend verfolgt hatte. Jetzt fing Branka an zu lächeln und schaute Ute an. »Und ich kann dir sagen, diese Frau hat wirklich ein Herz aus Gold. Wer die hier drinnen als Freundin hat, dem kann nichts passieren. Und genau deswegen, Gwen, deswegen bin ich gekommen, um dir zu sagen: Du hast es tatsächlich geschafft, Moni wird verlegt! Morgen geht's nach Nürnberg.«

»Ha, wusste ich es doch. Auf Rolf ist Verlass.«

»Wer ist denn Rolf?«, fragte Ute irritiert.

»Das ist der stellvertretende Leiter der Frauenabteilung. Der steht nicht so sehr auf Geld, davon hat er genug. Da helfen Titten.«

Ute war entgeistert. »Du hast mit dem …?«

Gwen zeigte ein Kennerlächeln. »Ute, wir wollten uns zwar alles erzählen, aber ein paar kleine Geheimnisse behalte ich dann doch für mich. Freut mich auf jeden Fall, Branka, dass wir dieses Problem aus der Welt schaffen konnten.«

»Ja, das war echt so superlieb von dir, Gwen. Vielen, vielen Dank. Und du weißt, Luca und ich sind immer für dich da, wenn du wieder draußen bist.«

»Ich weiß.« Gwen tippte kurz etwas auf ihrem Handy. Die Audienz schien beendet.

Nach nicht mal einer Minute ging die Zellentür wieder auf, Babsi holte Branka ab, die sich mit einem kurzen Nicken von den beiden Frauen verabschiedete.

Danach sagte Gwen: »So, Ute, das war ein anstrengender Vormittag, ich schlafe vor dem Mittagessen noch 'ne Runde, und du bist mucksmäuschenstill, verstanden?«

»Ja, eine Frage habe ich aber noch. Du hast doch gesagt, es geht hier drin um die Schwere des Verbrechens. Warum hilfst du einer, die nur einen Überfall gemacht hat?«

»Weil ich sie mag«, sagte Gwen kurz, deckte sich zu und drehte sich weg.

Ute kam eine kleine Verschnaufpause ganz gelegen. Einerseits hätte sie zwar noch jede Menge wissen wollen, andererseits musste sie erst mal verarbeiten, was sie da eben erlebt hatte. Bis Branka gekommen war, dachte sie noch, dass Gwen vielleicht ein bisschen übertrieben hatte mit ihrer Macht, die sie angeblich über die Dinge hatte. Aber nun war ihr klar, dass tatsächlich alle nach Gwens Pfeife tanzten. Wahnsinn, dass so etwas zugelassen wurde. Gut – dass es in deutschen Gefängnissen vielleicht mal ein paar Mauscheleien gab, das hatte sie schon vermutet. Aber hier ging es wirklich zu wie in einem Knast in Südamerika. Und dass die Schwere der Straftat über die Rangordnung der Insassen entschied, das war ihr neu. Aber eigentlich war das ja klar: Wer wollte sich schon mit jemandem anlegen, der schon mal einen Menschen umgelegt hatte?

Dann fiel Ute die Sache mit der Serie ein. Wie hatte Gwen gesagt? Ein einzelner Mord wird als Ausrutscher angesehen. Nun gut, so einzeln war das bei ihr streng genommen ja nicht. Sie hatte da noch etwas in petto. Aber ob sie ihrer allmächtigen Zellengenossin davon erzählen sollte, wusste sie noch nicht so genau.

✳✳✳

Gwens Vormittagsschlaf wurde von der Auslieferung des Essens beendet. Eine andere Bedienstete als Babsi stellte zwei Teller auf den Tisch, Kasseler am Knochen und blasses Sauerkraut. Ute war insgeheim froh, dass Gwen zumindest den gleichen Fraß vorgesetzt bekam, es hätte sie allerdings auch nicht gewundert, wenn man ihr ein Chateaubriand mit Stoffserviette kredenzt hätte.

Gwen war nach ihrem Schläfchen sehr wortkarg, deswegen versuchte Ute, über das Essen die Konversation wieder in Gang zu bringen.

»Ein bisschen Senf dazu wäre schön.«

»Ja, das Catering lässt zu wünschen übrig. Aber da kann ich leider auch nichts dran ändern. Vollkost, vegetarisch, halal, mehr Auswahl gibt's nicht.«

»Wie lange warst du denn insgesamt schon hier, also addiert?«

Gwen schien kurz zu rechnen. »Mit U-Haft jeweils müssten das so um die acht Jahre sein.«

Ute staunte. »Das ist ja krass. Plus die Strafe, die dir jetzt bevorsteht?« Gwen nickte stumm. »Hast du es denn nie auf die ehrliche Tour versucht, wenn ich das fragen darf?«

»Ach, weißt du … irgendwann kommt der Punkt, an dem du dich draußen nur noch schwer zurechtfindest. Du suchst einen Job und musst als Erstes über deine Knastvergangenheit erzählen. Mit einer Wohnung ist es das Gleiche. Bei einer Beziehung erst recht. Und dann ist es irgendwann einfacher, wenn du in den Kreisen bleibst, die sich mit so was auskennen, verstehst du? Und schon hängst du wieder in der nächsten Sache drin, das geht ganz schnell. Irgendwann fragst du dich dann, ob der geordnete Ablauf hier drinnen eigentlich das Allerschlimmste ist.«

Ute konnte sich nicht vorstellen, länger als nötig und womöglich wiederholt in einem dieser Gemäuer zu bleiben. Allerdings sah es ja danach aus, als müsse sie sich damit zunächst eine Weile arrangieren. Deswegen schnitt sie das

Thema an, über das sie bis zum Essen die ganze Zeit nachgedacht hatte.

»Eine Sache gäbe es da vielleicht noch. Weil du gesagt hast, wir erzählen uns gegenseitig die ganze Wahrheit.«

Gwen schaute aufmerksam und hörte auf, das Essen in sich hineinzuschaufeln.

»Ich muss mich aber auf dich verlassen können. Es ist eine Geschichte, die sehr lange zurückliegt. Davon dürfen die Bullen nichts erfahren. Aber vielleicht kannst du das ja irgendwie andeuten gegenüber den anderen.«

»Ich schaue, was ich tun kann. Aber ich reite dich nicht rein, keinesfalls, das ist versprochen. Schieß los.«

Ute hatte Gwens volle Aufmerksamkeit, sie merkte, dass ihr das guttat. »Also, wegen der Serie, was du da angedeutet hattest. Ich bin ja Krankenschwester. Und ich habe Mitte der Neunziger in meiner alten Heimat Bad Hersfeld am Klinikum gearbeitet. Es war eine beschissene Zeit, weißt du? Meine beiden Eltern waren krank, ich musste sie pflegen und habe eigentlich nichts anderes als bettlägerige Menschen gesehen, egal, wo ich war, zu Hause und auf der Arbeit. Und Anerkennung gab es von keiner Seite. Es war alles ganz furchtbar.«

Ute verstummte, sie hatte Tränen in den Augen.

»Entschuldigung, ich will nicht flennen, aber ich habe das noch nie jemandem erzählt.«

Gwen legte ihre Hand auf die von Ute. Diese Frau war die Richtige, um ihr das große Geheimnis anzuvertrauen, das spürte Ute.

»Und dann habe ich von einer Schwester gelesen, ich weiß gar nicht mehr, wo das war, aber die hatte Zugang zu Kalium. Wenn man das Patienten injiziert, gerät im Körper einiges durcheinander. Aber man kann es sehr gut rückgängig machen, es gibt so eine Art Gegengift. Es muss nur rechtzeitig erkannt werden. An Kalium kam ich auch ran, das war damals alles kein Problem.«

Gwen erhob sich von ihrer Pritsche und setzte sich neben ihre neue Freundin. Sie legte den Arm um ihre Schulter. Ute war erstaunt, wie mitfühlend Gwen sein konnte. »Lass es raus, danach fühlst du dich besser. Und denk an deine Reputation hier im Knast.«

»Zweimal ging es gut, alles kein Problem. Ich hatte den Prof unauffällig draufgebracht, dass es eine Überdosis Kalium sein könnte, und bekam dafür ein fettes Lob. Das hat so gutgetan, so gut, das kannst du dir gar nicht vorstellen. Beim dritten Mal war es ein junger Kerl, ich sehe ihn heute noch vor mir. Sportlich war der, ich weiß auch nicht, was da passiert ist, aber auf einmal hat der gekrampft und das Herz blieb stehen. Wir konnten ihn reanimieren, ich habe aber keine Ahnung, was aus ihm geworden ist, er wurde woandershin verlegt. Und dann dachte ich, das war knapp. Nur einmal noch, Ute, dann hörst du auf. Es war ein bisschen wie eine Sucht, kannst du das verstehen?«

»Na klar, du hattest plötzlich die Anerkennung, auf die du so lange gewartet hast. Und du hattest die Macht.«

»Genau das war es! Ich hatte die Macht, ich konnte entscheiden, wann und wo ich das nächste Mal zuschlage. Sonst habe ich immer nur gekuscht und Anweisungen von anderen umgesetzt, man wird da schließlich nicht fürs Mitdenken bezahlt. Aber dann hatte ich die Macht. Ich habe es eine Weile vor mir hergeschoben, es war wie ein Kitzel, aber ein schöner, zu denken, du oder du oder du könntest der Nächste sein. Und dann kam dieser Typ, der unfreundlich zu mir war, so von oben herab, verstehst du? Da habe ich gemerkt, das ist der Richtige. Aber dann …«

In der Zelle entstand ein Moment der Stille. Ute schluckte und räusperte sich.

»Ich weiß es nicht, irgendwas ging schief. Der war tot, bevor ich etwas tun konnte.«

Utes Kopf sackte nach vorn. Sie fing an zu weinen.

»Das wollte ich ja gar nicht. Nur ein letztes Mal noch

diesen Triumph genießen, einen Menschen retten, gelobt werden. Aber da stirbt der einfach.« Ute schluchzte.

»Hast du dich in der Dosis verschätzt?«, fragte Gwen.

»Nein, keine Ahnung, die war immer gleich, aber der hat irgendwie anders darauf reagiert als alle davor. Ich wollte das doch nicht«, wiederholte Ute, »aber ich dachte, vielleicht steigert das ja meine Anerkennung hier. Ist doch quasi so was wie ein zweiter Mord.«

In diesem Moment flog die Tür auf. Brigitte Schilling und Kommissaranwärterin Julia Brinkmann, die eine hervorragende Branka abgegeben hatte, stürmten in die Zelle. Jacqueline Gölz sprang von der Pritsche auf und zog sich die Perücke vom Kopf.

Ute war vollkommen entgeistert. Sie brauchte ein, zwei Sekunden, um zu realisieren, dass man ihr eine Falle gestellt hatte. Sie starrte Brigitte an. »Wie kommst *du* denn hierher?«

»Ein Wort auf der Wanderung, dass du aus Bad Hersfeld kommst, und niemandem wäre etwas aufgefallen. Aber so war unsere Skepsis geweckt. Uns blieb nichts anderes übrig, als dir eine Falle zu stellen, die ganze Zelle ist verwanzt, aber sonst hätten wir wohl nie ein Geständnis von dir bekommen.«

Ute brach zusammen und bekam einen Heulkrampf. Jacqueline hatte trotz der Verbrechen, die diese Frau begangen hatte, ein wenig Mitleid mit ihr und legte ihr kurz die Hand auf die Schulter. Ute schaute sie mit triefnassen Augen völlig derangiert an.

»Ich kann dir nur einen Tipp geben«, sagte Jacqueline. »Pass bei den echten Insassen hier drin auf, wem du dein Vertrauen schenkst. Es tut mir leid.«

Und dann überließen die Polizistinnen Ute dem natürlich unbestechlichen Justizpersonal der JVA Würzburg.

FÜNF MONATE SPÄTER

Daniel und Brigitte hatten ihr erstes Weihnachtsfest miteinander verbracht, waren an Heiligabend allein gewesen, am ersten Feiertag bei seiner Familie in Wildeck und am zweiten bei Brigittes Mutter, die in Asbach ein paar Straßen weiter wohnte. Auf der Arbeit war es Mitte Januar recht ruhig, in der Weihnachtszeit und zu Beginn des neuen Jahres schienen die Menschen in diesem Jahr einigermaßen harmoniebedürftig und gingen sich nicht gegenseitig an die Gurgel.

Brigitte saß an ihrem Computer und tippte ein paar Protokolle, Daniel gegenüber war an seinem Bildschirm konzentriert in irgendetwas vertieft, das sie aber nicht sehen konnte. Im rechten unteren Bildrand von ihrem Monitor ploppte eine Mail auf mit dem Absender »lars.grohmann@nvv.de«. Sie öffnete das Schreiben und las. Dabei wurde ihr Grinsen immer breiter und zufriedener. Als sie fertig war, unterbrach sie Daniel bei seiner offenbar sehr wichtigen Tätigkeit.

»Daniel, stell dir vor, dieser Grohmann hat mir geschrieben. Weißt du, der mit der Beeinträchtigung nach Utes Kaliumanschlag.«

»Na klar, weiß ich.«

»Der hat heute vom Gericht sechsundsiebzigtausend Euro Schmerzensgeld zugesprochen bekommen.«

»Das gibt's nicht. Ich dachte, der Anspruch darauf erlischt nach drei Jahren.«

»Das hatte ich auch befürchtet. Aber er schreibt mir, sein Anwalt hätte ihm das erklärt. Wenn der Schädiger zunächst nicht ermittelt werden kann oder vorsätzlich gehandelt hat, kann sich die Frist auf dreißig Jahre verlängern. Das war also trotzdem so ziemlich auf den letzten Drücker. Und deswegen möchte er sich ganz herzlich bei uns bedanken.«

»Wir haben doch nur unseren Job gemacht.«

»Na komm, wir haben schon ziemlich viel riskiert. Konnte ja keiner ahnen, dass Jacqui die Knastbraut so überzeugend spielt, dass Ute noch am ersten Tag auspackt. Stell dir mal vor, das hätte Tage oder Wochen gedauert, dann hätte die solange mit der auf einer Zelle gesessen.«

»Ja, und ich zu Hause allein, weil Burns nicht so viele Beamte entbehren wollte.«

Daniel war immer noch stinkig, dass die Idee von ihm gekommen war, zur Umsetzung des Plans aber nur Frauen nach Würzburg geschickt wurden. »Sie brauche ich hier, auf meinen besten Mann kann ich doch nicht tagelang verzichten«, hatte der Chef gesagt. Alles Humbug. Wahrscheinlich hatte er Angst gehabt, dass Daniel noch irgendwelche wilden Alleingänge ausgeheckt hätte, wenn er dabei gewesen wäre.

»Sei nicht sauer, es hat doch auch so gut geklappt. Und manchmal braucht es eben das Einfühlungsvermögen einer Frau. Wenn Ute nicht sofort Vertrauen gefasst hätte, na, wie gesagt, das hätte ganz schön dauern können. Sag mal, hörst du mir überhaupt noch zu?«

Daniel glotzte auf seinen Bildschirm und hatte tatsächlich nicht mehr mitbekommen, was Brigitte gesagt und gefragt hatte. Sie stand kurzerhand auf und lief um den Schreibtisch herum. Er war im Internet und wollte die Seite schnell noch wegklicken, als sie schon gesehen hatte, worum es ging.

Er hatte das Pauschalangebot »Kuschelauszeit« in einem Adult-only-Hotel in Südtirol auf seinem Bildschirm. Sieben Tage Halbpension mit einem Candle-Light-Dinner und einer synchronen Verwöhnmassage für zwei.

Daniel wurde ein bisschen rot.

»Ich dachte …«, sagte er.

Brigitte schaute ihn einfach nur erwartungsvoll an.

»Na, ich dachte, vielleicht machen wir es uns im nächsten Urlaub mal zu zweit nett. Damit du mich nicht wieder hinterrücks zum Gruppenwandern mit Leiche schleppst.«

»Was heißt denn hier ›hinterrücks‹?«

Daniel rollte mit seinem Bürostuhl den halben Meter zur stehenden Brigitte und legte seinen Arm um ihre Hüfte.

»Glaubst du, ich habe das nicht bemerkt? Dieser grüne Flyer damals beim Frühstück, der hatte schon ein paar Tage vorher in der Wohnung gelegen. Und plötzlich steckt der in der Samstagszeitung? Und alle Kollegen hier auf dem Revier reden auf einmal auf mich ein, wie toll das sein muss, mit anderen Leuten durch die Rhön zu wandern. Du bist mit einem Kriminalpolizisten zusammen, Brigitte.«

Daniel lächelte sie von unten an und war für sie in diesem Moment einfach nur hinreißend. Sie ließ sich auf seinen Schoß fallen, gab ihrem Freund einen Kuss und dem Stuhl einen Schubs, der sie zum Schreibtisch zurückrollte. Sie legte ihre Hand auf die Computermaus und dirigierte den Cursor auf ein großes rotes Feld. »OK, JETZT VERBINDLICH BUCHEN«. Und dann machte sie mit einem beherzten Klick den superromantischen Pärchenurlaub klar. Ganz allein zu zweit.

Tim Frühling
**111 ORTE IN DER RHÖN, DIE MAN
GESEHEN HABEN MUSS**
Mit Fotografien von Christine Frühling
Broschur, 240 Seiten
ISBN 978-3-7408-1998-9

»Lesenswert und zu empfehlen! Selbst einheimische Rhönken-
*ner entdecken das eine oder andere Kleinod, das ihnen bislang
verborgen geblieben wäre.«*   Südthüringer Zeitung

www.emons-verlag.de

Tim Frühling
DER KOMMISSAR IN BADESHORTS
Broschur, 176 Seiten
ISBN 978-3-95451-503-5

»Klingt klamaukig, ist aber höchst unterhaltsam. Tim Frühling ist ein scharfer Beobachter mit Sinn für Situationskomik und schräge Wortschöpfungen.«   WDR 2 Krimitipp

www.emons-verlag.de

Tim Frühling
FESTSPIELFIEBER
Broschur, 192 Seiten
ISBN 978-3-95451-809-8

»Frühling punktet mit Humor und Sprachwitz: Schnodder-schnauze auf gepflegtem sprachlichen Niveau – das zu lesen, macht Spaß.«   Hessischer Rundfunk

www.emons-verlag.de

Tim Frühling
DER KOMMISSAR MIT SONNENBRAND
Broschur, 192 Seiten
ISBN 978-3-7408-0177-9

»Tim Frühlings typisch humorvoller Stil und die feine Beobach-
tungsgabe des Autors sorgen für beste Unterhaltung.«
Reise Magazin

www.emons-verlag.de

Tim Frühling
HESSENTAGTOD
Broschur, 192 Seiten
ISBN 978-3-7408-0782-5

*»Frühling, der beliebte Wetter-Moderator, kann auch Krimi. Genau
der richtige Lesestoff für einen gemütlichen Nachmittag auf der
Terrasse.«* Wiesbadener Kurier

www.emons-verlag.de

Tim Frühling
TOTGEGRILLT
Broschur, 208 Seiten
ISBN 978-3-7408-1118-1

»Die Persiflage auf Edelsteak, echte und eingebildete Grill-experten und das Wettrüsten im heimischen Garten ist ein großer Lesespaß. Herrlich durchgeknallte Dialoge und eine spannende Suche nach dem Täter gehen hier perfekt Hand in Hand. Humorvoll! Bösartig! Klug!« Kriminalmagazin

www.emons-verlag.de

Tim Frühling
**111 ORTE IN MITTELHESSEN,
DIE MAN GESEHEN HABEN MUSS**
Mit Fotografien von Christine Frühling
Broschur, 240 Seiten
ISBN 978-3-7408-1232-4

»Sie werden Geschichten, Kuriositäten und Anekdoten kennenlernen, die selbst für Mittelhessen-Kenner neu sind.« hr

Tim Frühling
**111 ORTE AN MAIN UND KINZIG,
DIE MAN GESEHEN HABEN MUSS**
Mit Fotografien von Christine Frühling
Broschur, 240 Seiten
ISBN 978-3-7408-1345-1

»Eine unterhaltsame Entdeckungsreise durch den Landkreis.«
Main-Echo

www.emons-verlag.de